Reto Hänny
Ruch

Ein Bericht

Suhrkamp Verlag

Ruch erschien zum erstenmal 1979
im Suhrkamp Verlag

Erste Auflage dieser Ausgabe 1994

Druck: Wagner GmbH, Nördlingen
Printed in Germany

HIER IST EIN RISS DURCH DIE NATUR;
HIER IST FEISTE STILLE, UMFRIEDETER ZERFALL;
HIER IST ROHEIT, WAS EINST HEIMAT WAR

DJUNA BARNES

I

Nachdem er sich während längerer Zeit in verschiedenen Berufen auf der Bühne zurechtzufinden versucht hatte, in geheimer Vorahnung großer Dinge, vielleicht nur von einem unbestimmten Verlangen getrieben, gefangen in einem unerklärlichen Bann, und er sich kaum noch Erholungspausen gegönnt hatte, seine Vorstellungen sich nach und nach fast Tag und Nacht nur noch ums Theater gedreht hatten, seine Gedanken in weitschweifige minuziöse, mit Akribie vorangetriebene, wenn unscheinbare lächerliche oder läppische, so doch, wie ihm schien, und wie er sich auch Bekannten gegenüber nicht genug rechtfertigen konnte, äußerst interessante und unentbehrliche Untersuchungen eingespannt gewesen waren und er so selten mehr Zeit zum Essen gefunden hatte, sich immer seltener da und dort einladen ließ, widerwillig, oder, gleichfalls widerwillig, dies oder jenes Lokal aus eigenem Antrieb aufsuchte, wenn, dann nahmen selbst die Mahlzeiten für ihn bald einmal Formen von Szenen an, die es unter allen Umständen gut zu spielen galt, die er versuchte mitzuspielen, so gut es ging, als Spieler und Zuschauer gleichzeitig darin mitwirkend, ängstlich darauf bedacht, sich selber und andern gegenüber ja nicht die kleinste Unachtsamkeit oder Ungeschicklichkeit unterlaufen zu lassen, um damit vielleicht, und wie er sich möglicherweise nur einbildete, nicht wiedergutzumachende Fehler zu begehen, mit diesen übertrieben sichtbaren Bemühungen, keine Aufmerksamkeit zu erregen, erst auffallend;

nachdem er trotz dieser alles bestimmenden, sein ganzes Verhalten bestimmenden, ja geradezu diktierenden emsigen theatralischen Geschäftigkeit, oder wohl gerade deshalb, unmerklich langsam den Überblick zu verlieren begonnen hatte und um Haaresbreite ganz verloren hätte;
nachdem sich so manches ereignet hatte, ohne jedoch Wesentliches zu verändern, die Monate verstrichen in abwechslungsreicher Gleichförmigkeit, das Neujahr war hereingebrochen, in der Ungunst der Jahreszeit, völlig unangemessen, nun ging es auf Ende Januar zu, erinnerte er sich wieder seines ursprünglichen Vorhabens, einfach eine Geschichte zu erzählen, eine Geschichte für die langen Winternächte, in der Wärme der überheizten Kammern etwa, in der bescheidenen Absicht, wenn zu nichts anderem, so vielleicht wenigstens zu einem ruhigen Einschlafen, was man darunter auch verstehen mag, als Berichterstatter ein ganz klein wenig beitragen zu können. RUHE NUR EIN WENIG RUHE UND SCHLAFEN KÖNNEN. Er stellte sich einen neuen Ausbruchsversuch vor, von Bekanntem, von seinen Vorstellungen Erinnerungen Erlebnissen Niederlagen, kurz: von seinen Erfahrungen ausgehend, im großen Hof seines Gedächtnisses, wie einer, Augustinus, geschrieben hatte, und in der Hoffnung, diesmal weiter zu kommen, über die nächste Umgebung hinaus zu gelangen, in Unbekanntes vorstoßen zu können, falls diese etwas hochtrabende Ausdrucksweise, die sicher nicht jedem Sprachmaßregler behagen wird, nicht jeder ZWEITVERWERTER wird sich im Schutze seiner Schreibtischbollwerke damit abfinden können, erlaubt ist.

Je intensiver er sich mit dem Versuch, also mit der Niederschrift seines Versuchs, zu beschäftigen begann;
je weiter nach und nach die während der letzten Zeit immer enger zum Kreis sich krümmenden und im Kreise sich drehenden Untersuchungen, das Theater sowie dessen nähere und fernere Umgebung betreffend, in den Hintergrund rückten, die Vorkommnisse Ereignisse einerseits gleichzeitig an Schärfe verloren, ihm nach und nach nur noch verschwommen und immer mehr verschwimmend im Gedächtnis hafteten, andererseits, gerade durch dieses allmähliche allgemeine Unscharfwerden, dieses allmähliche Abrücken und Verschwimmen begünstigt, Bilder, aus kleinsten bislang kaum beachtet anscheinend unscheinbaren voneinander vollkommen losgelösten unabhängigen Szenenausschnitten zusammengesetzt, sich in seinen Kopf einnisteten, seine Sinne zu verwirren begannen, ihn nach und nach bis in die Träume hinein verfolgten – er lande noch in einer Anstalt, hörte er während dieser Zeit immer öfter jemanden sagen, hörte er sich sagen;
je genauer er sich wieder seines ursprünglichen Vorhabens erinnerte;
je genauer er sich vorstellte, wie es wäre, WENN;
je genauer, klarer sich ihm die nächste Umgebung, und was daran zu ändern wäre, nach und nach wiederum ins Blickfeld schob;
je dichter er seine Beziehungen zur Umwelt, zu dieser Umwelt, wieder flocht, besser, wie sich im weiteren Verlaufe herausstellt: nur zu flechten glaubte – wobei die Formulierung WIE SICH HERAUSSTELLT absolut großmäulig ist oder sich mit Bestimmtheit als dies erweisen und gegen ihn richten wird –,

desto mehr suchte er gleichzeitig wiederum Zuflucht in den verschiedensten und, wie sich gleichfalls herausstellt, meist ebenso sinnlosen wie hilflosen Ablenkungsmanövern, die er aber so führte, als ob sie sinnvoll wären, Telefonanrufe beispielsweise, wobei jedoch SINN erst noch definiert werden müßte.

Telefonanrufe zu jeder beliebigen Tages- und Nachtzeit, an ehemalige Freunde und entferntere Bekannte, JA JA NEIN NEIN UND DIR, an wahllos aus dem Telefonbuch Herausgegriffene, um diese, kaum haben sie abgehoben, noch bevor sie, aus dem Schlaf geschreckt, sich richtig melden können, mit irgendwelchen ihm gerade einfallenden Sätzen zu überschütten – oder, sobald sich beim Gegenüber am Draht die erste Verwirrung geklärt gelegt hat, von diesem, sichtlich in Erregung geraten, aufgebracht, sich bald einmal selbst durch gehässige Telefonsatztiraden überschütten zu lassen; ENTSCHULDIGENS GNÄDIGER HERR WIE STEHT ES DENN MIT DEN HÜHNERN begann er oft, und manchmal gelang es ihm noch, ruhig zu fragen SCHMETTERN DIE HÄHNE SCHON WISSEN SIE, bevor ihm der andere ins Wort fiel, DA GIBT ES NICHTS ZU ENTSCHULDIGEN GAR NICHTS SIE UNFLAT WAS WISSEN SIE DENN SCHON UND WAS STELLEN SIE SICH EIGENTLICH VOR SIE SIND JA KRANK JA KRANK SIND SIE EINEN ZU DIESER UNZEIT ZU SO NACHTSCHLAFENER ZEIT KENNEN SIE AUCH NUR DAS WORT ANSTAND EIN SAUKERL WIE SIE INTELLEKTUELLER WICHSER UND NIHILIST MIT ÖSTLICH STINKENDEM MUNDGERUCH AUS DEM SAUHAUFEN INSTITUTIONALISIERTER SCHIZOPHRENIE EIN KONFLIKTTHEORETISCH AUFGEDONNERTER SEELENKRÜPPEL TERRORIST TERRORISIEREN SIE SICH DOCH SELBER

UNTERSTEHEN SIE SICH ABER NOCH EINMAL JA MAN WIRD MITTEL UND WEGE FINDEN IN ZUKUNFT MIT SOLCHERART LICHTSCHEUEM HALUNKENPACK UNERBITTLICH UND EINFÜRALLEMAL UND MIT ALLER ENTSCHIEDENEN HÄRTE MAN IST JA SCHON MIT ANDEREM
Oft rief er einfach nur an, ohne sich zu melden, ohne sich melden zu können, obwohl er sich zuvor jeweils vorgenommen hatte, dies und jenes zu sagen oder zu entgegnen; hob der andere dann aber ab, vielleicht erst nach längerem Läutenlassen, während dem er sich erwartungsvoll ein Gegenüber vorzustellen versuchte, war er plötzlich unfähig, auch nur ein Wort herauszukriegen und diesem über ihn hereinbrechenden adjektivischen Empörungskampf entgegen halten zu können; einzig ein unkontrolliertes Zucken in den Mundwinkeln brachte er zustande, dem es nicht gelang, den Anfang eines Wortes, eines Lachens zu erwischen, oder den Ansatz einer Geste, welche, hängte der andere mitten in seinem Entrüstungssturm unvermittelt auf, mittendrin steckenblieb, erstarrte, die Muskeln verkrampften sich, bevor die Hand schlaff hinuntersackte und erschöpft liegenblieb. Anrufen, um sich zu überzeugen, daß man lebt, daß noch jemand lebt, ohne diesen anderen weiter stören zu wollen, stören zu können, hebt überhaupt jemand ab, ist die Leitung nicht gerade besetzt, und bohrt sich dann nicht das Besetztzeichen mit hämmernden Schlägen ins Ohr, prallt im Mittelohr auf den nervösen Herzschlag. Wirklich überrascht war er einzig einmal, er hatte wiederum eine Nummer gewählt, angerufen und sich, während es läutete, vorzustellen versucht, wer wohl, wenn eben überhaupt, abheben würde, als sich gegenüber schon jemand mit HIER SPRICHT DER

GEFANGENE DIENER meldete, GEBEN SIE IHRE MELDUNG ABER RUHIG DURCH SIE DÜRFEN VERSICHERT SEIN DASS SIE DEM HERREN WEITERGELEITET WIRD SOBALD DIESER ZURÜCKKEHRT. Hier spricht ein Gefangener, statt SIE SPRECHEN MIT DEM AUTOMATISCHEN ANRUFBEANTWORTER, wie man eher erwartete. Oder, was einfacher war, DIESE NUMMER GILT NICHT MEHR WOLLEN SIE BITTE IM TELEFONBUCH NACHSCHAUEN, von einer spröden gefühlfreien mechanischen und doch nicht unbedingt unsympathischen Frauenstimme, deren Trägerin er sich immer wieder vergeblich vorzustellen suchte, vorgetragen; oder mit der gleichen Freundlichkeit DIESER ANSCHLUSS IST NICHT MEHR IN BETRIEB WEITERE AUSKÜNFTE BEIM AUFTRAGSDIENST, dreisprachig, akzentfrei, nach drei Tönen in aufsteigender Folge unablässig, ohne irgendwelche Zwischenfragen oder Antworten seinerseits abzuwarten, unverändert wiederkehrend, stundenlang wenn es sein muß, so lange, bis der Satz den letzten Rest Sinn einbüßt – hier so gut wie außertags; er hatte sich nämlich, nachdem er im Theater in einer Sousolkammer gewohnt gehabt hatte, nun bei einem Bauunternehmer in dessen Geschäftssitz im Sousol eingemietet – und nur mehr als Musik empfunden wird, als eine mechanische Freundlichkeit, angenehmer und tröstlicher als das Gewäsch der Telefonseelsorge; DIESER ANSCHLUSS IST NICHT MEH , bis der Hörer aufgelegt wird.

Oder er fing an, längst fällige Post zu erledigen, Stöße von monatelang liegengebliebenen Briefen aufzureißen, zu sortieren, zu beantworten, durch Jahre des Schweigens und durch die Jahre seiner Geschäftigkeit

auf dem Theater erkaltete Freundschaften aufzuwärmen – SO EIN SCHMARREN; in der Absicht, begangene Irrtümer zu korrigieren, in Eifer und überstürzter Kontaktfreude, angesteckt von der fröhlichen Geschäftigkeit um ihn herum, ahnte er aber nicht, nicht im entferntesten, daß die eine oder der andere bei herrlichem Pfingstwetter vielleicht, allein zu Hause gelassen, der Freund die Freundin der Ehepartner Kinder oder wer sonst noch könnten zur Erholung auf eine letzte Sulzschneefahrt in die Berge gefahren sein –
daß der eine oder die andere also, plötzlich alleingelassen, plötzlich verstört vom gewohnten Anblick der gleich hinter den nächsten Häuserblöcken oder hinter den nächsten Hügelzügen hinter dem See aufgestellt scheinenden Kulisse der Alpen, die an Föhntagen etwas so theatralisch Aufdringliches an sich hat, eine penetrante Majestät ausstrahlt, daß es schwerfällt, sich vorzustellen, dort oben auf einem dieser gleißenden Firnfelder sollte sich jemand aufhalten, Angehörige, wie es so schön heißt, die sich dort oben zur Erholung tummeln: dem Jüngsten, kaum den Windeln entwachsen im Rucksack mitgeschleppt, fällt einmal übers andere der Nuggel in den durch Schneezement verfärbten Schnee; in der Frühlingssonne nimmt man dies aber hin, bückt sich geduldig einmal übers andere wieder, ihn aufzuheben, wie man in der Frühlingssonne ebenfalls weniger verärgert, trotz kalten Füßen, die Zehen selbst in den aufgeschnallten Skistiefeln noch verkrallt, pralle Hose an grellfarbiger praller Hose, ein nicht enden wollendes Anstehen an den Liftanlagen in Kauf nimmt – Hauptsache, die Bräune stimmt anderntags, hält anderntags dem Neonalltag noch stand, um danach, trotz allabendlicher Unter-

stützung durch die Heimsonne, rasch zu verbleichen; einerseits dies, diese scheinbar jedes Leben verunmöglichende Penetranz der Berge,
andererseits wiederum, da doch jede Einzelheit in diesem Föhnlicht überscharf herausgearbeitet erscheint, glaubt man, auch von unten aus die dort oben sich Bewegenden, seine Angehörigen dort oben, sehen können zu müssen, mit bloßem Auge, obwohl einen, je länger und intensiver man hinstarrt, natürlich vergebens sich anstrengt, nach und nach nur umso heftiger der Kopf schmerzt, die Augen, und hinter den Augen ein seltsames Ziehen, ein Stechen –
daß der eine oder die andere, wie gesagt in einem Betongeviert alleingelassen, beim Aufräumen, sei's aus lauter Langeweile oder um mit den Kulissen rundum leichter fertig zu werden, etwas muß ja getan werden, mehr zufällig als absichtlich auf den Revolver gestoßen, den man, nachts vor allem, dies beruhige einen, zur Sicherheit, man könne ja nie wissen heute, wird beteuert, in Griffnähe weiß, aus Angst vor andern also, denen gegenüber man sich gerne so glücklich gibt, beteuert, wie schön man es hier hätte und wie gut man hier, leicht außerhalb im Freien gelegen, mit Blick ins Grüne und auf die Berge, aufgehoben wäre –
ja, angesteckt von soviel fröhlicher Geschäftigkeit um ihn, ahnte er nicht, daß der eine oder die andere, mit einem zufällig in die Hand genommenen Revolver in einem Betongeviert allein, ohne viel Aufhebens zu machen, ohne zuvor tagelang in wehleidig weinerlichem Weltschmerz gekrümmt in irgendeinem Winkel herumgehängt zu haben, sich inzwischen eine Kugel durch den Kopf gejagt haben könnte. Einfach so, ohne der Presse eine Abschiedsbotschaft zur Ausschlach-

tung hinterlassen zu haben; einfach wie wenn nichts gewesen wäre. In letzter Zeit nähmen solche Fälle sprunghaft zu, heißt es in den Berichten. WARUM. Kein Boulvardblatt fragt in fetter Schlagzeile, warum sich in diesem behüteten, nach und nach zubetonierten, zukonsumierten, mit allem Trost versehenen Landstrich abseits der Geschichte so viele umbringen. SICH AN DEN BALKEN ÜBER DEM MISTHAUFEN HÄNGEN. Dies könnte er irgendwo einmal gehört haben, als Fetzen aus einem Stimmengewirr herausgepickt, oder, was wahrscheinlicher wäre, er könnte diesen Satz in einem Buch, in der PASSACAGLIA von Pinget, mehr drin blätternd als lesend, kaum aber in einer Zeitung, gelesen haben, erinnert er während der Niederschrift dieser Sätze.

Oder er suchte Zuflucht in Spaziergängen. Voller Schwung hinein in den Tag, aus der Stadt hinaus, ins Rucher Riet, Vögel beobachten, Sumpfrohrsänger Rohrdommeln Schnepfen, und vom Rucher Riet weiter dem Mühlbach entlang, vor dem Wehr über den Steg und durchs Auwäldchen hin nach Kaltbrunn, von dort über die Steinenbrugg nach Starrberg, durchs Gasterholz aufwärts, den Brämiberg hinauf nach Altwies und hinein in die Hessrüti und über die Schänerwiiti in den Steineggwald, hinauf zum Gleiterspitz, und weiter, über den Tanzboden, über Gluris, die Waldgrenze, noch eine Mulde, eine kurze Hanglinie, hinauf zum Speer, und, wenn die Zeit reicht, weiter zum Federspitz, sei es auch nur, um ab und zu wenigstens, selten genug übrigens, den eigenen Körper zu spüren beim z'Berg Gehen, wie von einer Algolagnie getrieben, und dann wieder hinunter nach Waldbach. Ins

Steintal. Alles wäre so still grau dämmernd. In den Nebelnischen die Flühe des Kuhmettlers; die Gipfel blieben abgewandt; der Blick ins Tiefland von Gewölk vermauert. In den Fichten sängen Kreuzschnäbel. Es wäre, als wäre man sich selbst ein Traum. Und anderntags auf einem andern Landkartenblatt weiter. Aus der Stadt hinaus, an der psychiatrischen Anstalt, dem Waldhaus, vorbei, die Prasserie hinauf in den Fürstenwald – auffallend übrigens, wie schöne Namen in diesem Land die Anstalten tragen, Waldhaus Waldau Burghölzli Bonrepos Belair, und an welch herrlichen Orten manche, vor allem die älteren dieser Irrenanstalten und Zuchthäuser, oder Korrektionshäuser, Eingliederungsheime, wie sie in der Fachsprache, welche eine ausgesprochene Vorliebe für euphemistische Wendungen auszuzeichnen scheint, genannt werden, stehen, nicht selten am Rande von Villenquartieren, seltsamerweise –, und dann den Fürstenwald hinauf nach Campodels, zum Tschingelstein, den Kohlrieserweg hinüber in den Teuchelwald und aufwärts zum Lärchenboden, den Naßplattenweg weiter zur Aussichtsterrasse auf dem Vogelboden, und weiter, die Langtolen hinauf und über den Ochsenberg hinein nach Flies Bargs Sazelva, und dann den Hang hinab, über Bergwiesen und durch den Weißtannenwald hinab, in engen Kehren über Fontanulias Bardäls Valtoris hinunter, gegenüber von Speinis, in einer Rodung auf der anderen Talflanke, das Kurhaus, dann in die Schlucht hinab, dem Wasser entlang hinaus, vorn am Asyl vorbei, dann über die Brücke und wiederum hangaufwärts, durchs Totengut nach Sankt Hilarien, den Schwarzwald hinan nach Fülian, alles so ruhig und still und kalt, als ob eine entsetzliche

Stimme um den ganzen Horizont schrie, und gegen Abend, spätestens vor dem Eindunkeln, wiederum abwärts, den oberen und unteren Altschutz hinab, über Ruhenstein zur Eckersruh, zum Richtplatz beim Kalkofen, bald danach aus dem Wald hinaus, und weiter, hinab nach Plankis, auf den Bus, oder aber, wenn die Zeit reicht, oben dem Hang nach gegen die Stadt zurück, über Trist und über die Geißweid und die Wiesen und Äcker zu den Gütern von Foral, über Sixtusruh, Grünberg, Winterberg, den Rosenhügelweg am Dornhaldenfriedhof vorbei in die Stadt zurück, ja, in jedem Fall ein kurzer Besuch auf dem Dornhaldenfriedhof, lieber vorher eine Abkürzung nehmen, in wilden Sprüngen, abseits vom Weg durchs Dickicht, durch Laub und Geröll hangabwärts, damit es für einen kurzen Besuch auf dem Dornhaldenfriedhof reicht. Hinaus und hinauf und hinab und hinauf und hinab und wiederum hinein in die Stadt, und anderntags, undsoweiter

Gehen gehen denken rennen stolpern. Zuflucht in Vorsätzen zu ausgedehnten, kaum aber begonnen, auch schon wieder verworfenen, oder, gezwungen durch Baugruben und Stützmauern und Schlicklöcher – Gegebenheiten, die in keiner Landkarte verzeichnet sind –, zumindest, wenn überhaupt, wenn nicht gleich in einer Sackgasse oder Fallgrube endend, völlig andersverlaufend ausgeführten Spaziergängen. Die Gegend ist voller Überraschungen.

Angefangen hatte dies alles vor Jahren schon, eigentlich noch vor dem Theater, erinnert er; er litt damals lange Zeit an einer Fingeragnosie, schaute sich mit dem Arm in der Schlinge häufig die Gegend an, als er auf einen Fragebogen, den auszufüllen für seine Einteilung in den Zivilschutz er gezwungen, zumindest angehalten wurde – BITTE SENDEN SIE UNS DIESEN FRAGEBOGEN FRISTGERECHT UMGEHEND IN BLOCKSCHRIFT AUSGEFÜLLT ZURÜCK hieß es in einem roten, oben schräg aufs Blatt plazierten Stempelaufdruck –, unter dem Stichwort Hobby LESEN UND SPAZIERENGEHEN hingeschrieben hatte, ganz zuunterst auf das von ihm im übrigen leergelassene, das heißt: unbehandelte Blatt; anzukreuzen gab es nichts mehr; zusätzlich zur vorgedruckten Vielfalt von Ankreuzbarem waren hier unten zwei durch Punkte markierte Linien angebracht; für ANDERES, wie die Verantwortlichen in Klammern anfügten, die kontrollführende Stelle, hieß es darunter über dem Amtsstempel. Lesen und spazierengehen. Andere Interessen hatte er im Moment keine, beim besten Willen nicht, weder interessierte er sich für Radioelektrik, noch hatte er je Brieftauben gezogen; weder war er Hobbyfunker noch Kurzwellenamateur noch Lastwagenfahrer noch sonst was Ankreuzbares; mit simulierten Verletzten mochte er sich schon gar nicht erneut wieder abgeben, nachdem diese seinem Rücken in der Sanitätsrekrutenschule schon arg zu schaffen gemacht hatten; für Pyrotechnik hätte er sich erwärmen lassen, weil ihm dazu aber die technische Vorbildung fehlte, kam auch dies nicht in Frage, und wenn er ehrlich war, verspürte er gar keine Lust, sich erneut einteilen zu lassen, kaum war er mit einiger Anstrengung an einem Ort ausgemustert worden. Halbe Tage lang hatte er trainiert, hatte verkrümmt in einem Stuhl gehockt, damit die erforderlichen Rükkenschmerzen, die es ihm erlaubten, vor der Untersuchungskommission zur sanitarischen Nachmusterung in genügend gekrümmter Haltung anzutreten, auch ja einträten, hatte vor dem Spiegel geübt, bis es ihm gelang, ein genügend leidendes Aussehen zu mimen und durchzuhalten, bis es endlich hieß DIENSTUNTAUGLICH. Zwei Jahre zuvor, bei der Aushebung, hatte es trotz einigen ihm mit blauem Fettstift an die Wirbelsäule geschmierten Kreuzen leider noch geheißen DIENSTTAUGLICH, den Stempel vom gleichen Major ins Dienstbüchlein geknallt gekriegt, von einem zackigen Eierkopf aus alteingesessenem Geschlecht, dem es gar nicht schlecht bekam, sich eine eckige Mütze überstülpen zu dürfen, um mit dieser Mütze das zugespitzte Oberhaupt etwas zu verdecken.

Ja, dieser Fragebogen erfreute ihn gar nicht, verhieß Ungutes: man wünschte ihn erneut eingeteilt, nachdem er vor der Ausmusterung, während seiner militärischen Ausbildung, schon dauernd angehalten worden war weiterzumachen, zu aspirieren, wie dies im Fachjargon heißt; obwohl er weder Mediziner war noch aus besserem Hause stammte – vielleicht waren es seine einigermaßen flinken Beine, die ihn zum Weitermachen prädestinierten; obwohl er die zahlreichen Fragebogen über HERKUNFT UND GEWÜNSCHTEN AUFSTIEG, wie es auf jenen Bogen unbeirrt hieß, alle unausgefüllt als etwas blasse Papierflieger, mal war das Papier verwaschen hellgelb, mal hellgrün, hellblau, hatte in die Eichen des Kasernenhofes hineinsegeln lassen, den aufblasbaren roten Plastikpinguinen nach, die ein Freund von ihm, Stäubli, ein Buchhändler, oder, wie es im Dienst hieß: Dienstkamerad Stäubli, mit Vorliebe samstags, kurz vor dem großen Zirkus des Hauptverlesens, kurz bevor sie beide als letzte ihres Zuges ins Ausgangstenue geklemmt auf den Platz hinunterwetzten, aus einem Kasernenfenster warf und die dann friedlich über den Platz und über den auf dem Asphalt in Reih und Glied ausgerichteten behelmten Köpfen und den beringten seltener bekränzten steifen Hüten hinwegschwebten; auf der Brust, Schwarz auf Rot, in verquollenen Lettern: VIVA. Keiner wurde heruntergeschossen, mit einer kurzen entschlossenen Bewegung aus der Hüfte heraus, wie es die, welche dazu befähigt gewesen wären, gelernt hatten. Während vereinzelte aus der welschen Kompanie, die in derselben Kaserne Dienst tat, oder eben Dienst zu tun ausgebildet wurde, dieses samstägliche Übel, eine Stunde, bevor man entlassen auf den Zug hetzt, nach dem Duschen noch, in Nagelschuhen und voller Montur über den Kasernenplatz huschen zu müssen, so lange, bis aufs Haltegebrüll ein einziger Knall folgt und die Meute auch schon schön in Kolonnen ausgerichtet dasteht, stramm und stumm, mit durchgedrücktem Kreuz und verkniffenen Lippen, Wut und Lachen verkneifend, dann in die Schlafsäle, um sich umzuziehen, marsch, Kampfanzug ab Nagelschuhe ab Ausgangstenue an, marsch, auf den Platz hinunter, um sich fürs Hauptverlesen neu in Kolonnen auszurichten, marsch, größte vorn, kleinste zuhinterst, marsch, und, falls dem am Platzrand stehenden Feldweibel mit einer Stoppuhr in der Hand alles zu langsam vor sich ging, das Ganze gleich nochmals von vorn: exerzieren, Tenuetürk – zum Gaudi der Welschen, die diesen samstäglichen Zirkus, dieses Übelste der Übel, sinnloser noch als der Großteil der übrigen Übungen, legerer handhaben und meist eben früher abbrachen; – während also einige der welschen Kompanie da und dort aus den Kasernenfenstern Stäublis Pinguinen nachgrinsten und den deutschschweizerischen Zirkus

auf dem Platz unten kommentierten, begnügten sich die Offiziere, mit nervösen Fingern über die feine Gabardine ihrer Uniformen, über das gewichste Leder der Pistolenkoppel zu streichen, die Blicke stur gradausgezwängt auf ihrer gerichteten Truppe, ACHTUNG – zum Kotzen dieser Leerlauf – ABTRETEN, marsch, in den Schlafsaal, Helm ans Kopfende der Pritsche, Schluß: endlich durfte man auf den Zug.
Ja, dachte er an jene Zeiten zurück, so verspürte er nicht die geringste Lust, sich, was ihm unvermeidlich erschien, wenn er den Fragebogen durchlas, gleich wieder reglementieren zu lassen; nachdem er an einem Ort, wie gesagt, ausgemustert worden war, und nachdem ihm und einigen anderen aus dem gleichen Zug Jahrs zuvor, im Laufe der siebzehn Dienstwochen, in der Schule der Nation, wie sich jene Torturanstalt nennt, die er absolviert hatte – bei seiner Ausmusterung war dies vom Musterungsoffizier, dessen Lippen sich dabei leicht zu kräuseln schienen, befriedigt festgestellt worden –, der Feldweibel zahlreiche Pornohefte konfisziert hatte, harmlosen Schund, den sie beharrlich anstelle des Dienstreglementes und der Sanitätsreglemente rechts neben das Zahnglas mit nach rechts ausgerichteter Zahnbürste auf die Planke hinten über der Pritsche gelegt hatten: in schäbigen Räumen abgelichtete, auf Hochglanz frisierte Geilheit anstelle graugefaßter Pornografie

Je weiter er sich mit diesen und ähnlichen Ablenkungsspielen beschäftigte, trotz allen Widerwärtigkeiten, den kleinsten Anlaß begrüßend nach jeder Zerstreuung haschte, das wenigste, was er tun konnte, wie ihm schien, sich von allen nur möglichen Ereignissen beeindrucken lassen, den Atem verschlagen lassen, das war's, blieb ihm bleibt ihm überhaupt mehr übrig, desto weiter schob er seinen Versuch hinaus, mochte er sich auch dauernd einreden, nur weitermachen, nur die Nerven behalten, weitermachen, weiter machen, Geschichten zu erfinden versuchen, gegen die Geschichte anzurennen versuchen, gegen die Geschichte, ihrer Kataströphchen Kinkerlitzchen Mumpitzchen. Warum sollte, was wieder bald jedem gelingt, früher oder später nicht auch ihm gelingen. Wenn er sich ein bißchen anstrengte; wenn er gut hinhörte. Den feuchten Finger im Wind

Es ist Nacht...

So könnte man beginnen, kein überwältigender Anfang zwar, im Ton mehr als bescheiden, niemanden gleich niederschmetternd; aber es darf ja wieder erzählt werden, Themen hängen in der Luft, Themen, daß einen das Grausen anspringt, Themen wie eh und je; es darf gelacht werden

Es ist Nacht, die Nacht braucht sich nicht unbedingt erst über die Gärten zu schwingen. Alle sind heimgekehrt. Wohlbehalten sitzen sie um die Lampe versammelt in der guten Stube. Es heißt ja, der Vamp im Haus erspare den Ehebruch...

Eine mögliche Fortsetzung, Voraussetzung für eine schöne runde Geschichte, und fädelt man geschickt weiter, so gelingt es möglicherweise, Staatsschützer, wie auch jene, die sich vor dem Staat zu schützen suchen, zufriedenzustellen, damit sie nicht unter ihrem Niveau lachen müssen. Also

Pfeif drauf was das Rohr hält. Der all tägliche Wahn Sinn. Der gewöhnliche Schrecken. Alleheimgekehrt. Nacht

Oder, anders gesagt, angemessener wohl: in gewissen Kreisen, deren Vertreter sich durch Wüste Steppe Urwald vorgekämpft durchgeackert hochgerappelt und an Lianen im Gestrüpp von Ast zu Ast hochgeschwungen haben, um zur mühsam verdienten Ruhe, sich der Bürde ihrer verantwortungsvollen Stellungen bewußt, das Steuer der Geschichte fest in Händen, in bereitgestellte vorgewärmte Sessel sinken zu können, wo sich am Vorabend der bevorstehenden Schneefälle, am Vorabend der Stunde des Todes, oder der Stunde der wahren Empfindung, wie sich manch einer kurz vor der Agonie zumindest einzureden versucht, noch so leicht Stolz breitmacht, das Licht in der Landschaft nach dem plötzlichen Einfall der Dämmerung bläulich und kalt, blau in blau, Leuchtreklamen flimmern, die Mütter, geliebt gehaßt, längst in den Wechseljahren, ihr Seeleben zwiefach gestört, durch Algengewirr und Eisblumen, und verwirrt durch die Poetik der Prospekte,
in diesen Kreisen der nach getanem Werk traulich im Kreise um die Tafel versammelten, im trauten Kreis vom Militärindustriepolizeiwirtschaft beispielsweise, wo sich, weil deren Vertreter wenig anderes gelernt haben oder kaum anders zu lernen brauchten, so leicht Stolz breitmacht, ist es doch kein Geheimnis mehr, zumindest all jenen unter ihnen nicht, die immer etwas

Gordons im Glas haben, daß zuckrigstes Weiß weit vorn an der Spitze steht, verlockend schimmernd silberhell. Ebenso bekannt dürfte den meisten sein, wie manch andere zarte Nuance daneben noch diskret das Geschehen, Handlungen Geschäfte Entscheidungen, begleitet und beeinflußt, lachsiges Rosa rosiges Rot bois de rose Nilgrün Mauve lichtes Blau Veilchenblau, ja, nicht selten gar, wenn auch weit geschickter drapiert, ein zartes Leichenblau, oder, wenn dumpfere Töne anschlagen, Pflaumenblau Petrol Isländisch Moos Rost, und welch reiche Skala von Beige und Brauntönen ihren exclusiven Reigen beherrscht, von einem mittelfarbigen Khakiton reicht die Palette über ein rauchiges Braun bis hin zu Brasilbraun, einem sehr trockenen Braun mit leichtem Grau und Rotstich, Brauntönen werden heute, wo goldene Geldscheinclipse das männliche Gesamtbild schmückend abrunden, allgemein wieder große Chancen eingeräumt, unterstreichen, daß Männer nun keine einfallslosen Zwangsjackenträger mehr sein brauchen und aus ihrem mausgrauen Dasein, in das zurückgedrängt sie nun jahrelang, vielerorts jahrzehntelang darben mußten, ruhig und gefaßt und unbehelligt heraustreten können, gefeiert von Geliebten, die sie verwegen und leicht verrucht an platinenem Kettchen tändeln; zudem sind schicke steife Mützen aus den dreißiger Jahren wieder hochaktuell, beweisen jedem Fremden, daß man gerade dabei ist, sein Cabrio, den Silver Shadow, aus der Garage zu steuern, selbst bei fünfzehn Grad minus; zu späterer Stunde, die Wagen hat man inzwischen geübteren geduldigen Chauffeuren anvertraut, kommen dazu dann Kardinallila Operarot Smaragdgrün und natürlich nobles Schwarz, viel Schwarz, das nach wie vor abendliche Triumphe feiert, goldgarniert, da und dort mit zwei Boas harmonisch geschmückt, mit einer aus weißem und einer aus schwarzem Fuchs, oder einfach als schmales Samtfutteral getragen, mit einem Spitzenhänger drüber. Bekannt dürfte dies vielen unter Ihnen spätestens dann sein, wenn nach dem letzten Akt der Vorhang fällt und unzählige, die von diesem Reigen, von einer betörend Schönen mit einem glitzernden Majorettenstab angeführt, von lebendigster Anmut durchzogen von sympathisch aufreizender Ordentlichkeit dominiert, vorgeführt im exclusiven Rahmen auf dem schmalen Laufsteg über dem Bassin der altmodischen Frauenbadeanstalt am Stadthausquai, dem Lindenquai zwischen Münster und Mauthaus, zwischen Bauschanze und Bank und ganz in der Nähe von Metzgerplatz und Rathaus, noch nicht genug hatten und gerne weiter weiter rufen, oder rufen möchten, obwohl zwei Säulenheilige, in genestelten Badehosen, vornüber mit einem in Gold gehaltenen Aufdruck FISHING, aus dem gleichen glatten glänzenden Zeug gefertigt, Seide, Seidenimitation Satin, aus dem auch all die Dessous, die Büstenhalter Slips Tangas, die schmalen schwarzen Hüftgürtel und Strumpfhalter, gefertigt sind, welche Frauen erst nackt ausgezogen erscheinen lassen sollen, oder angezogen nackt, nackter als nackt, zwei Säulenheilige, wie gesagt in genestelten lila Badehosen, den ganzen Abend über die Bühne flankierend, mit auf den Rücken gekreuzten gefesselten Armen, damit ihre geölten Körper im Lichterspiel besser zur Geltung kamen, über Schmerz und Qual in Schönheit triumphierend, nun, ihres Sinns beraubt, bereits das aufgebauschte Feld räumten, sich kopfüber ins kalte Wasser stürzten, in die eisigen Fluten warfen, IN DEN EISIGEN FLUTEN ZU LÖSCHEN IHRE GLUTHEN.

Hatte sich schon der letzte Akt nach anfänglich recht bedächtigem Spiel unglaublich rasant abgespult, die Akteure und Aktricen, allesamt in Modellen aus Leder, speziell aufregend, ja eine Augenweide für jeden echten Baged-Or-Fan, butterzarte Nappahandschuhleder, pfirsichsamtene Antilopenwildleder, mehr abzeichnend als verbergend, wirbelten, rasten über den Laufsteg, so daß man große Mühe hatte, das Vorgeführte überhaupt wahrzunehmen, was äußerst schade war, hätte es doch größere Beachtung verdient gehabt, allein schon die Modelle von Kelvin Klein Versace, welche ja, wie man weiß, ebenfalls und immerhin Jacky Kennedy Betty Ford und diverse schwedische Prinzessinnen einkleiden,

so enteilten Gloria Helena Leila, wie all die anderen Protagonistinnen beflissene Schönheiten, gleich nach der Darbietung und nach kurzem gemeinsamem Umtrunk im Petit Palais, wo man, Champagner im Glas, das Licht der Kronleuchter bricht sich drin, schnell augenzwinkernd anstieß;

enteilten, noch während versierte Besucherinnen hybrid, kaum der Anstregung wert, abwinkten, wenn ihnen die Bedienung die Silberplatte ohne die beliebten Lachscanapés reichte;

enteilten in schenkelhohen Schäften, hochhackig und sporenbewehrt, die Peitsche wippt lässig in der Rechten, um die ins Leder gespannten Knöchel eine teure Kette, mit einem platinenen Vorhängeschlößchen verschlossen;

enteilten zum Nachtdienst, zur nächsten Nummer, ins Playhouse in den Wild Garden in den Rüden ins Fangulli in The White Stallion, wo neben den mit rotem Kunstleder ausgeschlagenen und durch blinkende Nieten rautenförmig abgesteppten Eingängen Bedienstete in Operettenlivrées steckend stehen und auf die Uhr schauend die verwegenen Degenschwingerinnen erwarten, sie und die ihnen bestimmt bald nachfolgenden Stiefelknechte, während draußen in der Nacht längst die Blätter fallen, die Chauffeure im Nebelniesel geduldig hinter den beschlagenen Scheiben der polierten Limousinen mit laufendem Motor warten und über die blinkenden Kühlerhauben im Scheine der ahnungslos unbekümmert flackernden Leuchtreklamen Tropfen perlen bla bla bla ja ja JAAACHHH. Jack the Ripper geht um. Jack the Ripper, der fabelhafte Prachtskerl, in die Fänge von Filmproduzenten gelaufen. Jack the Ripper, der nun keine Zeit mehr hat zu erzählen, wie er dazu kam, ein Mörder zu werden, wie in einem Gedicht erzählt wird. Kortschnoy und Jack the Ripper gehen um. Kortschnoy und Jack the Ripper, von denen man aber berechtigt beruhigt annehmen kann, daß sie eigentlich beide kultivierte Stützen dieser Gesellschaft sind, die also wissen, was zu tun ist, der Schachmeister und der Bauchaufschlitzer. Kalkulierte Gewalt

Desto weiter man sich mit all diesen nicht ungelegenen Ablenkungsspielen beschäftigt, in Tiraden flüchtet, DIE SPRACHE SCHRITTWEISE IN DIE WÜSTE FÜHRT, versimpelt, sich in Wörter verbeißt, schüchtern gutwillig enttäuscht, aus Scham sich in Worttürme sperrt, DIE SYNTAX ZUM SCHREIEN BENUTZT, sich in der Geschichte in Geschichtchen verrennt, in runde oder stachlige, DEM SCHREI EINE SYNTAX GIBT, so lange, bis alles zerbricht, aussetzt, bis man nicht mehr weiß, was sagen, bis man nichts mehr weiß,

desto weiter schiebt man nur den eigentlichen Ausbruch hinaus, die Niederschrift seines Versuchs,
desto größer wird hinter der Geschwätzigkeit eine Unruhe, die erneut in eine alleslähmende Angst umkippt

II

Nein. Anfangs, kurz nachdem die Tore des Theaters am Ende der Spielzeit für die Sommermonate sich hinter ihm geschlossen hatten, für ihn, wie sich später herausstellte, endgültig geschlossen hatten, war es leicht. Nachdem ein Abschnitt abgeschlossen und also eigentlich alles noch offen zu sein schien, konnte er ja beginnen, konnte er sich der Reihe nach noch einmal alles aus dem nun hinter ihm liegenden Zeitabschnitt genau vorstellen, nochmals und noch einmal diese Überladenheit bürgerlicher Trauerkomödien weiter ausformen, weiter bis an die Grenze des Erträglichen ausschmücken, um so die Zeit zu vertreiben, zu vergessen, um Leere zu überbrücken – obwohl Zeit nicht einfach vertrieben, sondern verspürt werden sollte.

Ist eine Komödie abgespielt, zahllos sind die sich täglich abspielenden Komödien, im Theater und außerhalb, die sich im alltäglichen Einerlei abspielenden Komödien, so wird ihre Dekoration abgebrochen, auf die Seite geschoben, geordnet und aussortiert, schubladisiert, was sich schubladisieren läßt, der Rest in einen Aufzug geladen und hochgefahren, früher mit einem Flaschenzug von Hand, heute mit einem Elektrodifferentialkettenzug in den Schnürboden hochgezogen, und von dort an einer Laufschiene der Arbeitsgalerie entlang auf den Estrich gefahren, hier, über der Prunkdecke des Saales, aneinandergelehnt, abgelegt, Wand an Wand, Mauer an Mauer. Die noch so aufwendigen Vortäuschungen der großräumigsten extravagantesten Salons der Theaterliteratur, einmal in ihre Einzelteile zerlegt und zusammengeschichtet, unterscheiden sich kaum von der Ausstattung eines in der Längsachse aufgeschnittenen Zirkuswohnwagens, und diese Versatzstücke unterscheiden sich kaum von Versatzstücken für eine Alphütte, rauchschwarz natürlich, oder für schummrige Winkel zwielichtiger Hafenkneipen. Ramsch, denn nichts anderes bleibt übrig, selbst von der aufwendigsten Dekoration nicht, der Platz hat auf einer einzigen Fuhre. Wenn nicht, wird eben mehrmals gefahren. Nichts leichter als das. Nur eine Frage der Zeit. Was übrigbleibt, auf der Bühne zusammengerückte Möbel, sie kamen ihm in ihrer Kleinheit oftmals vor wie in der Mittagshitze oder in frostigen Nächten vor der großen Herbstscheidung dicht aneinandergedrängt in der Weite der Landschaft verlorene Schafe, ängstlich oder teilnahmslos jedes den Kopf unter dem Bauch des anderen versteckt, wird nach vorn auf die Vorbühne geschoben. Einem präparierten Sessel, dessen Mechanismus während der Vorstellung nicht funktioniert hatte, oder vielleicht war der Schauspieler einfach nicht damit fertiggeworden, hatte also selber versagt, knicken beim Vorschieben die Beine weg, wie Schafen, die unter dem Bolzen der Schlächter zusammensacken. Dann werden die vorn zusammengeschobenen Möbel mit dem hydraulisch steuerbaren Halbrund der Vorbühne versenkt, ein Lift fehlt, und unten, unter der Bühne, verstaut. Jedes Stück an seinen Platz. Sitzgruppen zu Sitzgruppen. Schrank zu Schrank. Servierboy zu Servierboy. Tisch auf Tisch. Übereinandergestapelt. Alles mit riesigen

transparenten Plastikblachen abgedeckt. Verschnürt. Zum Schutz vor dem Staub und den Motten . . . .
. . . .
. . . .

1

Einst war hier alles feucht...

Wenn mächtige, mit Krachen und Tosen von den Bergen herunterbrausende Gewitter, einst soll es sowas gegeben haben, man kann es nachlesen...

Wenn mächtige von den Bergen herunterbrausende Gewitter den am Theater vorbeifließenden Mühlbach, den sogenannten Mühlbach, die Mühlen klapperten längst nicht mehr...

Wenn mächtig von den Bergen brausende Gewitter den Mühlbach einst über die Ufer trieben...

... dauernd liegen hier irgendwelche Gewitter in der Luft. In der Luft, die dauernd zu warten scheint, von Aufwinden oder durch Erhitzung in die Höhe gehoben zu werden, um sich dort oben wieder abkühlen zu können, ist nach wie vor immer ein gewisses Quantum Wasserdampf enthalten. Am Vormittag bilden sich an der Kondensationsgrenze daraus dann kleine Schiffchen, etwa zweimal so breit wie hoch; gegen Mittag sind sie schon gleich hoch wie breit und am frühen Nachmittag bereits bedeutend höher als breit, zu blumenkohlförmigen Gebilden geschwollen und weiter anschwellend, bis in ihrem oberen Teil, in großer Höhe also, an der Grenze zur Stratosphäre, Eisnadeln die Ränder verschwimmen lassen, zum Schirm oder Amboß der Gewitterwolke, so daß es in Gewitterzeiten in den Wetterprognosen dann jeweils

heißen kann AM NACHMITTAG BILDUNG VON GEWITTERHERDEN.
AUS DER RECHTEN HÄLFTE DER GEWITTERWOLKE CUMULONIMBUS ABGEKÜRZT CB ÜBER DEM NAPF FÄLLT BEREITS EIN REGENSCHAUER, steht als Beschriftung unter der Abbildung, die mit zahlreichen anderen Zetteln neben dem Schreibtisch an die Wand geheftet sind, und falls stimmt, was man in der Schule gelernt hatte, man recht erinnert, müssen also Eisnadeln aus großer Höhe durch die Wolke hinabgefallen sein, von Turbulenzen wieder ein Stück hochgewirbelt, um erneut hinabzufallen; durch Feuchtigkeitsaufnahme und durch Anlagen von unterkühlten Wassertropfen in unteren Schichten rasch angewachsen, sind sie schon in der Wolke oder kurz darunter geschmolzen, um als Regentropfen den Boden zu treffen. Dem Betrachter bleibt nichts anderes übrig, als der Bildlegende wohl oder übel Glauben zu schenken, denn selbst bei genauerem Hinsehen, ja bei genauerer Betrachtung erst recht, kann man auf dem grobrastrigen Bild keine feineren Einzelheiten feststellen. Durch die achtfach vergrößernde achromatische aplanatische Lupe von WILD HEERBRUGG hindurch, welche man ständig in einem Lederetui geschützt im Hosensack auf sich trägt, löst sich alles, auch die mit bloßem Auge unterscheidbaren Teile, in ein Wechselspiel schwarzer und weißer Punkte auf, streng diagonal geordnet.
Der Meteorologe, erfährt man unter der Gewitterabbildung weiter, wisse, über welchen Oberflächenformen sich besonders gerne Gewitterherde bildeten, ja, man könnte geradezu von Gewitterregionen sprechen. Ob die Gewitter jedoch in den Hügeln blieben, in Gebirgskesseln, oder, den vorauseilenden Böen fol-

gend, von heftigeren Winden getrieben ins Mittelland hinausträten, ließe sich nicht mit Sicherheit voraussagen. Wo einen ein Gewitter aber auch antreffen möge, sicheren Schutz, dies gelte allgemein, böte nach wie vor ein festes Haus, sofern es einen Blitzableiter aufweise, oder ein Auto, dessen ganze Karosserie, einschließlich des Daches, aus Metall bestehe, dadurch wie ein Faradaykäfig wirke und den elektrischen Strom des Blitzes, dank sehr kurzer Dauer können Stromstärken bis zu hunderttausend Ampere auftreten, über die Außenseite des Metallgehäuses ableite. Schwalbennester unter den Dachbalken, ans Haus genagelte Eulen und Fledermäuse, oder, wie da und dort noch zu beobachten, über der Stalltüre die ausgebleichten Kuhschädel schützten wohl weniger. Im Freien, schreibt der Meteorologe Rauh weiter, meide man die Nähe hoch aufragender Gegenstände, Bäume oder Kirchtürme, wie die Masten irgendwelcher Hochspannungsleitungen, Skilifte oder Schwebebahnen, oder Kuppen und Grate, auf denen man selber über die Umgebung hinausrage.

Wenn von den Bergen brausende Gewitter, ungezähmte Wassergüsse, schäumend mit brausender Wucht die abschüssigen Felsstufen zu Tal stürzende Wildbäche sprunghaft anschwellen ließen,
einst soll es sowas gegeben haben,
plötzlich selbst über den geübtesten Berggänger hereinbrechende Gewitter, diesen zwar bereits auf eiligem Abstieg antreffend, doch auch ihn unverhofft mit einem grell aus der Wetterwand heraus in die Augen fahrenden Blitz überraschend, ihm, derart geblendet, mit einem fast gleichzeitig loskrachenden Donnerschlag nicht selten tödlichen Schrecken in die Glieder sprengend, ihn, mit für einen Augenblick etwas weichen Knien auf dem schmalen Pfad gestrauchelt, in den Abgrund kippend;
über Mensch und Vieh hereinbrechende Gewitter;
Gewitter und ungezähmt zu Tal tobende Bäche, man kann dies nachlesen, in Chroniken und Annalen, wo Naturgewalten mit Vorliebe ihren Niederschlag finden...

... beispielsweise im Urbar des nahen Klosters, zu dessen Besitz einstmals weite Ländereien der Umgebung gehörten, wo der Schreiber in makellos sauberer, bis in kleinste Einzelheiten durchgestalteter Handschrift, einer winkligen taktsicheren genauen nüchternen deutlichen starren, oder besser: verknöcherten Handschrift, die jedem äußeren Einfluß verschlossen zu sein und jemand völlig abgesichertem anzugehören schien, der, lebte er heute, Angestellter in der Abteilung für Wertschriften wäre, in einer automatischen Handschrift also, mit zierlich gemalten, mit allen Reichtümern der damaligen Illuminationskunst geschmückten Initialen, als hätte der Schreiber sich jedesmal neu beweisen wollen IN PRINCIPIO EST LETTERA, anmerkte, daß er anno fünfzehnhundertundzwölf, nach einem Unwetter über Land die Besitztümer seiner Brotherrin, der wohlehrwürdigen Frau Äbtissin, einer ehemaligen von Rosenroll, abschreitend, zu ihrem, seinem und wohl des ganzen Klosters Leidwesen feststellen mußte, ABER EIN MANMAD WISLAND HAT GHÖRT IN DEN HALBEN HOF SERLAS LAG DWYL ES NOCH VORHANDEN ZU UNDREST IN SUTTPRADA DAS HET DER NOLL ITZ MIT VILL ANDERM GAR HYN GFÜHRT. Und noch Jahrhunderte später, der Stil der Schreiber verfeinerte sich, sollen Gewitter dieses sonst quicklebendig über Fels und Wiesenhänge sprudelnde, durch die Riedmaiensäße gurgelnd an Sumpfdotterblumen dahinmurmelnde Bächlein, zu ungetümer Mure angeschwollen, brandschwarz, gleichsam wie Dinte, heißt es, ungeheure Schuttmassen mit sich talabwärts wälzen lassen haben. Nach und nach wären wohl hundert und mehr Mannsmahd Wiesland, Wald und Weiden, mergelschiefriger Boden, der nicht selten Schwefelkies in großen Mengen eingesprengt enthalte, nebst Häusern und Ställen in die Tiefe geglitscht, fast geräuschlos, bald nicht nur bei Regen, bald selbst bei trockenem Wetter, in den Abgrund geschlipft, wo der Nolla alles weggeschwemmt.

Ein bejahrter Mann, gebückt, auf einen Stock gestützt vor seinem Haus stehend, habe ihm, dem Chronisten, mit dem Finger in weiter Ferne die Grenze des damaligen Wiesenhanges gewiesen, wo nun statt Serlas, Sutprada, dem Kabisboden, dem Gruobli und dem Ried, fruchtbarer Güter seit Gedenken, ein wüster trauriger Bergschlund gähnte, wo weiterhin Schlammpfützen im Erdschutt faulten, fauliger Geifer vom Berg, und da und dort noch streifenweise in großen Flocken oft haustief hinabgesunkener Rasen welkte...

Damals.
Nachdem der halbe Winter schneelos gewesen sei.
Die Wasser auf ein paar Rinnsale zurückgefroren.
Das im November gefallene Schäumchen schon lange vor Weihnachten weg.
Bis auf ein paar Flecken in den Litzenen und auf den Schattseiten der Dächer.
Wenigstens habe man die Schafe lange draußen lassen können.
Der Boden über die Festtage und den ganzen Jenner durch bis in den Feber hinein aper und beinhart.
Man hätte lieber von einem Eismond als von einem Schneemond reden mögen.
Dafür überall Eisblatern.
Überall hätten sich Eisblatern aufgeworfen.
Bei wachsendem Mond.
In den Riedern und wo auch nur die Spur eines Wässerchens gewesen sei.
Das Hirn hätte sich einem bei dieser Bise zusammenzuziehen begonnen und wäre wie lose im Schädel gschottelt.
Das Vieh stellen sei auf dieser Gfrörni zum Wagnis geworden.
Die Tiere stettig und überstellig gstabet und steif wenn sie aus dem dunkeln Stall ans grelle Licht und die fri-

sche Luft gelassen würden.
Drei trächtige Kühe habe man beim Stellen auf dieser Gfrörni vertrölt.
Mitte Feber dann plötzlich Föhn.
Von einem Tag zum andern.
Plötzlich auf die Mondkehr ab.
Nach dem monatelangen Frost und der dauernden verdammten Bise habe man dies erst gar nicht verstehen können.
Er möge sich nicht erinnern jemals so lange hintereinander solch ungemütlich Wetter gehabt zu haben.
Schneelos und kalt.
Ruch.
Danach dieser Föhn.
Man habe sich schon umgewöhnen müssen.
Plötzlicher Föhneinbruch.
Tag und Nacht ein Reißen und Günteln an den Balken und um die Gwetten.
Ein Struber Luft.
Schräg vom Paß her.
Der böse Glaserluft.
Unter die Dächer und in den Wald hinein fahre er.
Man sehe ihn nicht gern.
Er verheiße nichts Gutes.
Anders als der Föhn vom Zwölfihorn.
Der Gwettluzi.
Traubenkocher hießen ihn die weiter unten.
In der Herrschaft.
Im Herbst.
Föhn.
Und danach tagelange Schneefälle.
Als dem struben Luft der Schnauf ausgegangen sei tagelang Schneefälle.

Ja.
Und bald nach Ostern Gewitter.
Gewitter in den Schnee hinein.
Damals

... damals, als diese ersten verfrühten Gewitter übers Tal brachen, in den auf den Alpen und dem Maiensäßgürtel teilweise noch meterhoch liegenden Schnee hinein, und die Wasser mächtig anschwollen, sei der innerste Ring des weiten Trichters gewichen, hätte ihm der Alte berichtet, weiß der Chronist zu berichten. Die Grundlage des ganzen Hanges, der höheren Lagen, plötzlich weg. Neue Einstürze und Erdschlipfe wären den ersten unweigerlich gefolgt. Rutsch um Rutsch. Es häte kein Halten mehr gegeben.

Oben am abschüssigen Hang über den Abbrüchen hätte man sonnengeschwärzte Häuser, vom weichenden Erdgrund auf die seltsamste Art verschoben, sehen können, Ächzen im Gebälk, keine Seite, kein Gwett mehr senkrecht, kein Boden mehr eben, alles schiefgedrückt, überhängend, mit geschnitzten Pfettköpfen, Vordächern und Lauben in den Abgrund ragend, dem Einsturz nahe. Tür für Tür aus Angel und Halterung gesprengt notdürftig verbrettert vernagelt. Die verwackelten Fenster anstelle längst aus den Rahmen herausgebrochener Scheiben mit schwer im Wind sich blähenden Säcken verhängt. Daneben Ställe, deren Balkenwerk auf ebener Erde ruhte.

In einer seiner zahlreichen Schilderungen notierte der Chronist, der mit Fortunat Friedrich von Tsch, Burgermeister, zeichnete, die Bewohner wären eben erwiesenermaßen besser Zimmerleute als Maurer, ja, man sage ihnen dies nicht zu Unrecht nach, man brauchte nur einmal hinzuschauen, jede der unter das Strickwerk ihrer armseligen Gebäulichkeiten geschichteten, kaum gepflasterten Mauern, die Mauern zu nennen man sich beinahe scheue, bestätige es. Bauleute, die mit Holz ordentlich geschickt umzugehen wüßten, den einen oder anderen ihrer Gebrauchsgegenstände, einen Melkeimer oder eine Stabelle etwa, gar mit einfachen Schnitzereien, mit Sonnenrädern und anderen Rosetten, zu verzieren wüßten, die vom Stein jedoch nichts verstünden. Nichts. Der Chronist, wie andere Journalisten der Intelligenzblätter als feinfühliger mit höfischen Sitten Abgerichteter zum Vergnügen ausgezogen, wohin es ihn grad locken mochte, sich wortreich am vorgefundenen Unheil, am malerischen Elend labend, unterließ es, zu erwähnen, daß die mächtigen steinernen Häuser von ihm und seinesgleichen, weit unten in fruchtbaren Ebenen,

daß die Palazzi der Podestaten, heute, weil die Geschichte nicht ganz ihren Erwartungen gemäß verlief, von deren teils recht heruntergekommenen Erben, die sich jedoch nachwievor gerne als Kulturträger verstanden wissen wollen, bewohnt, oder sind die Gebäulichkeiten inzwischen auf Grund vertrackter Erbschaftszwiste in städtischen, also öffentlichen Besitz übergegangen, oft jahrelang unbenutzt leerstehend, unbewohnt trotz Wohnungsmangel, auf eine in Aussicht gestellte Renovation, man hat nachwievor Ansprüche, legt Wert auf repräsentative Kulisse, oder spekulativ weiter verlotternd auf den Abbruch wartend...

Es wäre so, aber leider erlaube die Administration keine kurzfristigen Vermietungen, es wäre ja auch nicht jedermanns Sache, sowas unterhalten zu können, zu leicht verlöre man sich darin in der Kälte, wenn man eine gewisse Großzügigkeit nicht gewöhnt sei, erklärt die Sekretärin des Liegenschaftsverwalters, mit verkniffenen Mundwinkeln lächelnd, ein gelbes Lachen, gelb und welk wie ihre Haut, erkundigt man sich bei ihr nach einer der leerstehenden Wohnungen in einem der Palazzi. Andere fanden inzwischen als Pflegeheime, als Erziehungsanstalten, als Strafanstalt neue Verwendung, besonders die etwas außerhalb im Grünen gelegenen, denen meist ein großer Gutsbesitz angegliedert ist; einstige Wassergräben rund um die herrschaftlichen Bauten hat man trockengelegt, zu Kieswegen hergerichtet dienen sie dem täglich halbstündigen Auslauf der schwereren Insassen als Rundlauf; arbeitsfähigeren Zöglingen in blauweißgestreiften Überkleidern kann man über Land fahrend bei ihrer Arbeit zuschauen; hinter Drahtgeflechtzäunen sind sie auf hektargroßem Pflanzblätz in Reih und Glied über Kabisköpfe gebückt, nach Unkraut hackend, vor dem Hintergrund der breiten hellen Mauern am Rande der Ebene

... daß also diese halben bis ganzen Palazzi von ihm, dem Chronisten, und seinesgleichen, diese maßlos proportionierten Gebäude mit ihren riesigen Treppen und riesigen Räumen, in denen man noch im Hochsommer fröstelt, Tempel einer Dynastie gleichsam, oder einer erst zu gründenden, mit diesem Bau vielleicht gegründeten Dynastie, die es dann, weil sie zu ungeschickt war, sich in den zahlreichen im Lauf der

Jahrhunderte im christlichen Glauben geschlagenen Schlachten jeweilen rechtzeitig auf die richtige Seite zu schlagen, auf keinen grünen Zweig gebracht hat, Tempel so oder so, oder als solche erkannt von Archäologen einer möglichen Nachwelt, denen, werden sie einmal zufällig auf diese Gebäulichkeiten oder deren Überreste stoßen, aus diesen Geschlechtergruften sie sogleich betörende Ausdünstungen von verrotteten Lederfolianten und von beißendem Holzmehl entgegenschlagen werden, Ausdünstungen von Dingen, die, vielfach unnütz, lange Zeit unberührt dagestanden hatten und nach noch längerer Zeit dann nach und nach zu Staub zerfielen, die möglicherweise erst im Augenblick des Erscheinens der sich vorgrabenden Eindringlinge zu Staub zerfallen oder beim ersten sie treffenden Lichtschein sich ganz einfach verflüchtigen, wie die Fresken in einem Film von Fellini, deren Farben unter dem Strahl der Taschenlampen der mühsam und staunend zugleich vordringenden Eindringlinge, studierten Nachkommen ebensolcher Häuser, ausblichen, verblaßten, deren Putz sich von der Wand zu lösen begann und vor ihren Füßen zerbröselnd zu Boden fiel; oder die Überreste dieser herrschaftlichen Gebäulichkeiten glichen Totenmasken, hinter denen, NÄHME MAN SIE AB NICHT EINMAL EIN HÄUFCHEN KNOCHEN ODER ASCHE GEFUNDEN WÜRDE DA WÄRE EINFACH EIN NICHTS GÄHNENDE LEERE;
daß diese Palazzi also, mag es sich nun um halbbatzige oder tatsächliche handeln, bewohnt einst, wie gesagt, vom Chronisten und seinesgleichen, stünden sie oben auf unsicherem Boden, oder besser: wären sie oben gestanden, statt unten in der Ebene, von den Bewohnern vom Hang einst in Fron in der Ebene auf sicherem Fels

gebaut – zum Dank durften sie danach mit ihrem Zehnten jährlich etwas zum aufwendigen Unterhalt beitragen –, kaum dem ersten Erdrutsch standgehalten hätten, längst zerbröckelt wären, pompös in sich zusammengesackt, ein Geröllhaufen auf lehmiger langsam talwärts schliffernder Schutthalde, die größten Brocken, aus dem Dreck geschwemmte Bruchsteine, hätten dann als Baumaterial für die Wuhranlagen späterer Flußkorrekturen Verwendung gefunden –:

genau dies zu erwähnen, unterließ der Chronist, dem sonst keine Einzelheit zu entgehen schien, dem kein Detail abwegig genug sein konnte, der sich in diesem Falle jedoch lieber mit dem isoliert hingestellt weit unverfänglicheren Vergleich schlechte Maurer und gute Zimmrer begnügte;

so brauchte er auch nicht zu bedenken, es hätte ihn, feinfühlig wie er war, unbezweifelbar beunruhigt,

warum seine Wohnstätten unten in der Ebene in fruchtbarem Gebiet standen und die Holzhütten oben;

warum seine herrschaftlichen Wohnstätten meterdick gepanzert waren und das Strickwerk der Hütten am Hang nur auf nacktem Boden geschichtet;

warum er unten im Schutz von Wassergräben in weitläufigen Anlagen residierte, während andere oben in enge Kammern zusammengedrängt hausen mußten, und daß viele der Bewohner vom Hang, die einst in diese WILDENEN, wie der Chronist das Gebiet umschreibt, zurückgedrängt worden, oder von anderswo, war dort der Boden zu karg, der Platz zu eng geworden, hierher zugewandert waren, vor Jahren schon, als der Raum dann auch hier wiederum zu eng wurde, ihren unsicheren Behausungen den Rücken gekehrt hatten, weiterzogen, ihr Brot auswärts zu suchen gezwungen wurden, ihr Brot und nicht ihr Vergnügen.

Krumme sonnengeschwärzte Häuser, wie gesagt, wären oben am Hang zu sehen gewesen, und träte man gar in eins dieser Häuser ein, schaute man aus einem dieser Häuser, so könnte man den Kaminrand, den Kaminhut eines anderen Hauses vom tieferen Abhang, dessen ganzes Dachgeschoß noch vor gar nicht so langer Zeit sichtbar gewesen wäre, verschwinden sehen. Zwar stiege aus dem Kamin kein Rauch mehr, sonst würde es ja den Anschein machen, als rauchte es aus der Grasnarbe.

Krumme Häuser also und Ställe wären zu sehen gewesen, Ställe, deren Balkenwerk, auf ebener Erde ruhend, beim Vordringen neuer Gefahr, wenn das Wetter wieder einmal, wie es heißt, einer Furie gleich vom Berg herabgefahren kam, Felsstürze und neue Rutsche und Rüfen nach sich zog und den Schutt, für guten Humus sorgend, unten im Meiersboden oder weiter draußen in den Auwiesen ablagerte, jeweilen hastig auseinandergelegt, fortgeschafft und anderswo, an zur Zeit sicherer Stelle, ebenso flüchtig wieder aufgebaut wurde, fundamentlos, an den Ecken durch unterlegte Steine notdürftig ins Lot gebracht, die ausgeleierten Gwetten zusammengesteckt, gestrickt, Rundhölzer und Hälblinge aufgetrölt

Mobile Homes, sozusagen, für Groß- und Kleinvieh, hatte ihm ein Bühnenarbeiter erwidert, als er dies an einem Nachmittag gegen Ende der Spielzeit, während sie sich fluchend mit den bleischweren Versatzstücken einer Alphüttenandeutung abmühten, um für die abendliche Vorstellung ja rechtzeitig fertigzuwerden, erzählt hatte, fertigzuwerden für die letzte Vorstellung von ALPENKÖNIG UND MENSCHENFEIND, welche dann allerdings, wegen Unfall, wie es hieß, ersatzlos ausfallen mußte. Ein Hauptdarsteller, teilte die Direktion mit, es sind ja immer die Hauptdarsteller, hatte sich, als er auf dem Weg vom Teuchelwald zur roten Platte hinauf im Kaltbrunntobel oben auf einer Eisblater ausgerutscht und hingestürzt war, einen Arm gebrochen, oder er glaubte einen gebrochen zu haben, gewisse brechen sich schneller einen Arm als andere, anders gesagt: nicht jeder kann es sich leisten, nicht jeder hat das Vorrecht, sich einen Arm brechen zu dürfen. Doch vielleicht war dieses Mißgeschick gar nicht, wie der Direktor, als sie mit ihrer Alphütte beinahe fertig gewesen waren, anmerkte, auf einem Waldspaziergang in würziger, vom Duft der großen Tannenwälder, richtiger Mischwälder, rund um Ruch durchtränkter Luft passiert, sondern. Sondern der Hauptdarsteller war nur wieder einmal im Suff die Hoteltreppe hinuntergestürzt, nachdem er den ganzen Nachmittag im Hotel Central bei seiner Jaßrunde verbracht hatte, bis in die Abendstunden hinein, in der hinteren Arvenstube, der sogenannten Pferdegeschirrkammer, im Nebel von Brisagos und Rößlistumpen, mit Herrn Colani, dem König der Bernina, mit Benedetg Fontana und mit Jörg Jenatsch zusammen, jassend und scherzend, Jäger-, Aktivdienst- und Theaterlatein fabulierend, und dazu halt einiges getrunken hatte. Im Suff aus der verrauchten Kammer gewankt, auf dem Gang über den hochflorigen Teppich gestolpert und die Hoteltreppe hinuntergestürzt. Diesmal so, daß es ihn erwischt hatte

Während er nun lange Zeit später, Monate sind seit jenem Nachmittag im Theater verstrichen, seit Wochen schon geht das Theater weiter, prächtig, mit anderen gleichen Stücken, ohne ihn, seit Wochen, nach kurzem Sommer oder sommerähnlicher Zeit, lastet wieder Tag für Tag die gleich graue Nebeldecke über der Stadt, bald ist unter diesem Deckel jeder Traum einer farbigeren Tagwelt, und wärs nur die Grelle einer Föhnkulisse, zunichte, alles auf ein ausgewogenes konturenfressendes Grau gestimmt, jeden Gedanken einwattend, ja, diese graue Botschaft schleicht sich jedem ins Hirn, sucht sich eines jeden, dessen Sehnsucht nach etwas Sonne nicht vollständig verschüttgegangen ist, zu bemächtigen, immer wieder mit den Armen über dem Kopf fuchtelnd möchte man die lastende Decke zwar auseinanderfetzen, zwecklos;

während er, in einer Zeit, wo einzig Träume einer farbigeren Tagwelt einen über diesen alles zu verschlingen drohenden grauen Einheitsbrei hinwegzutäuschen vermögen oder vermöchten, noch nicht gänzlich zur Ruhe gekommen am Zeichentisch hinter den Papieren seines Berichtes sitzt und als Berichterstatter seine Sätze wieder und wieder durchliest, an einer Textmaschine herumknobelt, da an einem Rädchen feilend, dort ein Ächschen neu zu stecken versucht, seine Sätze auf Schwachstellen hin durchwühlt, korrigierend, da etwas herausstreicht, anderswo etwas ergänzt, alles untaugliche Versuche, um das Ganze auf den neuesten Stand zu bringen, denn der neueste Stand

ist immer das, was bevorsteht, am Ganzen herumflikkend versucht man sich laufend der Zeit einzupassen, ohne sich anpassen zu wollen, im Gegenteil, und schlußendlich wird das, was sich einmal als Ganzes ausgibt, als Ganzes ausgegeben wird, kaum mehr als bruchstückhaftes Flickwerk sein; beginnen wäre ja leicht, hat es irgendwo einmal geheißen, was zurückbleibt sind Fragmente, nichts als Fragmente; ja: FRAGEN FRAG MENTE, wie ein Freund, süchtig nach kaum spürbar variierter Wiederholung, meinte;
Monate nach jenem Theaternachmittag, während er am Zeichentisch hinter den Sätzen des Berichtes sitzt, in Wiederholungen und Widersprüche verstrickt, je länger je heftiger, Widersprüche und Wiederholungen in den Text strickend,
am Zeichentisch sitzend, nicht an einem kleinen runden Kaffeehaustischchen, an so einem hätte er zuwenig Platz für all seine Zettel, nein, an einem Zeichentisch, den man schräg stellen könnte und den er auch jeweils schräg gestellt hatte, als er, bevor er mit dem eigentlichen Aufzeichnen seines Berichts begonnen hatte, an seinen Landkarten Prospekten und Beleuchtungsplänen gezeichnet, Übersichten über alles mögliche anzulegen versucht hatte, denn was zu Anfang noch deutlich dastand, verwischte sich nach und nach, so daß er, was in hohem Maße mit seiner immer stärker werdenden Kurzsichtigkeit zusammenhängen könnte, bald immer entschiedener gezwungen war, immer mehr mühsam in allen Einzelheiten sich vorzustellen, nicht nur ausgeklügelte Erfindungen, Spitzfindigkeiten für einen exquisiten Geschmack, Dinge, die er früher nicht einmal zu fantasieren gewagt hätte, nein selbst einfachste Dinge, die er, um sie

wieder in den Griff zu bekommen, zu zeichnen versuchte;

wenn er nun also am Tisch sitzt und in seinen Sätzen herumwühlt, glaubt er sich schwach zu erinnern, einst, als ganz kleiner Bub, oben am Hang im Schutze von Vaters Armen, Zeuge gewesen zu sein, gesehen zu haben, wie Landstücke, ganze Börter, seit des Chronisten Tagen längst und inzwischen wiederum mit Erlen bestanden, ins Gleiten, ins Schliffern gerieten. Langsam. Kaum sichtbar erst. Kaum ein Zittern in den Ästen. Dann plötzlich rascher. Stauden schachtelten ineinander gleich Mikadostäbchen. Die Erde begann sich aufzuwerfen, überzuwerfen, die verbiegenden Stämme zu verknacken, splitterndes Holz, alles zuzudecken und durcheinanderzuschütteln, alles zu vermusen und zu vermantschen, sich zäh durch das vom Bach in kurzer Zeit tief ausgefressene Tobel hinabzuwursteln, über Wuhre hinweg nollawärts. Eine durch diesen neuen, aus der Bahn geworfenen Bachverlauf bedingt plötzlich am Tobelrand stehende Hütte, nach und nach mehr als zur Hälfte unterspült unterhöhlt, schien sich plötzlich kurz zu wiegen und kippte dann mitsamt den schon längere Zeit, seit die Gemeinschaftssennerei im Dorf in Betrieb genommen worden war, unbenützten, aber immer noch in der Hütte aufbewahrten Käsegerätschaften, mit Kessi Folle Kirne Harfe Gons und Gebsen, vornüber in den Dreck und war weg, als wär's ein Kartenhaus gewesen...

SO MIT DER FOLLE HAST DEN LETZTEN ALPSEGEN GERUFEN, könnte der Sohn am nächsten Tag, die Wetter hätten sich wieder verzogen gehabt, zum Vater gesagt haben, hätten sie beide, wenn dies auch kaum anzunehmen wäre, irgendwo in der blauschwarzen Rüfe, nach ihren Habseligkeiten grabend, im Lehm ihren Seihtrichter gefunden, verdreckt und flachgedrückt, die Dauben und Rutenbinder zerbrochen, und würde man in der Gegend überhaupt diese kegelförmigen aus Holzdauben gefertigten Seihtrichter, wie sie weiter nördlich und westlich, aber auch im Süden üblich sind, verwenden, an Stelle der hier üblichen flachen halbkugeligen, meist aus einem einzigen Stück Holz, aus einem Arvenstrunk etwa, geschnitzten, auf ein Brett draufgesetzten Becken, in deren Grund sich ein kreisrundes Loch befindet, Seihtrichter, die sich besser zu eignen scheinen für die Magerkäserei, wie sie in der Gegend betrieben wird, oder betrieben wurde, bei der die Milch, im Gegensatz zur Fettkäserei, die weiter nördlich westlich aber auch im Süden üblich ist, nicht direkt nach dem Melken ins Kessi, sondern in Eimer und Gebsen, Holzeimer und Holzgebsen natürlich, gesiebt wird, weil man die Milch nicht direkt verkäst wie bei der Fettkäserei, sondern sie aufbewahrt, stehenläßt, ziehenläßt, wie es heißt, um sie erst am nächsten Tag, oder gar am übernächsten Tag, zu verkäsen, was allerdings schon einen äußerst mageren Käse, einen geradezu blauen Käse, wie es heißt, abgeben solle; erst verkäst selbstverständlich, sonst hätte die Aufbewahrung ja wenig Sinn, nachdem man die Rahmschicht, die später verbuttert wird, mit einem Gon, einem speziellen Gon, mit einer sogenannten Niedelkelle oder Rahmkelle, von der Milch abgeschöpft hat, abgeschöpft, nachdem man diese Rahmschicht, je länger die Milch gestanden je dicker ist sie, mit dem Finger oder einem hölzernen Niedelmesser dem Gebsenrand nachfahrend, vom Holz gelöst hat.

Und zudem hätte der Sohn sowas kaum zum Vater gesagt haben können, weil man in der Gegend zum Milchsieben nicht nur keine kegelförmigen Holzdaubenseihtrichter benutzt, die weiter nördlich westlich aber auch im Süden zugleich als Sprachrohre zum Rufen des Alpsegens dienen, sondern hier gar keinen Alpsegen übers Tal johlt, weder aus den Vorsömmerungen noch in den Alpen übers Tal johlt. Auch das Kessi kann kaum, wie angenommen, mit der Hütte in den Dreck gekippt sein, da dieses wertvollste Stück des Hütteninventars, dieses weitbauchige nach unten hin sich ausweitende kupferne Gefäß, hier in der Gegend gar nicht in der Hütte aufbewahrt, sondern vielmehr nach dem letzten Käsen im vergangenen Frühjahr, bevor man mit den Kühen auf die Alp zog, vom Käser, indem er es sich über den Kopf stülpte, ins Dorf getragen worden sein dürfte, was ausgeschaut haben mag, als bewegte sich ein riesiger rußiger Pilz durch die blühende Landschaft. Und wenn, wie angenommen, nebst anderem gar eine Harfe mit ins Tobel hinuntergestürzt sein soll, muß es sich bei der Hütte um eine große Ausnahme gehandelt haben, müßte sich das Maiensäß in fremdem Besitz, nicht einzig im Besitz eines Bewohners der Ebene, sondern in auswärtigen Händen, befunden haben, denn dieses Gerät heißt in der Gegend in der Sprache der Einheimischen erstens nicht Harfe, sondern, viel unmusikalischer, Käsbrecher oder Käsrührer, und zweitens schaut das Gerät, wie es die hiesigen verwenden, gar nicht aus wie eine Harfe, ist nichts anderes als ein kleines Tännchen, dessen Rinde sauber von Stamm und Ästchen geschält wurde. Der Satz, SO MIT DER FOLLE HAST DEN LETZTEN ALPSEGEN GERUFEN, kann also nicht oder kaum gesprochen worden sein. Dagegen wäre es möglich, daß, statt dem Kessi, zusammen mit hier gebräuchlichem Seihtrichter und Käsbrecher Jerb oder Worb, also Käsreifen, vergammeltes Lab, ein Reff, vielleicht sogar ein geschnitztes Schmalzmodel mit in den Dreck gekippt sein könnte

Wenn heftige Gewitter den sogenannten Mühlbach, das ansonsten stinkende träge Kanalisationsrinnsal über die Ufer trieben...

...ein Rinnsal, das sich heute unter dem Asphalt versteckt durch Panzerrohre stadtauswärts zwängt, das versucht, mit dem bißchen Restwasser, den Unrat, die gesammelte und sich weiter anreichernde klerikale feudale profane Scheiße stadtauswärts zu wälzen:
vom Sand her, hinter dem Atelier eines Grabsteinhauers und hinter der alten Metzg durch, einem renovierten Gebäude mit gemalten Ecksteinen, das, nachdem es zuvor eine Zeitlang als Gantlokal, für die Versteigerung von Konkursmasse, gedient hatte, heute die Volksbibliothek beherbergt,
dem Hof entlang und aus der Obergasse her, wo man in einem Haus, bequem am Mittagstisch sitzend, durch ein schräg in die Mauer eingelassenes Schartenfenster auf die Turmuhr von Sankt Martin nach der Zeit schauen kann, oder, wie ein Goldschmied und Stadtkenner, dessen Hände, wenn Erben der ehemaligen in seinen Laden kommen, um bei ihm ihren feudalen Schmuck zu versetzen, jedesmal ins Zittern geraten, die Obergasse entlangspazierend auf dieses einem bis anhin verborgen gebliebene Fensterchen hinweisend, nicht ohne sich ein Lächeln verkneifen zu können, zu erzählen weiß: wo man einst, mit etwas Glück, sonntags am ehesten, vom reichgedeckten Tisch aus, oder danach bei einem gemeinsamen Glas Wein, einen zufriedenen Blick auf die am Fuße des

Turmes unter dem karolingischen Halbrelief des heiligen Martin, oder ist es der heilige Michael, an den Pranger gekettet zur Schau Gestellten, auf Diebsgesindel, eine schöne Hexe oder ins Halseisen gezwängte Kessler, hätte werfen können,
und mit einem andern Bachstrang oder heute eben Rohrstrang aus Arcas, Salas, Nicolai her und unter der Reichsgasse hinab weiter, am Hotel Central vorbei, am Rathaus vorbei, und, erneut um einiges bereichert, gleich danach am Spielsal Capri vorbei und an einem Shop für aufregend abwechslungsreiche Stunden zu zweit, wie es heißt – neben einem Eingang eine Läutwerkbatterie, Nummern statt Namen, im Schaufenster ein Spinnrad, damit jedermann davor stehen bleiben darf, Interesse an Antiquitäten ist doch nichts Schlechtes, am Rad vorbei auf einen Stoß billiger Hefte schielend, sos, Sex ohne Schranken wird verheißen, an kritischer Stelle ist das Umschlaggirl mit einem Vibratorstab, hygienisch verpackt, abgedeckt, beschwert, damit der Heftchenstoß unter gierigen Blicken nicht etwa auffliegt, vor den Augen des Betrachters von innen ans Fensterglas klatscht, die Scheibe leise klirrt, ähnlich den Eiszapfen, die, hoch oben vom Dachkänel gebrochen, als Dolche mit haarfeinen Spitzen dicht neben den Füßen auf dem Asphalt zerschellen,
und weiter, unter dem Postplatz durch,
zwischen Kunsthaus – einst die Villa eines in Ägypten zu Geld gekommenen Seidenhändlers, ein klassizistischer Bau, dem es längst durchs Dach über den falschen Marmor regnet, so daß die Angestellten, brechen Gewitter los, eiligst die roten und grünen Plastikeimer, ganze Stapel, aus den Abstellkammern holen und mit ihnen in den oberen Stock rennen

müssen, um die Eimer in den Räumen unter den Tropfstellen zu verteilen, dann, oder besser zuvor noch, gilt es, gefährdete Bilder von den Wänden zu hängen, beispielsweise TELEMACH IN DER GROTTE DER KALYPSO WO NYMPHEN IHREN LOBGESANG AUF ODYSSEUS BEENDEN, von Angelica Kaufmann, der Gattin des venezianischen Malers Antonio Zucchi, in Rom zur Zeit ihrer Bekanntschaft mit Winckelmann, Herder und Goethe entstanden, wie auf einem Messingschild an der Wand zu lesen steht, danach diese in Plastik eingeschlagenen Helgen in sicherere, also trokkenere Winkel zu stellen, dann, oder besser wieder zuvor, muß die Alarmanlage des Hauses abgehängt und außen an der Eingangstür das Emailschild OFFEN umgedreht werden, damit eventuell vor dem Regen Flüchtende gleich unterrichtet sind, DIE SAMMLUNG BLEIBT HEUTE WEGEN INVENTURAUFNAHME GESCHLOSSEN, das am Fuß der zum Eingang hochführenden Freitreppe aufgestellte Schild ACHTUNG STÜRZENDES MAUERWERK DAS LEHNEN AM GELÄNDER IST UNTERSAGT EINSTURZGEFAHR behält bei Gewittern erst recht seine Gültigkeit, und dies alles bei jedem Gewitter von neuem, weil zur Neuabdeckung des Daches die Mittel fehlen, Geld, das die Stadt oder deren Verwalter lieber auf Umwegen in Parkgaragen investieren, in der Annahme, erst gelte es, die Leute durch gute Parkmöglichkeiten in die Stadt zu locken, und dann könnten sie auf die Kunst losgelassen werden, nicht umgekehrt, denn wären die Besucher einmal da, die Stadt lädt zum Verweilen, könnten sie, gäbe es genug trockne Parkmöglichkeiten, im Trocknen warten, im Wagen oder im Parkhausrestaurant, bis nach einem Unwetter, Gewitter dauern ja meist nicht

ewig, die Eimer wieder beiseite gestellt, die Bilder richtig hingehängt, die sanitären Anlagen des Hauses mit dem Regenwasser in den Eimern sauber durchgespült, die Alarmanlage eingeschaltet wäre und der Weg in die Räume wieder freigegeben würde –
und naturhistorischem Museum, wo Flora und Fauna dichtgedrängt auf Besucher wartet, dichtgedrängt Eisbären neben Steinböcken neben dem Glaskasten mit dem Splitter eines tausendjährigen Ahorns;
zwischen einer schulmeisterlich sauberen Buchhandlung, platzbeherrschend,
und einem Optikerladen, vor dem jeder Passant, blickt er durch zwei Gucklöcher in der Wand, computergesteuert seine Sehschärfe testen kann,
am Ausgang des Platzes schließlich zwischen zwei wie als Brustwehr die Straße flankierenden Banken unter dem Postplatz durch in die Bahnhofstraße hinein, oder heute eben unter der Bahnhofstraße weiter, unter Großkaufhäusern, Tuchgeschäften, Konfiserien, Parfümerien, Foto- und Schuhläden, tief unter dem City Shop durch, auf dem Weg da und dort einer Tiefgarage auszuweichen gezwungen, einer der sich geschwürartig in den Boden fressenden Tiefgaragen ausweichend, weiter und weiter, durch die Neustadt hinab, um viel weiter unten erst ans Tageslicht zu treten, dort unten, wo die Stadt ausläuft, als stinkende Kloake ans Tageslicht treten zu dürfen, um bald danach im Ausgleichsbecken und in den Rühr- und Klärkesseln der ARA Dreck zurückzulassen und, etwas aufbereitet, ein bißchen Schwung zu sammeln für den Rest der Strecke durch einen schmierigen Betonkänel zum Fluß hin;
dort unten als stinkende Kloake mit dem ganzen Dreck ans Tageslicht treten zu dürfen, wo im

schmalen Streifen der Rübenäcker und Spargelfelder, zwischen den letzten Hochhäusern, dem heckenumzäunten verwaisten Abdeckergehöft und dem Fluß mit seinen langen Kiesbänken und den paar lahmen Schnellen, besser: wo im schmaler werdenden Streifen Feld und Acker, zwischen dem äußersten Hochhauswall und der Autobahn, Greifvögel, Turmfalken, Mäusebussarde, Schleiereulen unbeweglich auf Pfählen hockend nach Beute spähen, auf flachgekarrte Katzen Igel und Kröten warten, die sie in einer längeren Kolonnenlücke im Verkehr behende vom Asphalt hacken; Greifvögel, die ganz verschwinden werden, wenn die Igel einmal ausgerottet sind; Greifvögel, keine gerissenen Lämmer in den Krallen wie der stolz die Flügel schlagende verstaubte Adler, das Prunkstück der ausgestopften, sauber auf Reih und Glied ausgerichteten Tier- und Vogelwelt im großen Glasschaukasten des Stadtgartenschulhauses;
dort unten als Kloake ans Tageslicht zu treten, Dreck, Konsumkultursäfte – die paar an Verfettung eingegangenen, von vielfältigem Chemikaliengemisch angefressenen Kanalratten fallen nicht ins Gewicht, und angeschwemmte größere Kadaver, Selbstmörderleichen, verfangen sich bereits weiter oben in den Rechen – zutage zu fördern, wo dieser Dreck, weil sich hierher, da keine Sehenswürdigkeit lockt, kaum ein Spaziergänger verirrt, niemandem mehr entgegenstinkt;
ans Tageslicht treten zu dürfen wo kein Tourist mehr anzutreffen ist. Von farbigen Fußspuren auf dem Asphalt wird ein jeder, kaum daß er die Stadt betreten hat, ohnehin sogleich vom Bahnhof aus stadtaufwärts geleitet, mit geschultertem Fotoapparat bewaffnet.

Mit umgehängter, gleich einer Schelle an zu weitem Riemen vor dem Bauch baumelnder Kamera bewaffnet, jederzeit schußbereit, Kulturgütern und Sehenswürdigkeiten nachgehetzt. Anfangs mit leicht verwirrtem Blick. Die Herreiserei mit der Bahn, oder mit Flugzeug und Bahn, hat einen, dem jeweiligen Transportmittel gemäß, etwas hergenommen. Oder kam man mit dem Auto über schnelle Autostraßen hergebraust und angerauscht, wie es im Prospekt heißt, einige Zeit unbeirrt weiter mit gleichbleibend engem Blickwinkel stur gradeausstarrend. Die Starre wird sich lösen, wird abgelöst werden durch Genickstarre vom ehrfürchtigen Aufschauen. Anfangsschwierigkeiten, die weiter nicht beunruhigend wären. Die Stadt solle eine Stätte des Bleibens sein, sollte jedem Gast zu einer Stätte des Bleibens werden; Stadtluft mache frei, habe es schon im Mittelalter – nein, etwas später – geheißen, und dies, so wird versichert, gelte nach wie vor, selbst wenn der Mühlbach keine Walken und Mühlen mehr in Betrieb setze – seine Aufgabe diskret unter dem Asphalt versteckt erledigt –, sei es hier noch schön, zum Verweilen schön...

Kulturen schlugen sich hier nieder. Der Boden ist über Jahrhunderte und Jahrtausende fleißig angereichert worden. Mit Pfeilen, Scherben, Gräbern. Da und dort kann man, unschlüssig an eine Bauschranke gelehnt, von einem wortgewandten Archäologen darauf aufmerksam gemacht, in einer Baugrube unten Spuren sehen, an denen eifrig gebeselt und gekratzt wird. Zeitspuren. Zwischendurch in den Gräben, auf Feldstühlchen, bemühen sich Zeichner, mit Kunstverständnis über große Bogen gebückt, die subtilen Braun- und Rottöne der Kulturschnitten in ganzer Farbenpracht aufs Papier zu übertragen. In einer besonders reichen Schnitte wären Pfeilspitzen entdeckt worden. Darüber Mosaikrestchen. Und eine Waage, mit Maßeinteilungen für zweierlei Gewicht. Anderswo Andeutungen von Gemäuer, das bald schon anderem weichen muß; leider, wird beteuert. Man werde für die Interessierten ein Täfelchen mit den nötigen Informationen anbringen lassen. Mancherorts in der Stadt zieren solche Tafeln die Mauern, jedem Wanderer den Blick für das Vergangene schärfend. Und den Siedlungsgrundriß, soweit er in der kurzen Grabungszeit überhaupt ermittelt werden könne und ihn der Neubau dieses Unternehmens, das, wie die Regierung in ihrer Antwort auf eine kleine Anfrage betont habe, für die Infrastruktur der Stadt wie des ganzen Kantons von unschätzbarer Bedeutung sei, nicht verdecke, werde man am Boden markieren. Farbig. Grün vielleicht, als Kontrast zur blauen Parkfeldmarkierung. Auf dem freibleibenden Platz entstünde eine blaue Zone. Oder, warum nicht, durch in den Asphalt eingelassene Pflastersteine. Granit oder Gneis. Pflastersteine aus den Steinbrüchen der Umgebung.

Hervorzuheben wäre, betonte der Grabungsleiter, daß die meisten in diesem Grabungsabschnitt in der untersten Schicht aufgefundenen Pfeilspitzen nicht aus dem üblichen importierten honigfarbenen Feuerstein, sondern aus einheimischen Bergkristallen bestünden. Diese zierlichen glitzernden Dinger, EIN BILDNIS SO BEZAUBERND SCHÖN, glaubt man den Museumsdirektor angesichts dieser Erbstücke verzückt singen zu hören, neolithische Kostbarkeiten, die schönsten Exemplare werde man, sobald die Archivierung abgeschlossen sei, der Öffentlichkeit zugänglich machen, dürfte man als die frühesten Kunstwerke der Gegend betrachten. Dreifach Freude in sich vereinend. Die des Strahlers, welcher das Rohmaterial in den Schründen und Klüften barg. Die des Formgestalters vergangner Tage. Und nicht zuletzt die des Jäges am harten scharfen Material.

Die ältesten gefundenen Splitterchen sollen älter sein als die Stadt Rom. Dann hat sich hier jedoch vorwiegend römischer Abfall abgelagert. Überdeckt von dem mächtiger Fürstbischöfe. Sarkophag an Sarkophag mit allerhand anderem Feudalem. Das Grab des ersten Bischofs, dero hochfürstliche Gnaden Asinus I, andere Quellen sprechen von Asinius I, liegt im Kathedralengrund gleich neben dem des großen, lange Zeit etwas verdrängten zwiespältigen Nationalhelden, der sich vom Landpfarrbuben, früh von zu Hause weg auf eigene Füße gestellt, als stürmischer Dränger selbst zum Landpfarrer, Pfründe in der Heimat und in den Untertanenlanden betreuend, später zu fürstlicher Ehre emporgewunden hatte. Dieser hochgekommene Plebejer, wie in den feineren Kreisen Alteingesessener gerne geschnödet wurde, der, kann man der Literatur entnehmen, im Hinterzimmer des Staubigen Hütleins, einer zwischen Glocke und altem Gebäu etwas von der Straße zurückversetzten, inzwischen abgebrochenen Pastetenbäckerei mit angeschlossenem Gastbetrieb, in dessen unmittelbarer Nähe heute ein Metzgereibetrieb steht, im fastnächtlichen Treiben einem Attentat zum Opfer gefallen sein soll, und der anderntags schon, während die Tore der Stadt vorsorglich geschlossen blieben, unter anderem weil hinter verschlossenen Türen eine Untersuchung, wenn auch eine äußerst schlampige, in die Wege geleitet worden war, mit reichem militärischem Prunk, vor allem aber unter großem Volksgedränge, nur die Prominenz fehlte, eiligst beigesetzt worden war. Vielleicht war den Herrschaften die Völlerei am Vorabend nicht so recht wohlbekommen. Im übrigen entsprach der Pomp der Stellung des Toten und dem schlechten Gewissen der Stadt. Im Gefängnis soll der Meuchler später, falls es überhaupt der gewesen war, laut Berichten nicht wegen Ermordung des Nationalhelden, sondern der Ermordung oder Anstiftung zur Ermordung eines Verwandten wegen hinter Riegel gesetzt, ebenfalls durch Meuchlerhand umgekommen sein, durch vier Vermummte im Auftrage seiner Blutsverwandten bestialisch in der Zelle erwürgt. Ungeklärt blieb, bis heute, abgesehen einmal von literarischen Klärungsversuchen, Dichter interessiere nämlich in erster Linie das menschlich Mögliche, nicht das historische Faktum, meint ein Historiker, ungeklärt blieb, womit der Nationalheld umgelegt wurde. Ob mit einer Axt, und wenn, war möglicherweise gar bei beiden Attentaten, der Ermordung des Helden eben, wie der seines Meuchlers, die gleiche Axt verwendet worden, denn anderen Versionen nach soll der Meuchler ebenfalls erschlagen und nicht erwürgt worden sein; die gleiche Axt auch, der, diesmal vom Nationalhelden geschwungen, zur Zeit, als dieser noch Pfarrer war, vor Jahren in der Morgenfrühe eines Föhntages bereits ein Adelsmitglied zum Opfer gefallen war. Im Nachthemd; nur mit einem Degen bewaffnet, den der Aufgeschreckte dann allerdings nicht zu gebrauchen wagte; in einen Rauchfang geflüchtet, wo ihn das Winseln seines blinden Schoßhündchens, das dem im eignen Hause in die Flucht geschlagenen Herrn über die Fliesen der winkligen Schloßgänge gefolgt war, verraten hatte. Die Dramatisierung des Stoffes, Jahrhunderte später, durch einen Familiensproß des damals Gefallenen, ein Drama, dessen Verse sich makellos reimen, will allerdings, daß der Adlige etwas besser ausstaffiert, wenn nicht in vollem Kriegsornat, so immerhin mit einem Wams bekleidet festen Schritts vor seine Mörder trat, die dicht um ihren Führer Gescharten Aufgewiegelten mit ICH WAR SCHON RUCHER EH ALS IHR begrüßte, mit Donnerstimme, wie es die Regieanweisung verlangt, bevor er der verdutzt innehaltenden Bande sein Schwert, einen mächtigen Zweihänder, voller Verachtung vor die Füße schleuderte, um auf den Knien, mit gefalteten Händen, WAS HABE ICH GETHAN O JESU, den Schlag zu erwarten. Die Mörder, die Gutherzigen, wie sie sich nannten, waren lautlos auf abgelegenen Wegen durch Riedland und über Wiesen, wo Schneematsch das Hufgetrampel verschluckte, angeritten gekommen. Der Mond, er soll beinahe voll gewesen sein, was leicht nachzuprüfen wäre, jagte hinter zerfetzten Wolken, wie man es sich zur Szene dazupassend vorstellt, und blinkte, wenn er durchs Gewölk brach, in den Wassertümpeln der Ebene auf, warf flackernden Schein auf die schweißtriefend bebenden Flanken der hart gerittenen Pferde. Man kann alles nachlesen. Vielleicht handelte es sich bei der Mordwaffe, der erst ein Adliger, anschließend dessen Meuchler, der spätere Nationalheld eben, und danach der Meuchler des Meuchlers zum Opfer gefallen waren, eher um einen ehernen Leuchter, auch diese Version ist mehrfach dramatisiert worden, sie gibt vor allem Malern mehr her; möglicherweise war es aber gar, veraltete Irrtümer korrigierend, nur ein schlichter Kettenhammer. Offene Fragen; mag heute den Besuchern in einem nahe Schloß, gegen bescheidenen Eintritt, zu schaurig schönen Geschichten vom Kastellan auch eine Axt mit NÜWEM HALM, mit neuem Stiel also, gezeigt werden. Wobei die Axtversion noch am meisten Stil hat. Des ermordeten Adligen Töchterlein, ein bildhübsches Mädchen, es kann nicht anders sein, Lucy oder Kathy hieße sie heute, habe die blutige Axt, welche sie als einzige Zeugin der Schandtat, gerade rechtzeitig aus ihrer Ohnmacht erwacht, noch dampfend den Mördern ihres Vaters habe entreißen können, aufbewahrt, zu künftiger blutiger Rache am Nationalhelden, sagt man. Eines Tages sei es soweit gewesen. Den Frauen, lange in graue Mauern gesperrt, geil auf Feste, seit Jahrs zuvor die Franzosen mit ihrer französischen Galanterie das Feld räumten, räumen mußten, weil die Gunst der Stadtväter sich gegen sie gekehrt hatte, gab es nur mehr wenig zu prunken, war es gelungen, sich für einmal Gehör zu verschaffen. Die Männerwelt, selbst insgeheim froh, ihre bislang schon und unter dem gerade herrschenden politischen Wind noch ärger versteckt hinter ordentlichen Bürgerfassaden zurückgedrängte Geilheit wieder einmal offen ausspielen zu dürfen, in der Hoffnung auch, damit verbunden gleich einiges andere gutzumachen, in Ordnung bringen zu können, hatte den Frauen den gewünschten Maskenball erlaubt. Mochten die Umstände auch alles andere als fastnächtlich sein. Überrisse man sich mit allzu großen Ausgaben, könnten diese danach mit gezielter Anstrengung und etwas Geschick bestimmt wiederum eingetrieben werden. Groß wurde drum aufgetrumpft. Konfetti regnete es durch die engen Gassen. Schwerer Trommelschlag, für einmal nicht von Truppen oder den Truppenwerbern einer der sich grad um die an strategisch wichtigem Wegkreuz gelegenen Kapitale streitenden Macht, füllte Straßen und Plätze. Fackelschein huschte über Fassaden und über im Fackelschein noch schöner scheinende Frauen, von Männern, in der Verstellung erst recht sie selber, und Musikanten umtänzelt. Auch der Nationalheld, erst vor wenigen Tagen in die Stadt zurück, kurz bevor ein heftiger Wirbelsturm den Turm von Sankt Luzi einstürzen ließ und die Fähnlein von der Spitze von Sankt Martin und vom Rathaus in die Straßen hinunterfegte, erfolgreich von internationalen Verhandlungen, die ihm einiges an Ehre und ihm wie auch der Stadt vermehrt Ruhe versprachen, zu Frau und Kindern auf sein Gut an der Jochstraße zurückgekehrt, war mit seinem Gefolge, mit Freunden und ehemaligen Kampfgefährten, aufgekreuzt, hatte mit großer Geste Silberlinge für Speise und Trank springen lassen, hatte Musikanten rufen lassen und war eben damit beschäftigt, mit einer Jugendfreundin im Arm durch den Raum zu wirbeln, Lucy oder Kathy hieße sie heute, deren Vater er einst erschlagen hatte und mit der er glaubte, nach langen Kriegswirren endlich vermehrt beisammen sein zu können, Fausch, der Dicke, blies seit Stunden schon unentwegt die Klarinette, feuerte die übrigen Musiker zu immer rasenderem Tanz an, was da gespielt wurde, war längst kein Schottisch und erst recht kein Walzer mehr, als eine neue Maskengruppe den Saal betrat, eine Schar eigenartig verlarvter Kapuziner, in Masken Verstorbener, die allen Anwesenden nur zu gut bekannt waren, angeführt durch einen hünenhaften Bären, braun bäurisch grob dahertappend, zum Lachen, den Helden mit HE SIGNOR und läppisch ihm die linke Pranke hinstreckend zum Tanz auffordernd; der Held, schon leicht angetrunken, nahm die Aufforderung laut lachend an; doch kaum daß der Bär des Helden Hand in seiner Pranke hatte, plötzlich nichts Läppisches mehr, ein eiserner Griff, das Lachen verstummt, überstürzten sich die Ereignisse, die heute nur noch mühsam aus Dichtung und Protokollen aufgefädelt werden können. Item. Bald jedenfalls lag der Held in seinem Blute, das vom Wirt eiligst herbeigeschaffte und ausgestreute Hobelspäne notdürftig aufsaugten. Ein dampfender, langsam erkaltender sinnlos in prächtige Hüllen verpackter regungslos daliegender Fleischhaufen. So eine Sauerei. Jemand will Schüsse gehört haben. Andere wollen eine feine spanische Klinge, oder war's eine französische, aufblinken gesehen haben. Alle wissen alles und nichts. Fast ein jeder spricht von Hieben, Axthieben, und vor allem: jeder beschuldigt jeden. Das sei wohl klar. Luzi, der Knecht des Adligen sei's gewesen, der Bär, über dessen Identität gleichzeitig jedoch die wildesten, möglichst weit ablenkenden Gerüchte in Umlauf gesetzt wurden. Ja, sogar seine Freundin selbst, wird vermutet, welche, als sie wieder erwachte, halb auf der Leiche gekniet haben soll, die Hände, während ihr vom heruntergebrannten Leuchter Wachs auf Haare, die nackten Schultern, dort den ins Bläuliche, ja fast Violette spielenden Puder auflösend, und aufs scharlachrote Ballkleid tropfte, über die Leiche hin ihrem wahren Geliebten gereicht, einem aus wohlangesehenem Adel von, man wäre fast geneigt anzunehmen, leicht schüchterner, etwas gar spröder Zärtlichkeit, einem Offizier aus dem gerade richtigen Lager, welchem sie, hinter dem Rücken des Nationalhelden, was, weil jener seiner vielen Verhandlungen wegen, und einmal, in Venedig, wegen ungeschickter Verhandlungsführung gar längere Zeit im Gefängnis festgehalten, meist auswärts weilte, leicht gewesen sein dürfte in einer Zeit größter Erbarmungslosigkeit, Menschenvernichtung und geldgierigster Verwerflichkeit, längst schon ihr Herz versprochen gehabt hatte, verbunden mit dem Preis dieses unvermeidlichen Axthiebes, vermutet man. Sie selbst, Lucy oder Kathy hieße sie heute, soll im Taumel plötzlich die Axt geschwungen haben, als gälte es einen Stier zu fällen, wird berichtet. Zur ergötzlichen Unterhaltung eines Teils des Publikums reichte es aus. Angaben zur Lichtregie fehlen.

Blutrache, Erbstreit oder politische Ranküne, politische, oder, was auch heute noch zum großen Teil ohnehin aufs selbe herauskommt: im weitesten Sinne konfessionelle Ranküne. Es hätten ungetüme Zeiten geherrscht, wer habe da nicht bei Gelegenheit den Kopf verloren. Wer nicht, der hatte keinen; oder bereits keinen mehr. Ein ungewollter unglücklicher Zufall wäre dieser Nationalheldentod gewesen, nichts weiter. Oder eben doch kein Zufall. Wen, nach herrschender Meinung, interessiere dies denn heute, und wenn, könne man sich ja leicht vorstellen wen. Bekannte Elemente, Geschichtsverdreher, Schmutzwühler, wie überall darauf erpicht, ungut Blut zu schaffen, draußen im Land den Boden zu bereiten für

Gewalt. Wo sich doch die Parteien inzwischen, so gut es eben ging, abgesprochen, versöhnt hatten; die Geschichte liegt gedruckt vor, mit Goldschnitt, kann ad acta gelegt werden. Nachdenklich stimmt die Vehemenz der Beteuerungen, verdächtig die Übereinstimmung mit ähnlichem aus jüngster Zeit. Natürlich, man vertrete nach wie vor bestimmte Interessen, dies schon, in vertretbarem Rahmen, der Wahrheitsfindung verpflichtet. Natürlich. Pluralistisch liberal. Also. Wie dem auch sei, auf Grund der Schädelzertrümmerungen des Helden wolle man nun doch versuchen, nachdem der Fall lange genug verjährt ist, nachdem niemand aus den betroffenen Familienkreisen mehr etwas dagegen einzuwenden hat und alle zufriedenstellende Dramatisierungen verschiedenster Couleur vorliegen, steht dem ja auch nichts mehr im Wege, die Frage der MORDWAFFE ein für allemal zu klären. Die Frage der Mordwaffe. Dies genügte dann. Wirklich. Ja, man hofft insgeheim, auf diese Weise die tatsächliche Mordwaffe ausfindig machen zu können, wissenschaftlich untermauert; um sie der Collection im Dommuseum als wertvolle Bereicherung beizufügen.

Erst mußte der Held einmal ausgegraben werden. Die für eine Untersuchung unerläßliche Exhumierung stand unter dem Patronat des Bischofs. Als weitum geschätzter Archäologe, oder eben Hobbyarchäologe, es bliebe einem als Bischof leider wenig freie Zeit dazu, bewilligte dieser die Störung der Grabesruhe nach dreihundertzwanzig Jahren heldenhaften Tiefschlafes ausdrücklich, weil er sich bewußt sei, wie er betonte, welche Bedeutung der Aufdeckung neuer Gesichtspunkte für die wissenschaftliche Welt, insbesondere für die an der Historie interessierte, zukomme. Mochten andere das Ganze als pietätlose Spielerei abtun, ihn der Nekromanie oder Nekromantie, oder was noch, verdächtigen, er nicht; zumindest nicht, wenn man seinem einzigen, fast einzigen Wunsche nachkäme, die Gebeine des Exhumierten nach Abschluß der Untersuchungen, denen gleich eine Reihe namhafter Wissenschaftler, Zahnärzte Pathologen Historiker Textilfachleute Theologen, ihre Spezialkenntnisse zur Verfügung stellten, wieder der Erde zu übergeben. DEM STAUBE WAS DEM STAUBE GEHÖRT...

Selbstverständlich kam man dem bischöflichen Wunsch nach, gern sogar, denn der Kirche ist es schließlich zu verdanken, daß der Held, oder was von ihm übrigblieb, die stürmischen Jahrhunderte überdauerte. *Dieser* KIRCHE wäre es zu verdanken, nicht *der* Kirche, erst recht nicht natürlich der anderen. Ja man dürfe sich zu Recht fragen, was man heute vom Helden hätte, hätte dieser damals, kurz vor seinem allzuplötzlichen, Eingeweihte jedoch wenig überraschenden Tode, jenen entscheidenden Schritt nicht getan. Den Schritt von einer Kirche zur anderen. Heute beides Landeskirchen.
Erst hatte der Held sich für die Protestantische und deren Interessen lange gestritten, in jungen Jahren in recht deutlicher Sprache von der Kanzel herab; ACHTET NICHT AUF DEN GLANZ DES STILS UND REDET MIT MIR EINE ANDERE SPRACHE DENN ICH KÜMMERE MICH WENIG UM EURE GRAMMATIK UND RHETORIK MAG EUCH DAROB AUCH DER BAUCH PLATZEN, hatte er den ihm, einem ehemaligen Bauern- und Landpfarrersohn, wenig wohlgesinnten, mit höfischen Sitten und

gestriegelter Sprache vertrauten Vertretern der Rucher Aristokratie entgegengeschleudert, all diesen geschniegelten Söhnen und bläulichen Töchtern, in deren Kreis er, anfänglich als unterhaltsames Exotikum geduldet, bald mal als ein GOTTLOS MAUL galt, das die gerechte Strafe des Himmels treffen werde;
später, nachdem er dem geistlichen Stand, sein unpastorales Temperament legte dies längst nahe, endgültig entsagt hatte, um sich FÜRDERHIN GANZ DEM KRIEGSHANDWERK widmen zu können, als Landpfarrerbub von zu Hause zu Zucht und Strenge erzogen, in der Fremde vertraut gemacht mit feurigem Leben, ohnehin zu Gewalttätigkeiten neigend, etwas blutiger weiter stritt, bevor er sich zur katholischen Kirche hinwandte;
früh sich von der Galeere des Protestantismus freigeschwommen, um später selber wiederum lange Zeit für sie die Peitsche zu schwingen, sie nur umso härter auf anderer Leute Rücken niedersausen zu lassen, war er schließlich in den blutsaugerischen Illusionsmechanismus des Katholizismus geflüchtet, was ihm natürlich prompt neue Gegnerschaft, diesmal von seiten alter Freunde und Mitstreiter einbrachte, selbst wenn für manche von ihnen seine Apostasie nichts als ein Ausrutscher mehr war auf seiner von eigentümlichem Geschmack geleiteten Gratwanderung adelwärts und ausschließlich aus politischen Überlegungen heraus notwendig gewesen und erfolgt sein mochte. Ein Schritt aus diplomatischen Gründen, der Heimat zuliebe, heißt sowas gerne. Ja, hätte er diesen folgenschweren Schritt nicht getan, seine Heldengebeine wären wohl, für immer unauffindbar, längst irgendwo verbröselt, sein Stein, wenn es gut ginge, irgendwo

eingegliedert in die lange Epitaphienreihe an der Stadtparkmauer, in einer Reihe mit all den übrigen einstmals illustren Ratsherren Ambassadoren Kriegshelden Podestaten Präfekten und Prädikanten Armenvögten Bürgermeistern Münzmeistern und Stadtvögten Generalproveditoren Landeshauptmännern Vicari Commissari Bannerherren Doctores und Magister, an der Stadtparkmauer Wind und Wetter ausgesetzt, DURCH AHNEN BERÜHMT DURCH TUGEND VORNEHM, in des einen Stein gehauen, längst unleserlich geworden, trotz, oder gerade weil diese Altvorderen bei der Errichtung ihrer Denkmäler so starken Sinn zeigten für nächstgelegene Steine, vorwiegend einheimischen Scaläraschiefer, verrottet, abgebröckelt. Viel später erst kamen härtere Steine dazu. Schwarzer Marmor aus Trübbach. Belemnitkalk und gelblicher Marmor aus Tirol. Von ENNET DER ALPEN, aus bekannteren Brüchen, weißer Marmor. Für das Soldatendenkmal zwischen den Stauden, Ironie des Schicksals oder petrografische Notwendigkeit, Mägenwiler Muschelkalk

...des Helden Kleider und Grabbeigaben, unter anderem ein auf bloßer Haut getragenes Skapulier, leer, der Inhalt, Briefe vermutlich, war zeitig beiseite geräumt worden, in den gefalteten Händen ein Rosenkranz aus neununddreißig Holzperlen, Buchsbaum, mit zwei Anhängern dran, einem Medaillon, vorn mit einer Strahlenmandorla, auf dem Revers mit den Abbildungen dreier Figuren, beschriftet mit Ignatius von Loyola, Theresa von Avila, Isidor, ein kastilischer Bauer, der es zum Heiligen brachte, und mit einer Broncemünze aus den Untertanenlanden, auf der, schaut man genau hin, um einen sich aufbäumenden

Steinbock herum, statt DAS REICH IST DES HERRN, wie es eigentlich heißen sollte und wie zu erwarten wäre, HERR MACH MICH FREI steht, auf dem Rand ganz klein eingeprägt noch SE NON È VERO È BEN TROVATO: diese Grabbeigaben und die Kleider des Helden sollten, bischöflichem Wunsche gemäß und in gütiger Absprache mit der historisch-antiquarischen Gesellschaft, Lästerer sprechen von einer hysterisch antiquierten Gesellschaft, sobald sie restauriert wären, was dann immerhin dreizehn Jahre dauerte, große Mühe bereiteten vor allem die Münzen, ins Dommuseum kommen, den Domschatz bereichernd; hinter Glas verwahrt, damit sie von jedermann besichtigt werden könnten, unter kundiger Führung und gegen bescheidenes Entgelt.

Vorerst war es nicht soweit. Erst mußte das Heldengrab im Kathedralengrund einmal gefunden werden. Das Publikum muß sich also etwas gedulden, bis zum Stichwort des Arbeiters, der eines Tages, Anfang August soll's gewesen sein, nach langem vergeblichem Wühlen im Kathedralengrund, erfreut, Schlag elf, heißt es, Pickel, Schaufel und Bürste weit von sich schmeißend, ausruft: ECCO LA TESTA. Und der Pathologe, der weiß, wie wichtig es ist zu wissen, wann das Werkzeug, mit dem das Kunstwerk, oder was immer auch, ausgegraben, vom Sand, ohne vorher zu wissen, wie es unter dem Sand ausschaut, freigelegt werden soll, beiseite gelegt werden muß, um nicht unachtsam einen Arm, ein Bein, den Kiefer, den ganzen Schädel, ja das ganze Skelett zu zerstören, wird, nach erneutem Skelettfund, erneut zur Untersuchung angerufen; nach einem falschen Hutten, der dann zwar trotzdem feierlich auf seiner Insel wieder beigesetzt worden war, und nach einem Pseudonational-Heldenskelett – leider weist eben nicht jeder eine Treppe hinunter zu Tode gestürzte und anschließend in der Kathedrale beigesetzte Mönch oder Richter gleich einem Nationalhelden entsprechende Schädelformen auf, anfänglich wird der Pathologe also wohl wenig Lust zeigen, sich weiterhin mit historischen Skeletten zu beschäftigen, solange interessantere Leichen, berühmt berüchtigte Häftlinge aus unseren Tagen, internationales Bekanntwerden versprechen; bis der Grabungsleiter dann eines Tages kurzentschlossen mit dem zertrümmerten Schädel in einer Bally-Schuhschachtel zu ihm hinfährt, an der Türe um Einlaß verlangt und, endlich vorgelassen, den Pathologen mit den vorgezeigten Knochenresten schlagartig umstimmen kann, so daß sie beide gemeinsam, der Pathologe und der Archäologe, mit dem wertvollen Fund im Gepäck, gleich den nächsten Eilzug nach Ruch zurück besteigen werden

2

RUCH IST SCHÖN VERWEILE, steht in fetten Lettern auf einem den ganzen Bahnhofsplatz überspannenden Spruchband, ein im Winde knatternder neuer, vom alpinen Klima zwar bereits wieder etwas ausgebleichter Bannerspruch.

Hatten einst Reisläuferwerber mit Purpurfahnen und schwerem Trommelschlag die Leute aus den engen grauen Gassen des Städtchens herauszulocken versucht, trachten deren Nachkommen heute mit bleicherem Banner, unterstützt durch Hochglanzprospekte, ein buntes Volk von Urlaubern Ausflüglern Sommerfrischlern, ja immer mehr auch von Wintervögeln, denn selbst für Nichtskifahrer scheine hier viel Sonne, gebe es hier so viel Spaß, in die inzwischen mit Dispersion farbenprächtig herausgeputzten Gassen hineinzutreiben;

in die Gassen dieses dem heutigen Aussehen nach irgendwo zwischen Süddeutschland und der Lombardei anzusiedelnde Städtchen hinein;

in die einst vom Mühlbach, den Gewitter oder langanhaltende Regenfälle gerne über die Ufer getrieben haben sollen, durchflossenen Gassen hinein...

Ein alter Stich zeigt am Bach das Rathaus und leicht angeschnitten die wenig weiter unten stehende *obere Mühle,* eine Darstellung, vielleicht aus der Zeit, als der Ort noch ein kleines enges düsteres und mit vielen landwirtschaftlichen Zurschaustellungen vor den Häusern recht unreinliches Städtchen war, mit Hühnerverschlägen und Schweinekrommen entlang der

Gassen, mit im Dreck rund um die Brunnen und in den Pferdeäpfelhaufen vor den Susten sich suhlenden reußigen Sauen und Ebern, deren Gequietsche dann an einem Wintermorgen, wenn der Tag sich schon kaum mehr in die Stadt zu nisten wagte, nach und nach verröchelte, während Nebelschwaden, durchmischt von Dämpfen aus großen Holzbottichen, über deren Ränder die schweren, bereits schlaffen ausgebluteten Leiber in die heiße Brühe hingen, durch die Gassen schwärten, vermischt mit den scharfen dichten beißenden Gerüchen von Glaubersalz, von Blut und von Kot, welchen Frauen, am Bach hockend, aus den noch warmen Därmen wuschen. Selbst jener andere Bedeutende, Kaufmann Möller, mag, als er einst auf der Durchreise hier seine Freundin besuchen kam, eine bekannte Malerin, von der er schrieb, sie habe ein unglaubliches und als Weib wirklich geradezu ungeheures Talent, Jahre danach, in Rom bei ihrer Beerdigung trug Möller, hinter dem Sarg schreitend, einen Gipsabguß ihrer rechten Hand, die ihren letzten Pinsel hielt, während zwei weitere Freunde das Leichengespann links und rechts, mit einem Gemälde von ihr in Händen, flankierten, – selbst Kaufmann Möller also, wie G., obwohl aus adeligem Hause stammend, in seinen Schriften gelegentlich bescheiden sich nannte, mag die Stadt, als er auf seiner Italienreise mit seinem Sechsspänner über die deutsche Straße her durchs Untertor hereingedonnert kam, ähnlich erlebt haben. Heute ist nichts mehr von all dem in den Gassen, geschlachtet wird im verborgenen, in hygienischen Fabriken. Der letzte Zweispänner sei kürzlich in der Pferdemetzgerei abgegeben worden. Heute, zur Winterszeit, hinter angedunsteten halbbeschlagenen

Wirtshausfenstern nur mehr große Kartonschilder, die in ungelenker Schrift die Leute nach einem anstrengenden Tag an den Bahnen und Liften von Trimons, Flem und Masora, einem anstrengenden Tag in der weißen Arena, Abends in Scharen, krakeelend, die havarierten Gelenke in Moonboots entspannend, zu einer fettdampfenden Metzgete, zu Haufen von Würsten und Gnagi, in den Franziskaner, die Schmiedstube oder eine der umliegenden Freßbeizen laden...

In einem unscheinbaren blaugrünen schmalen Bändchen bezeichnet der Erzähler eines heutigen Schriftstellers die Stadt als EINE DER KÄLTESTEN DIE ES GIBT DIE FINSTERSTE DIE ER KENNE, deren Bewohner TIEF SIND ODER SCHWACH ODER WIDERSINNIG VON FINSTERNIS UND VOR KÄLTE. IN DEN MEISTEN GESICHTERN IST NICHTS ALS DUMMHEIT, heißt es da wenig rühmlich, UND DUMMHEIT IST IN ALLEN DIESEN GESICHTERN ETWAS ANDERES ZU VERMUTEN ODER ZU SUCHEN ODER BEGREIFEN ZU WOLLEN ALS DUMMHEIT; mag der Erzähler sich dabei nun ebensogut auf die Darstellung aus der Sicht jenes Diplomaten aus der Zeit der Postkutschenromantik kurz vor Beginn der Neuzeit berufen und nicht unbedingt ausschließlich auf Zustände in der heutigen Zeit des Massentourismus, AUS DEM GEDANKEN, heißt es im gleichen Text, MACHEN WIR EINE WIRKLICHKEIT DIE DIE TATSÄCHLICHE WIRKLICHKEIT IST

...eine alte Darstellung zeigt am Bach, wenig oberhalb der leicht angeschnittenen oberen Mühle, das Rathaus, einen seltsamen Bau, dessen eigentümliches winkelschiefes Dach, als überdimensioniertes Trapez von Süd nach Nord steil abfallend, wie ein gekenterter Schiffsrumpf aus dem gotischen Giebelgewirr steigt und dessen weite, von wuchtigen Tuffsteinsäulen getragene Bogenhalle an lombardische Loggien erinnere, meint der Reiseführer. Im Gegenteil, an ein wuchtiges, immerhin wuchtiges, Berggewölbe der Alpen erinnere diese Erdgeschoßhalle des Rathauses, gewissermaßen aus Stein gewachsen, kunstvoll, ohne Holz, ereifert sich der Staatsarchivar in einer kulturgeschichtlichen Abhandlung. Eine Halle, in der einst Großhändler ihre Warenballen stapelten und heute Kleinkrämer dreimal wöchentlich ihr Gemüse, ungespritztes, wie sie betonen, zu überhöhten Preisen abzusetzen versuchen dürfen, und die einmal im Monat, jeweils am letzten Freitag, wenn es aus den Gasthäusern nach Fisch stinkt, Strahler und Steinhändler, Edel- und Halbedelsteinhändler natürlich, aus fast aller Herren Länder, an einer Mineralienbörse vereint; Kaufinteressierte können die feilgebotene Ware Tags zuvor ungestört in einem Nebenraum besichtigen. Oben in schwebender Ruhe, blicke die Kathedrale von ihrem Felssporn herunter auf die Stadt, man kann sich darunter zwar wenig vorstellen, und ergebe zusammen mit dem Turm von Sankt Martin, dem protestantischen Pendant, einem steil in den Himmel fahrenden Dorn, und zusammen mit diesem Imperativ die Gassen überragenden Rathausdach ein in harmonischer Geschlossenheit so einmaliges Bild, daß spätestens seit Merians TOPOGRAPHIA kein Kupferstecher oder Maler, weder ein Meister des Stifts noch der Farbe, daran vorbeigekommen sei und vorbeikomme, wird angenommen. Die Kulisse gibt heute noch ein dankbares Sujet ab, für Neujahrskarten Kondolenzkarten Leidzirkulare

Wo ist man hängengeblieben. Bei den in die Gassen einströmenden Volksscharen. Oder beim Theater. Davon später. In die Gassen hineingetrieben;
in die einst vom Mühlbach durchflossenen Gassen hinein;
in die nun vom Mühlbach unterspülten Gassen hinein, oder einfach, das Wort UNTERSPÜLT ist eine maßlose Übertreibung: in Gassen hinein, farbigen Spuren auf dem Asphalt nach...

Unterspülen ist maßlos übertrieben für das, was dieses in Panzerrohre gezwängte Rinnsal, welches einstmals immerhin Mühlen angetrieben haben soll, heute unter dem Asphalt versteckt zustandebringt, während über dem Asphalt Besucherscharen farbigen Spuren nach vom Bahnhof aus, die Stadt lädt zum Verweilen, stadtaufwärts hetzen. Der roten Fußspur nach, die sie in die interessantesten Teile der Altstadt führt, zu den bedeutendsten Baudenkmälern, in Klammern Kathedrale undsoweiter, heißt es auf der Rückseite des offiziellen Stadtplanes...

Es wurde vergessen anzufügen, daß die Besichtigung des Chors und der Krypta nur unter Führung gestattet ist. Nötigenfalls ist also beim Domsakristan im *Hof* zu läuten. Damit man unter seiner Führung auch jene kleine große Kostbarkeit des Mittelalters zu sehen bekäme. Ein kleines Giebelhaus, das einst über dem Altar schwebte, oder auf Versehgängen von Ministranten mitgetragen wurde, und dessen Boden, damit die Hostie hineingelegt und bei Gebrauch wieder herausgenommen werden konnte, mit einem Schieber zu öffnen ist. In die das Haus umschließende vergoldete Kupferblechhülle, an herausgebrochenen Stellen wird der Untergrund, wurmstichiges Holz, sichtbar, sind reiche Schlingmuster getrieben, vom First bis zum Boden, gleichmäßig über die ganze Oberfläche. Auf der Vorderseite sitzen im Geschling des Flechtwerks verteilt neun geschliffene tränenförmige Steine oder deren leere Fassungen. Jedem der streng angeordnet ein Doppelkreuz markierenden Steine in diesem einer Zeichenschrift für unendliches sich Ineinanderverschlingen, Lösen und neu Verknüpfen ähnelnden Ornament wird, seiner Eigenschaft entsprechend, eine bestimmte Bedeutung zugekommen sein. An den Giebelseiten des Eucharistiekästchens löst sich das quellende Geschling in konkretere Formen, auf einer Seite in langhälsige, sich um ein Kreuz herum ineinander verbeißende Drachenköpfe, auf der anderen wächst ein Lebensbaum ins Firstfeld, auf dem langschwänzige Vögel an stilisierten Früchten picken

...jagt man die rote Strecke ohne Besichtigung ab, dauert die Tour de force ungefähr eine Stunde, Durchtrainierte werden einiges weniger brauchen; mit kurzen Besichtigungen muß man für die Strapaze bis zu drei Stunden rechnen, je nach eingeschlagenem Wandertempo und der Dauer der einzelnen Besichtigungen. Gedenke man die Sehenswürdigkeiten und Baukunstwerke einer eingehenderen Besichtigung zu unterziehen, müsse man sich mindestens einen ganzen Tag dafür reservieren, säumen doch zahlreiche Gaststätten den Weg...

Beizen Kneipen Biergärten und Bierschwemmen Pinten Spunten Schenken Spelunken Snackbars und Saloons, Wirtschaften allesamt, für jeden Geschmack etwas. Findet man wenig anderes, Beizen findet man hier leicht, leichter als anderswo, mag es scheinen, und reichen Geld und Zeit nicht für eine ausgesuchte Mahlzeit, rustikal bis feudal, so vermöchte vielleicht deren Beschreibung zu beglücken. Eine schöne Aufzählung führt weiter als eine schlechte Beschreibung. Trotzdem. Fast für jeden Geschmack etwas. Beispielsweise die Drei Mohren. Dort könnte man einkehren. Wenn heute auch niemand mehr von den Drei Mohren spricht. Der Zeitschlag, so nannte sich eine Figurengruppe außen über dem Türsturz, hängt heute innen in der Gaststube als Dekoration schräg hinter der Theke, sein Mechanismus wird nur noch selten, bei besonderen Anlässen, zu vorgerückter Stunde, wenn der Wirt vom Veltliner etwas schwermütig geworden, zur Unterhaltung der Gäste in Bewegung gesetzt. Die drei oxydierten Gestalten traktieren dann plötzlich, losgelöst vom Stundenlauf, mit schweren Hammerschlägen, untermalt vom Getrommel des Wirtes über die Flaschenbatterien und Gläser hin, während das Laufwerk herunterrasselt, kurz und ungestüm den Bronzeguß, erinnern so daran, daß sie früher stämmig draußen über der Türe stehend die Glocke geschlagen und die Gäste an die Tafel gerufen hatten, im Scheine einer Glaslaterne, die, nachdem sie jahrzehntelang im Keller Grünspan ansetzte, im Gegensatz zur Figurengruppe heute wieder vor dem Haus auf dem Platz steht, blankpoliert übers Kopfsteinpflaster leuchtet, in Konkurrenz mit dem neuen Wirtshausschild über der Tür, mit dem Neonlicht von drei zu morgenländi-

schen Königen gemauserten Mohren, die in steifen stilisierten Gewändern, von einem Grafiker und Glasmaler zurechtgemurkst, im Gleichschritt stur gaßaufwärts starren
OH IHR WEISEN DIE IHR EURE GABEN DARBRINGET DEM HUNGRIGEN NEUGEBORENEN WELCHEM STERN VERTRAUT IHR EUREN WEG UND WER MÖCHTE DA OCHSE SEIN WER ESEL
Oder man könnte, wenn man lieber wollte, gleich gegenüber in den Sternen auf ein Glas Wein, ins Arvenstübchen, wo winters an der Wand über einem großen Lorbeerkranz gekreuzt die Skier hängen, mit denen der alte, im letzten Herbst erst gestorbene Glurer, Landwirt und lange Winter Skilehrer, danach, schlechter auf den Beinen, Skiliftwart in der Kälberweide, in jungen Jahren am Masoraderby die ganze damalige Skielite in Grund und Boden gefahren hatte, obwohl auch er die fast fünfzehn Kilometer lange Strecke nicht sturzlos überstanden haben soll, wie Augenzeugen, kommt man in der Tafelrunde auf jenes Rennen zu sprechen, heute noch zu berichten wissen;
sie hätten vom Zielschuß hinauf gesehen, wird berichtet, wie es dem stiebend daherbrausenden Glurer am Schafgrind, nach einem glücklich gestandenen Telemark,
einem nach einer gleichnamigen norwegischen Landschaft in die Skigeschichte eingegangenen Bremsschwung;
ja, wer den heute noch stehe, diesen volkstümlichen Schwung, der dem heutigen Televisionsskisport wohl zu wenig wäre, wo Bahnen und Schlepplifte, ein ganzes System von Fließbändern, möchte man fast sagen, die wie zu Astronauten gstabeten Sportler nach

oben baggern, da, wo sie einst mit den Skiern, Felle unter die Laufflächen geschnallt, hangaufstaksten, der eine oder andere von ihnen wohl lungenleidend, aber nicht lungenlos; schwerere Tb-Fälle pflegten auf Liegestühlen der Rast, durch kein Schneetreiben von ihrer Liegekur abzuhalten; die Veranden der Hotels, gedrängt voller in Decken gemummter Leute, erinnerten einen gewissermaßen an das Deck eines überseeischen Dampfers mitten im Hochsommer, Liegestuhl an Liegestuhl;

wie es Glurer also nach einem tollen Bremsschwung, benannt nach der Landschaft, weiß ein anderer in der Runde, Alt-Lehrer Hössli, zu ergänzen, aus der auch die Hardanger-Fiedel oder eben Telemarksvioline stamme, ein Instrument mit vier Griffsaiten und vier Resonanzsaiten, das mit einem Krummbogen zu streichen sei,

einem Telemark, den Glurer hätte einleiten müssen, weil er von der Ideallinie abgekommen gewesen wäre, als er gleich danach, um Zeit zu schinden, etwas rasch in den Schlittschuhschritt habe überwechseln wollen, dabei in zu starke Rücklage geraten, seine Hickorylatten auseinandergerissen habe, so daß er fluchend der Länge nach in den Tiefschnee geköpfelt sei, zu ihrem Schreck und zum Gaudi der Anhänger seines Konkurrenten, wie man sich wohl leicht vorstellen könne. Als Glurer sich wieder aus dem Pulver gerappelt gehabt habe, es sei ja bekannt, daß es am Schafgrindegg haushoch Schnee hintragen könne, habe er nicht lange Flänz gemacht mit Hosenausschütteln und dergleichen, er habe nur seinen linken Ski wieder angeschnallt, es hätte ihm nämlich beim Sturz den Vorderstrammer der Kandaharbindung hochgerissen und den

Tiefzug ausgehängt gehabt, um mit wuchtigen Stockstößen auch schon weiterzukämpfen, so ein Tiefschneetaucher koste eben verdammt Zeit, oben an der inneren Kuhbergkante, beim Tellasprung, sei inzwischen bereits der nächste Fahrer aufgetaucht, aber trotz allem, Glurer hätte es ja noch geschafft, zum Ruchermeister, wie man sehen könne, der Kranz da zeige es:

der Kranz mit den gekreuzten Skiern an der Wand im Arvenstübchen, wo man auf ein Glas Wein einkehrte. Als ausländischer Gast hätte man besonders Glück. Tieflandgewohnteren Gästen, welchen bereits die Herfahrt immer mehr zum Erlebnis sich steigerte, je näher sie der Stadt kommen: während über dem Mittelland der Nebel lastet, hier im Föhnlicht hoch und beängstigend höher ragende Gipfel, irgendwo vom Hang grüßte das Heididorf –, flacheres Land gewohnten Gästen also, all jenen wenigstens, welche das vom Verkehrsverein im Reiseprospekt empfohlene Arrangement für anspruchsvolle Urlaubstage buchten, wird, nach Vorweisen des sogenannten Rucher Freipasses und nach Herausreißen des darin dafür bestimmten Coupons, ein Freiglas Wein eingeschenkt, in allen im Freipaßarrangement beteiligten Gaststätten, eine gemütlicher als die nächste, natürlich. In Ruch wächst irgendwo im verborgenen Wein, wird sich mancher Besucher zwar bald einmal sagen müssen. An einem unzugänglichen Ort muß es riesige Weinberge geben, um die Nachfrage all der hier und anderswo feilgebotenen und ausgeschenkten Rucher Weine, ausgezeichneten Blauburgunder, Pinot gris, decken zu können. Nicht daß der Wein nur im verborgenen wüchse, das nun doch nicht. Bewahre. Ver-

streut, zwischen neuzeitlichen Terrassensiedlungen, die ein pensionierter Italienischlehrer, weil ihm diese Siedlungen direkt vor die Nase gesetzt worden waren, in einem Leserbrief im Rucher Tagblatt einmal mit wabenartig an den Hang geklebten Kaninchenställen verglich, findet der aufmerksame Wanderer da und dort ein paar Wingertlein. Sogar den des Bischofs, wenn dieser bischöfliche Weingarten, so bezeichnet unter der entsprechenden Nummer auf der Rückseite des Stadtplanes, auch kaum mehr als den Durst des Bischofs und den seiner Chorherren und Prälaten löschen dürfte. Erstaunt es drum, wenn ein Weinkenner, der die langen Stufen den steilen Felssporn zum *Hof*, zum Bischofsitz hochgestiegen ist,
Stufen wurden hier angebracht nachdem sich auf dieser abschüssigen Halde vom bischöflichen Schloß herunter Schlittelunfälle häuften: bäuchlings zur Stadt niedersausende Buben hätten mehrfach Nonnen über den Haufen gekarrt,
oben, in der wunderschönen gotischen Trinkstube angelangt, bald einmal feststellen muß, der schillernde Tropfen im Glas schmecke für seinen Geschmack etwas stark nach Val de Penas. Oder Val de Peñas. Je nachdem, spanisch jedenfalls

...man befindet sich immer noch auf der roten Route. Am Postplatz angelangt, durch das muntere Geschäftstreiben, das Gekramsel an der Bahnhofstraße bereits etwas ermüdet, besonders da nun an Stelle einer der wenigen Ruhewiesen, der einzigen eigentlich, gleich hinter dem Kunsthaus, auch noch die lärmende Baugrube einer Tiefgarage gähnt und wenig zur Entspannung beiträgt, ein grelles Schild warnt in greller

Leuchtfarbe BETRETEN DER BAUSTELLE VERBOTEN, da, wo erst kürzlich noch ein Schild die Anlage dem Schutze des Publikums empfohlen hatte, nur das Betreten der rabattenumfriedeten Rasenflächen war damals verboten, und wo man ungestört, höchstens ein paar schwarzvermummt in der Sonne hockende Weiblein störend, an einem mächtigen Granittisch Mühle spielen, ja, Granit muß es sein, oder nebenan beim Straßenschach verweilen konnte, wenn man erst einmal die beinah hüfthohen Plastikfiguren, den Schlüssel zur Kiste mit diesen Plastikfiguren, gegen ein kleines Pfand, ein Sackmesser vielleicht, an der Kasse des Kunsthauses geholt hatte; Mühle spielen oder sich beim Schach als Duchamps fühlen, solange man wollte, bis einen ein Gewitter vertrieb, quer über die Straße unter das Vordach des Supermarktes auf ein Soft ice –

bereits etwas ermüdet, kann der Wanderer am Postplatz in einem der den Platz umstellenden Boulvardcafés eine Rast einschieben, im CAFÉ ZUM SAUMARKT, beim Brunnen mit der sandsteinernen Juno. Ein Aluminiumschild außen an der Wand, rechts neben dem Eingang, einer von Chromstahl und Glas gerahmten, an eine Säule angeschlagenen alten Arventüre, verdammt nochmal, woher nur das viele Arvenholz, vermittelt dem Gast, der sich draußen hinsetzt, gleich noch ein Kapitel Stadtgeschichte, unterrichtet einen, daß man nicht unter einer sandsteinernen Juno sitzt, sondern unter einer scaläraschiefernen; man hätte dies eigentlich selber sehen müssen, hätte man, statt krampfhaft nach einem freien Platz, einem freien Tisch zu spähen, wer setzt sich schon auf einen freien Stuhl an einen im übrigen belegten Tisch, den Blick gehoben, mit dem Risiko, über einen Pudel oder Pekinesen zu stolpern, gehoben auf die schieferblaue, vom Reiseprospekt her bekannte Statue...

Auf die sklerotische Juno aus den Schieferbrüchen des Scaläratobels, wo heute, lange nachdem die Brüche stillgelegt und von Rüfen verschüttet sind, längst verstorbene Rucher, hochwohllöbliche durchlauchte Herrschaften, deren verrauchte Portraits die Ahnengalerie des Rathauses zieren und deren Wappensteine zerbröckelt in der Epitaphienreihe an der Umfriedungsmauer des Stadtparkes lehnen oder, auf den heute noch betriebenen Friedhöfen nicht minder Abgasen ausgesetzt, auf Ablauf der gesetzlich vorgeschriebenen Ruhefrist warten, um danach in Privatgärten weiter zu verrotten, in Vollmondnächten, so um Sankt Crispini herum vor allem, auf taufeuchten zyklopischen Felsblöcken und glitschigen Schieferplatten ihr Unwesen treiben sollen, allergattig Leut, GOLDSCHMIEDE NEGOZIANTHEN VIEL WIRTH AUCH SCHUSTER FÄRBER UND ARGE FRAUENSPERBER. In den Felswänden, dort, wo Winde *stöhnend* sausen, Wasser *tobend* brausen, wo Steine *donnernd* fallen in dumpfem Widerhallen, prosteten Pfarrherren, im Düster auszumachen einzig durch ihre hell schimmernden Krägen, einander mit leeren Gläsern zu, während andere, Wirte vielleicht, unter einem Wasserfall in einem fort die Gläser füllten und austränken. Gesichtslose Herren der Obrigkeit, unter der Last schwerer Säcke in ihren feinen Roben seltsam gekrümmt, bissen sich der Reihe nach gliedweise ihre Finger ab und spuckten sie, immer neue Aktenstöße entflammend, ins Feuer, an dem rund drumherumhockende Advokaten unter lallendem Gezeter an langen dünnen Eisenstäben ihre eigenen Zungen brieten. Etwas abseits, auf einem Stein, sähe man einen blattweise ein Kartenspiel verzehren, mit verdrehten Augen, seinem verwöhnten Magen bekäme diese magere Speise nicht recht, würgte er an Trumpfbauer, Nell und Ass. Dahinter, erhöht auf einem schrägen Felshalbrund, trieben es die Damen, im Menuett sich drehend, Schottisch und Walzer verschmähend, geschmolzener Schwefel wurde serviert, und jagten dem nachmitternächtlichen Wanderer, der sich, etwas ermattet, auf einen bestimmten Stein am Wegrand gesetzt hätte und so erst überhaupt den Spuk zu Gesicht bekäme, mit dem Gerangel ihrer bloßen Leiber den nackten Schreck in seine Glieder, bis sich die ganze Meute, wie auf ein heimliches Zeichen hin, paarweise auf die bereitstehenden Rosse schwänge und dem Fluß zu sprengte, um IN DEN FLUTHEN ZU LÖSCHEN IHRE GLUTHEN. Schlag ein Uhr verschwände die Szene, aus den Tobeln kröchen Nebel. Doch nicht jedermann, wie gesagt, käme in den Genuß dieses Schauspiels, auch heute noch nicht, nicht jeder einfach so Hergelaufene, nicht jeder sich zufällig auf einen bestimmten Stein am Wegrand Setzende. Das Theater wäre den Einheimischen vorbehalten

...während man also vor dem Café ZUM SAUMARKT in aller Ruhe im Schatten einiger zurechtgestutzter Spitzahorne sitzt, im Schatten der Mondgöttin, und sich seine Ovomaltine genehmigt, erfährt man durch eine Aluminiumtafel an der Wand, die halbe Stadt zieren solche Tafeln, daß sich hier einst, außer an Viehmarkttagen, an Saumarkttagen eben, kaum soviel

Volk tummelte. Auch später nicht, als die Marktangebote reichhaltiger, die Markttage zahlreicher geworden waren und der Platz ZUM NEUMARKT heißt. Dies änderte sich erst, als die Zeiten allgemein unruhiger werden und vor den Mauern auf den in aller Eile aufgebauten und zwischendurch sicher auch mal ausgebesserten Schanzen schnittige farbige Paraden defililerten, die mit Trommelschlag und Säbelgeblitze sonntags viel Volk, ganze Familien, mit ihren sauber herausgeputzten Töchtern in der Mitte, ziemlich genau von Süden her aus den Mauern, unter dem Fallgitter und einem Pechfenster durch, ins Freie zu locken vermochten, unter dem Pechfenster durch, aus dem, gemäß einem alten Wappen, auf dem neuen verrammelt ein geil züngelnder Bock die Türöffnung, einst ein Lindwurm oder Tatzelwurm, mit Fuchskopf Hasenohren und Adlerkrallen, feuerfauchend und sich ringelnd ins Freie geflattert sein soll: durchs Hannikeltor,

nach einem berüchtigten Bandenführer aus dem Schwäbischen später so benannt, nach jenem jungen schlanken Mann mit blaugrauen Augen und schmalem gutgeschnittenem Gesicht, über der linken Wange eine feine Narbe, der sich, wie es heißt, gleich ANDREM ARBEITSSCHEU GELICHTER in diese weitum als Athen der Gauner bekannte Gegend abgesetzt, um hier, aus strenger überwachten Nachbarstaaten auf Schleichwegen über die Grenze gelangt, im nächtlichen Schutze von Höhlen, verwilderten Wäldern, im Mantel des Waldes und im Schutze von altem Burggemäuer, seinen Unterhalt unbehelligter bestreiten zu können, der dann jedoch von sieben hiesigen Hartschieren auf einer ihrer Hatzen, in denen, waldhornblasend und mit Stöcken Stämme traktierend – um so ein Jagdstück mitzuerleben, brauchte man nicht bis ins tiefste Bayern – zum kläglichen Taglohn von sechsunddreißig Kreuzern nach, wie es in einer alten Malefizordnung heißt, Liebessteuersammlern Spielleuten Räubern Vaganten Kesslern Bärentreibern gejagt wird, bei der Ruine Neuenfels aus dem Busch geklopft, aufgegriffen, in die Stadt geschleppt und in den Schelmenturm geworfen wird, woraus er aber kurze Zeit später mit einer schwarzen Wollstrickmütze auf dem Kopf und im selbigen eleganten Mantel, in dem er aufgegriffen wurde, einem zweireihigen rauchblauen Stoffmantel mit Gurt, Raglanärmeln und schräg eingesetzten Taschen, den die Stadt Sulz Jahrs darauf dann, nachdem der Räuber im selben Mantel erneut aufgegriffen und dort hingerichtet wurde, Ruch zum Andenken zurückerstattete, durch eben dieses Tor wieder habe entkommen können,

über eine Grabenbrücke hinunter, gen Norden, auf die Platzfläche, in den Schatten der drei Zeughäuser, oder in den Schatten der Bäume längs des Stadtgrabens, vielleicht unter den mächtigen allesüberragenden Ahorn, das Naturhistorische Museum hütet einen Stammsplitter davon, wo die Familien sich dann, vor der Sonne geschützt und durch das Spiel der um die Wette Wettsteinmarsch Generalwillemarsch Jägermeisterpolka intonierenden Blechmusikcorps, durch das Rollen und Stampfen der Trommeln, das schwebende Schmettern der in die Luft gereckten, in der Sonne blinkenden Trompeten aufs vorzüglichste unterhalten, ruhig und konzentriert der Ausschau nach einer guten schneidigen schnittigen Partie für ihre heiratsreifen Töchter widmen konnten, verbunden mit

der Suche nach einem Plätzchen für den oder jenen überzähligen wackeren Esser in der Familie –
wacker sollen und müssen diese Burschen ja tatsächlich gewesen sein, um als Reisläufer in Gestank und Staub, auf aufreibenden Vormärschen und Rückzügen, mehr farbig als gut eingekleidet, das Fußvolk für kaum mehr als den Lohn von ein paar Epauletten, einigen Streifen und Bändern, für den Rest mußte selber geschaut werden, auf fremdem Boden, in ungewohntem Klima, im Namen Fremder, deren Sprache sie vielfach nicht verstanden, plündernd und brandschatzend, sie vertrieben die Frauen und vergewaltigten das Vieh, heißt es, die Interessen Fremder erkämpfend und verteidigend sich gegenseitig den Schädel einzuschlagen und einschlagen zu lassen,
ALLA MI PRESENTE A VOSTRA SIGNORI
STRAMPEDEMI STRAMPEDEMI
Später hat man biedermeierlich Ordnung gemacht, hat innen im Gassengewirr ausgemistet, Straßenzüge begradigt, Durchschlupfe verbreitert, damit die Postwagen, Postwagen waren grad Trumpf, bequem durchkamen; Tor und Turm hat man ihretwegen niedergelegt, vielleicht auch, um sich etwas Luft zu schaffen; mit den Befestigungsanlagen, den Kurtinen Ravelins Schanzen Mauern, räumte man auf, bis auf einen kleinen Rest Mauer zwischen Sennhof und Freieck und einen Teil des Bollwerks zur Katz, man wollte ja schließlich dem Kaiser Franz Joseph dem wievielten auch immer nicht nachstehen, was der in Wien konnte, Ringmauern niederlegen, um für seine Kaleschen und Paraden Ringstraßen anzulegen, brachte man selber in Ruch schließlich wohl auch noch zustande; Gegner der Stadt hätten zudem ja schon

längst behauptet, Ruch wäre unüberwindbar, herunterfallende Steine aus dem rissigen Mauerwerk erschlügen jeden, der auch nur versuchte, eine Sturmleiter dran anzulegen, und in den Dunghaufen drinnen in den Gassen krepierte jede Bombe schadlos. Das Munitionsdepot, der Pulverturm, in Brand geraten, ebnete sich gleich selbst ein; es mußte nur etwas nachplaniert werden, und schon konnte der freigewordene Grund, notdürftig mit etwas Humus angereichert, zur Zeit des letzten Regionalkrieges, einmal mehr religiöser Differenzen wegen angezettelt, als die Getreidezufuhr von auswärts gefährdet gewesen war, mit Weize Gerste und Hafer angebaut werden, und nicht zu vergessen mit Mais, der Polenta wegen, tagein tagaus nur Milchsuppe essen mag auf die Dauer niemand, bis Ende vorigen Jahrhunderts auf dem freigewordenen Grund dann der neubarocke Kuppelbau der Kreditanstalt errichtet wurde, dort, wo er heute noch steht, alles dominierend, schräg gegenüber dem Café zum Saumarkt. Wer sich einigermaßen erholt glaubt, gestärkt von der Ovomaltine, und wer von der Geschichtslektion genug hat, ohne übersättigt zu sein, kann wieder ein paar Schritte tun, kann wenige Schritte weiter, im Naturhistorischen Museum, gleich hinter dem Kunsthaus, eine Sonderausstellung besuchen, sich über einen lästigen Räuber informieren. Der Anschlag an der Arventüre des Cafés weist auf einen gefürchteten Räuber, auf einen Allesfresser hin, der als Kulturfolger heute in großen Industriestädten heimisch sei, Mülltonnen inspiziere und nicht selten in Häuser eindringe, obwohl ihn, der schlau wie ein Affe sei und notfalls wie ein Kettenhund kämpfen könne, viele Leute noch nie lebend zu Gesicht bekommen hätten, selbst wenn jährlich gegen eine Million seiner Felle zu Markte getragen würden. WANTED WASCHBÄR SCHUPP PROCYON LOCON. Wen allein schon die Bezeichnung RÄUBER auf dem Anschlag an der Arventüre anwidert, warum eigentlich, warum eigentlich nicht. Vergleiche mit dem gleich daneben ans schöne Holz gehefteten Fahndungsplakat drängen sich auf, und wer drum lieber gleich weiterziehen möchte, sich jedoch nach den Erfahrungen an der Bahnhofstraße, nach Kaufhäusern Kleiderläden Kinos Konfiserien Kunsthandwerkcorners Käshandlungen und Reisebüros und dem Volksgedränge davor und darin, nicht mehr traut, die rote Route, die einen zu den interessantesten Kulturgütern führt, fortzusetzen, braucht die Stadtbesichtigung noch lange nicht resigniert abzubrechen, um mit dem nächstbesten Zug das Weite zu suchen. Nein, man kann am Postplatz die grüne Fußspur wählen, die einen durch geruhsamere und, wie betont wird, gleichfalls interessante Stadtteile zur Promenade am Lindenquai führt, am Majoransbrunnen und am Ochsenbrunnen vorbei, den reizvollen Rundbögen am Surerhaus entlang auf den Casinoplatz, durch Kupfergasse Jochgase Herrengasse Goldgasse Paradiesgasse am Prediger vorbei, durch die Brotlaube an der ältesten Weinhandlung der Stadt vorbei auf den Metzgerplatz. Das Ganze dauert bei zügigem Schritt nicht einmal eine Stunde, mag sein, daß hier erheblich weniger Gaststätten am Wege liegen, mit Sternen, Drei Mohren und den verschiedenen Zunft- und Trinkstuben an der roten Route Vergleichbares fehlt jedenfalls bald einmal. Jenseits der Brücke könnte einen einzig das alte Mauthaus mit Lukullischem aus aller Welt zur Einkehr verlocken, mit Amerikanischem für vor der Büffeljagd, nach der Büffeljagd und am Kamin; die alte Zollstube im ersten Stock, eine Bierschwemme untendurch. Hier könnten jene sitzenbleiben, deren Zeit und Kraft nicht mehr ausreicht, den Stutz zum Rosenhügel aufzusteigen, zu jener Stätte, wo einst Rad und Galgen standen. Auf dem Plan aus der Kosmographie des Sebastian Münster sieht man auf der *oberen Straße*, am Hang über der Stadt, einen Säumer, Trompete blasend, seinem beladenen, mit zwei wohl leeren Weinlägeln gebasteten Pferd in Richtung Süden nachtrotten; unten, hinter dem Zollhaus, vor der großen Steigung also, versucht eine Dame ihn vergeblich winkend aufzuhalten, derweil auf dem Hügel einer mit schlaffen Armen rabenumkrächzt am Strick baumelt, da, wo eine Anlage mit Rosenrabatten und Tulpenbeeten nun zum Verweilen lädt. Ist man oben, kann man von hier aus einen Blick ins *Welschdörfli* hinabwerfen, in jenes Gebiet, an der Grenze zum Industriequartier, mit den ergiebigen Ausgrabungen aus römischer Zeit. Höre die farbige Fußspur unter den Füßen plötzlich auf, dies gilt für Rot wie Grün, der Verkehrsverein Ruch und Umgebung, der Verschönerungsverein Ruch CH, hebt dies in Druckzeugnissen, die auf die farbigen Spuren eingehen, durch Fettdruck deutlich hervor, sollte dies niemanden erschrecken. Die farbigen Stapfen sind einfach nicht durchgehend angebracht. Besucher dürften unbekümmert in der eingeschlagenen Marschrichtung weitergehen, sie würden, wo dies zu ihrer Orientierung nötig sei, wieder auf Spuren stoßen. Bringt man Zeit wie auch die nötige Kraft auf, kann man die Rundgänge nach Belieben kombinieren; abends vor allem wäre dies zu empfehlen, nach Inkrafttreten des Nachtfahrverbotes für die engere Innenstadt, vom Postplatz aus etwa, von Bahnhof bis Postplatz gibt es nichts zu kombinieren, nur zu konsumieren; Rot und Grün könne man kombinieren, oder Grün und Rot, oder ein Teil rot ein Teil grün und umgekehrt, beispielsweise mit Rot beginnen, Schleife linksum, Postplatz Rathausplatz Hof Süßwinkel Untertor Postplatz, und weiter mit Grün, Schleife rechtsum, Postplatz Casinoplatz Metzgerplatz Lindenquai Zollhaus Obertor Stadtpark...

wo hoch auf einem Sockel ein sterbender Krieger mit trutzig verrenktem Kopf, in der Rechten das Schwert, die Linke unterhalb der Magengegend verkrampft, mit stählernen, ins Panzerhemd verkrallten Fingern so gut es geht die ihm aus der Bauchhöhle herausquellenden Därme zusammenhaltend, DIE DÄRM SO IHME EMPFANGENER WUNDEN HALB VOM LEIB GETRUNGEN, in die Parkbäume hineinstarrt, oder mit blindem Blick zwischen den Bäumen hindurch gegen die Blockfassaden der Anlage zur Intensivhaltung von Menschen, gegen die durchs Laub blinkenden Betonwälle: die neuen Stadtmauerringe vor den bis auf eins geschleiften Toren der alten Stadt; Tauben schießen dem in Kampferpose erstarrten Krieger auf sein zorniges Haupt, sein Schrei, zu grünspaniger Plakette am Sockelfuß verkommen, AVANT MEIS MATTS UCHIA HOAZ RUCH U MA NON PLÜ, in Antiqua auf den Marmor geschraubt. Auf der Bühne, anläßlich der Freilichtaufführung und zur Denkmalenthüllung...

Unter dem Patronat der Regierung tagte tags zuvor im Steinbock der Schweizerische Presseverein, dessen

Mitglieder Regierungspräsident Guardaval alle persönlich zur Feier einlud,
während man sich in Frankreich, berichtete das Handelsblatt gleichentags in einem Telegramm aus Paris, das sich auf Berichte des Courrier du Soir stützte, nach wie vor nicht einigen konnten in der Frage, welche Stadt mit Vorliebe als Sitz des Kriegsgerichts, dem Dreyfus in absehbarer Zeit wieder überwiesen würde, zu bezeichnen wäre; als Sitz für diesen Revisionsprozeß, der von gewissen Kreisen heiß herbeigesehnt werde – allen voran von der Familie Dreyfus, durch einige Intellektuelle unterstützt, als deren Sprecher der Romanschriftsteller Emile Zola mit einem offenen Brief an den Präsidenten der Republik, mit den Worten J'ACCUSE beginnend, sich besonders lauthals vorgedrängt habe –, hätten sich bereits die Städte Bourges, Le Mans und Limoges beworben; ein vollkommen unnützer Prozeß, denn, wie aus gutunterrichteten Kreisen, von seiten des Generalstabs und des Ministeriums für innere Angelegenheiten, zu erfahren gewesen wäre, stehe Dreyfussens Schuld nach wie vor fest. Der Eindruck, den man beim Anblick des wegen Landesverrates Angeklagten achtzehnhundertvierundneunzig, zu Beginn des ordentlichen Prozesses schon, gewonnen hätte, wäre, gelinde gesagt, ein äußerst unsympathischer, um nicht zu sagen, abstoßender. Vor den Schranken eine mittelgroße Figur, nicht sehr breit, knochig und eckig, der ziemlich große Kopf halb kahl, die wenigen Haare gelblichgrau und kurzgeschoren. Zur Verunschönerung des Gesichts trage eine stark gebogen hervorspringende Nase bei. Das Kinn weicht zurück, wobei der Unterkiefer dennoch stark entwickelt ist. Die Backenknochen

springen weit vor, die Augen, seltsam in Höhlen versteckt, sind eher klein, scheinen, stets halb geschlossen, das Licht und besonders den Blick anderer zu meiden, IRREN UNSTÄT UMHER. Doch all diese Einzelheiten, andere ließen sich leicht anfügen, Teint beispielsweise, so unvorteilhaft sie auch sein mögen, wären nichts im Vergleich mit dem Gesamteindruck, den das Gesicht des Angeklagten mache; stünde so ein Mann nicht in Offiziersuniform vor einem, würde man ihn auf dem Boulvard anstatt im Gerichtssaal antreffen, riefe man unwillkürlich aus WELCH EIN VERBRECHERTYP. IN DER THAT, es muß eine starke Selbstüberwindung dazu gehören, um jemanden von derartigem Äußeren ohne Voreingenommenheit beurteilen zu können, um nicht instinktiv zur Überzeugung zu gelangen DIESER DA IST SCHULDIG MUSS SCHULDIG SEIN

Achtzehnhundertvierundneunzig, verfemt von der Presse, die das Volk durch Schlagworte verhetzte, bis Menschen plötzlich, tüchtig geschürt, mit ein paar Schlagzeilen zur Weißglut gebracht, NIEDER MIT DEM JUDEN DREYFUS grölend durch die Straßen jagten, war Dreyfus in erster Instanz, auf Grund ihn belastender Dokumente, die sich später als Fälschungen herausstellten, zu Deportation und lebenslänglicher Verbannung auf die Teufelsinsel verurteilt worden

Nicht beschrieben, vielleicht zu beschreiben vergessen worden sind im Handelsblatt die als Richter fungierenden zehn Offiziere. Wäre es nicht unerwähnt geblieben, aus Platzgründen wohl, hätte es in der Manier des Dreyfusportraits gut heißen können: wenn man mit einer Laterne gesucht und die ganze Armee, alle

Kasernen und Drillplätze, Ministerien und Verwaltungsapparat durchstöbert hätte, wäre es schwerlich gelungen, zehn Leute zu finden, eine passendere Bezeichnung hütet man sich aus Anstand zu gebrauchen, die weniger einnehmend, weniger wohlwollend und, vielleicht das Schlimmste bei der Sache, weniger gebildet ausgesehen hätten als diese zehn Richter des Hauptmann Dreyfus. Der Vorsitzende, Oberst Mauler, ein leibhaftiger Kommißunteroffizier und vierschrötiger Brüllteufel mit vor lauter Gragöle und Saufen stockheiserer Stimme, der die vornehme hohe Offiziersuniform mit Ungeschick trägt und in dessen Gesicht sich eine unbeschreibliche Dosis Roheit und Stumpfsinnigkeit widerspiegelt, undsoweiter. Betrachtet man die Richter der Reihe nach, einmal ungeachtet mißfallender Einzelheiten, so kann man sich des Eindrucks nicht erwehren, daß mit größter Absicht gerade die, wenn man so sagen kann, am wenigsten zivilisierten Elemente ausgewählt worden sind. Elemente, von denen Monarchisten, Adel und Großbürgertum, die gesamte Patriotenliga, inklusive Klerus, eine Verurteilung des Angeklagten mit Sicherheit und ganz im Interesse der Partei der Ordnung erwarten konnten

Nichts von allem. Die Rubrik Telegramme aus aller Welt schließt, wie zur Beruhigung der geschätzten Leserschaft, daß, wie von autorisierter Seite verlaute, die Nachricht entschieden in Abrede gestellt werden könne, welche, von einem Abendblatt jüngst veröffentlicht, anzeigte, auf den Werkplätzen der Weltausstellung wäre mit einem das Eröffnungsdatum gefährdenden Generalstreik zu rechnen

... anläßlich der Freilichtaufführung des Festspiels zur Vierhundertjahrfeier der Schlacht von Finstermünz und anläßlich der Denkmalenthüllung,
am Vorabend ist Rucher Polizeieinheiten die Verhaftung einer Bande streunender Jenischer geglückt, melden die Zeitungen, Zigeuner, rasch dingfest gemacht, um anderntags die farbenfrohe Ordnung in den Straßen nicht zu beeinträchtigen durch IRGEND ZERLUMPT GESINDEL,
in *Sankt Immer* fanden die Meisterschaftsfahrten des Velobundes statt, mit einigen nur leichten Unfällen geordnet abgewickelt, wird berichtet, während in einem Krachen bei *Grächen* ein englischer Lord und seine um Jahre jüngere Lady mitsamt dem Rest der Seilschaft, darunter zwei einheimische Bergführer, zu Tode stürzten,
hätten auf der Bühne die zwei sich bekämpfenden Heere, auf der Schanze im strömenden Regen dicht aufeinandergerückt, plötzlich wie erstarrt dagestanden, damit der Held, durch ein schrilles Trompetensignal angekündigt, seine berühmten Worte, HEUTE RUCH ODER NIMMERMEHR, mit gehöriger Emphase sprechen konnte, laut und blechern, damit sie das hinterste aus den Tälern herbeibemühte, zu Tränen gerührte Bäuerlein verstehen konnte, ganz zuhinterst auf dem riesigen sanftansteigenden Festplatz stehend, auf Eigentum des Bischofs, das dieser für einen Freudentag lang großzügig dem Volk abgetreten hatte, oder noch weiter hinten stehend, vor dem Regen etwas geschützter, unter den Tannen des jäh hinter dem Platz ansteigenden Stadtforstes, dessen Wipfel weiteren Hunderten von Neugierigen luftiges Theaterjuhee gewesen wären, ergriffen lauschend, in hei-

liger Andacht, wie es heißt, seit bald vier Stunden dem Kampf- und Festgeschehen folgend, das weit vorn auf der Bühne, während die Gegend ringsum in düsteren Wolken schwamm, vor einer in bezwingender Realistik gemalten Alpenlandschaft in strahlendem Sonnenschein abrollte. In diesem Augenblick, bei des Helden Worten just, hätten sich die Wolken aufgerissen, und bevor der Held nach diesen entscheidenden Worten zusammenbrach, schwer in den Bauch getroffen, wäre die Sonne durchgebrochen, hätte die Waffen aufblitzen lassen, die der Kampfgefährten, welche angefeuert durch die letzten Worte ihres Führers wie eine Rüfe über ihn hinweg auf den Feind einzustürzen gehabt hätten, diesen über die Schanze zurückwarfen; über den hinteren Bühnenrand hinab in einen Graben vor dem Panoramaprospekt

...und weiter über Postplatz Casinoplatz Metzgerplatz Lindenquai Zollhaus Obertor Stadtpark...

wo hoch auf einem Sockel ein sterbender Krieger protzt, der, schaut man genauer hin, vergleicht man dessen Größe hoch auf dem Sockel mit der Körpergröße der ihn auf dem Platz umgebenden Parkbesucher, in der Sonne dösende Rentner, Bewunderer vielleicht, Veteranen zweier Grenzbesetzungen, zwischendurch drumherum versteckenspielende Kinder, kinderwagenschiebende Mütter, in die Breite geflossene Schönheiten, Fremdarbeiter, irgendwie unförmig erscheint, zu groß und zu breit geraten im Grimm, eine ungebändigte Weltverliebtheit noch in seinem Sterben: das lächerlich überdimensionierte Muskelspiel eines blechernen Monsters, einer zum Taubensitzplatz verkommenen Vogelscheuche; eines Morgens hängt sein steif in die Luft gereckter Degen schlaff herab, von Nachtbuben zurechtgebogen; PRECIEUSEMENT RIDICUL, lautet die passende Bildlegende

...und weiter über Postplatz Rathausplatz Martinsplatz Hof Süßwinkel Untertor zurück zum Postplatz, oder von Postplatz über Untertor Süßwinkel Hof Martinsplatz Rathausplatz Postplatz Stadtpark...

HELDENPLATZ

...Obertor Zollhaus Lindenquai Metzgerplatz Casinoplatz Postplatz, vor und zurück, oder rundherum, so oder andersherum, die persönliche Fantasie soll nicht verkümmern, PostplatzuntertorsüßwinkelhofmartinsplatzmetzgerplatzlindenquaizollhausobertorHELDENPARKpostplatzundandersum: Postplatz Heldenpark Heldenplatz Heldenhof Heldenwinkel Heldentor Heldenplatz,
ordentlicher,
Heldenwinkel Heldengäßchen Heldengraben Heldenallee Heldenquai Heldensteig Heldentor Heldenpark Heldenpalast Heldengrab; Helden; Gräber; die persönliche Fantasie braucht nicht zu verkümmern; im Grunde steht niemandem etwas im Wege, tagelang in der Stadt zu verweilen, als Fährtenleser würde man Stadtkenner; angstlos, ohne Angst haben zu müssen, je den rechten Weg zu verlieren, vom Wege ab und aus der Stadt hinauszukommen, kann man sich in die Stadt einlaufen, mit von Tag zu Tag gesteigerter Fertigkeit, immer rasender, mit zu tödlicher Virtuosität gesteigerter Fertigkeit...

Spießrutenläufer

...die abgelaufenen Figuren, von Trippeln kann keine Rede sein, schon wegen dem vielen Kopfsteinpflaster nicht, erinnern zunehmend an Figuren der Lockerungsübungen fürs Schönschreiben in der Volksschule: wie in der Volksschule Vorgezeichnetem nachfahren, einem Bogen einem Kreis einer Schleife einer Acht einer schrägliegenden Acht nachfahren nachfahren nachfahren, wie lange, komplizierten langweiligen Figuren diszipliniert geduldig gelehrig nachfahren, locker locker, rief der Lehrer, mit richtiger Handhaltung sich einschreiben, hieß es heißt es, unter Schreibzwang, bis es funktioniert, bis es richtig läuft, richtig leerläuft, leer läuft, bis man geschunden in einer Schleife mit der Feder durchs angekratzte Papier bricht, der Tintenrest übers Heft verspritzt

PFLATSCH

Durch die Oberfläche der Ereignisse einbrechen

Ja. Einbrechen durch die Oberfläche der Ereignisse. Wen interessiert dieser Blasch. Diese langwierigen langweiligen Abschweifungen. Abschweifungen von Abschweifungen. In wessen Interesse, gopfertammi. Im Grunde hat man genug. Von allem. Längst. Verbrämte, Natur und Geschichte verbrämende Adjektive, in Geschichte und Religionsunterricht eingehämmert gekriegt. Tausendfach plattgewalzt. Ein weiteres Mal strapaziert, bis zum Überdruß. Vom Verkehrs- und Verschönerungsverein, man weiß, was dem Tourismus zu zollen ist, und von Lokalhistorikern Geschichtsverwaltern SprachAPOTHEKERN in Beschlag genommen. Von Herrn Ehrheimer und von Herrn Professor Heger, oder Reger. Namen. Vergilbte Fotografien, verstaubte stockfleckige Papiere, deren Staub in der Nase beißt, zum Niesen reizt. Wie man es sich gerne vorstellt, daß es gewesen wäre. Wie man sich bette, so liebe man. Tragödienentwürfe Komödienentwürfe Reiseskizzen Winkelklatsch. Urkunden Chroniken Postkarten. Stiche. Wirbel, DENN MIT IHREN TROMMELN ÜBERTÄUBEN SIE EURE SEUFZER MIT IHREN KOLBEN ZERSCHMETTERN SIE EUCH DEN SCHÄDEL WENN IHR ZU DENKEN WAGT DASS IHR FREIE MENSCHEN SEYD, Säbelgerassel, Eifersucht, Geilheit und und und evozierend. Verplemperte Zeit. Zuschandengerittene Wörter enzyklopädisches Gewäsch Palaver Fremdworte trauerrandig ausgefranste Worthülsen Satzhülsen Geschichtshülsen. ES FUNKTIONIERT. Nichts. Zu ungesichert. Nicht in den Griff bekommen. JEDER GRIFF MUSS SITZEN, Beuys schrieb es in eckiger angegriffener Handschrift auf eine Postkarte. Sütterlin GESCHUPPT. Knapper werden. Genauer. Regen Blitz Donner. Wind Wasser Steine. Wasser, das, wenn der Durstige es trinkt, wenn es beim Gekostetwerden mit der Zunge in Berührung kommt, etwas erleidet, NICHT NUR DASS ES DURCH DIE WÄRME DER ZUNGE ERWÄRMT WIRD WOGEGEN ES SELBST DURCH SEINE KÄLTE DIESE WIEDERUM ERFRISCHT AUCH NICHT DADURCH DASS ETWAS WASSER AN DER ZUNGE HÄNGENBLEIBT SONDERN GANZ EINFACH DESWEGEN WEIL ES VON DER ZUNGE BERÜHRT WIRD WAS EINE GANZ LEISE ART DES GESCHLAGENWERDENS ODER ERSCHÜTTERTWERDENS ODER BEWEGTWERDENS IST WORAUS EINE ÖRTLICHE BEWEGUNG DER TEILE IM GANZEN RESULTIERT BEWEGTWERDEN ABER IST EIN PASSIVES VERHALTEN. Kepler. Auch dieser Vergleich ist, da er über Dinge ohne deren Mitwirkung geschieht, offensichtlich passives Verhalten. Spuren hinterlassen. DURCHSTECHEN DURCHSTOSSEN DURCHBRECHEN EINBRECHEN UND ZERTRÜMMERN GEHIRNKUNST DIE, der Rest des Satzes, vor einiger Zeit mit rotem Filzstift auf einen Zettel notiert, der, wie zahllose andere, mit komplizierten, einem eigentümlichen Dezimalsystem zugeordneten Vermerken versehen, längere Zeit achtlos auf dem Schreibtisch dem Licht ausgesetzt liegengelassen worden sein muß, ist ausgebleicht bis zur Unlesbarkeit. Das Blatt aus einem Tischkalender, dessen Vorderseite, bemerkt man, den Zettel wendend, leer ist. Nichts Handschriftliches drauf, nur Vorgedrucktes. Unten links das Datum, in fetten, ungefähr zwei Zentimeter hohen Ziffern. Rechts der Zahlen untereinander Monat, Wochentag und, etwas kleiner, wievielte Woche, wievielter Tag des laufenden

Jahres. Rechts daneben, noch kleiner gedruckt, eine Übersicht über drei Monate, in übersichtliche Blöcke gegliedert; in der Mitte der laufende, links der vergangene, rechts der folgende; im mittleren Block eine Ziffer, das Datum des betreffenden Tages wohl, mit einem Kästchen gerahmt, die Sonntage in Fettdruck. Oben rechts auf dem Blatt, bis an den rechten Rand reichend, in feiner Steinschrift, das Wort SOMMERANFANG. Auf der linken Blattseite, über dem Datum, auf gleicher Höhe wie das Wort Sommeranfang beginnend, Lineaturen, vom linken Rand bis in die Blattmitte reichend, ähnlich den Lineaturen, wie man sie aus Schulheften kennt, die Abstände etwas kleiner und links von oben nach unten numeriert, von acht bis siebzehn; darunter drei unnumerierte Zeilen. Unten auf der rechten Blattseite, auf Höhe der untersten unnumerierten Linie, rechts bis an den Rand gerückt, unter dem Wort Sommeranfang also, nur bedeutend kleiner und feiner gedruckt, in etwa halb so hohen Lettern, und nicht in Majuskeln, sondern in Minuskeln, die Wörter IDÉ und DIRIGENT; zwischen den zwei Wörtern, um eine halbe Letterhöhe nach oben verschoben, ein kleines Signet, ein von einem Kreis umschlossenes großes R. Auf der Rückseite des Kalenderblattes wiederum, etwas unterhalb der bereits erwähnten, teils beinahe völlig ausgebleichten Textstelle steht in eng gekritzelter Bleistiftschrift AUS SIND DIE BADEFREUDEN IM WÖRTERSEE AM WÖRTHERSEE ICH SCHEISS DRAUF SCHRIE JEMAND DEUTLICH HÖRBAR DAZWISCHEN JEDES WORT EINZELN DEUTLICH PRONONCIEREND DIE IDENTITÄT IST EINE REIN ZUFÄLLIGE VERRICHTEN SIE IHRE ARBEIT GERN EINE BERECHTIGTE FRAGE SCHREIEN UND SCHREIBEN WENN WEIN UND

TRÄNEN FLIESSEN. DAS IST ALLES SO BEDEUTUNGSLOS MENSCHEN UND WAS MIT IHNEN GESCHIEHT DAS BEDEUTET ALLES NICHTS GIESS MIR WEIN INS GLAS DAS IST ALLES VOLLKOMMEN GLEICH GÜLTIG MEIN LIEBER, steht unter dem Stichwort SCHLUSS DER SOMMERGÄSTE, gleichgültig als GLEICH GÜLTIG geschrieben, flüchtig hingeworfen auf einem zweiten Zettel auf dem im übrigen leeren Schreibtisch. Unter einem das Blatt in zwei Hälften unterteilenden Strich, oder besser, genauer: unter einer perforierten Linie, die das Blatt im Verhältnis von schätzungsweise zwei zu eins unterteilt, es handelt sich bei diesem Zettel um ein Blatt aus demselben Kalender, steht in Steinschrift PEER GYNT: SPUCKE UND HOFFE AUF DIE MACHT DER GEWOHNHEIT; gleich daneben, weil deutlich lesbar, wohl nachträglich hingeschrieben, NOSFERATU WOLLEN SIE MIT UNS TRINKEN SEIEN SIE UNSER GAST WIR HABEN ALLE DIE PEST SO IST JEDER TAG DER UNS BLEIBT EIN FEST, und, durch einen Absatz deutlich abgehoben, schon am unteren Blattrand entlang, RANDLOSER BEWOHNER VERSCHWOMMENER HINTERGRÜNDE, in Klammern anschließend auf gleicher Höhe LAEDERACH 218. Leer ist der Schreibtisch übrigens nicht, nur nichts Lesbares als eben diese mit handschriftlichen Notizen gefüllten Zettel liegt auf der Schreibfläche. Alles andere ist zugeklappt. Die Haube über die zur Seite geschobene, genauer: auf dem Tisch nach hinten gegen die Wand gerückte Schreibmaschine gestülpt. Rechts der Maschine, welche auf einer daruntergeschobenen, zirka eineinhalb Zentimeter dicken petrolblauen Filzunterlage steht, zur Schalldämpfung wohl während dem Schreiben, oder vielleicht nur, um die Maschine auf dem Tisch, genauer über die PVC-beschichtete glatte hellgraue Oberfläche der Tischplatte leichter hin- und herschieben zu können als auf ihren vier leicht haftenden Gummifüßchen; die über die Maschine gestülpte unbeschriftete Haube ist übrigens an den Kanten stark abgegriffen, der Spritzlack fleckig – rechts dieser Schreibmaschine also ein Stapel Bücher, Wörterbücher, mit dem Rücken zur Wand. Links der Schreibmaschine eine Tischlampe, die nur schwaches diffuses Licht abzugeben vermag; eine Milchglaskugel, gestülpt in die obere Öffnung einer oben wie unten gleichmäßig glockenförmig geweiteten Messingröhre, in eine aus zwei gleichen, in der Mitte verschraubten Teilen bestehende polierte Messingröhre, in der sich der Tisch und was auf ihm liegt gebrochen verzerrt auf den Kopf gestellt spiegelt. Links dieser Tischlampe, unter dem Fenstersims bereits, denn die Lampe steht an der rechten Fensterseite vor der aus der Wand vorstehenden und, im Gegensatz zur Rauhfasertapete des Zimmers, mit schmierig gewordenem crèmefarbenem Ölanstrich versehenen Fensterumrahmung, ein paar in graue Kartonmäppchen verschnürte Papierstöße, Manuskriptstöße; darauf ein blauschwarzes Quartheft, in einen schwarzen Stoffrücken gebunden, sichtlich neu, mit unbeschrifteter rotumrandeter weißer Etikette. Über diese Etikette, über dieses Heft, über die unter diesem Heft vorstehenden Ränder der grauen Mäppchen und über einen im Laufe des Vormittags immer schmaler werdenden Streifen Tisch dem Fenster entlang huscht, ab und zu schärfer hervortretend, dann wieder verschwimmend, der Faltenwurf einer gehäkelten Gardine; Blumen und Rankenmuster, die den Blick durchlassen. Wenn man vom Schreibtisch aufschaut, gleitet der Blick durch das lokkere Blattwerk der Gardine hindurch gegenüber über eine Blockfassade aufwärts. Auf Höhe des dritten Stockwerkes ist in der Mauer ein über die Straße gespanntes, leicht durchhängendes Stahlseil verankert, an dem, über der Straßenmitte wohl, wenn man es auch nicht so sieht, in der Sonne eine Straßenleuchte leicht hinundher baumelnd hängt, oben herum mit einem Stachelkranz bewehrt, damit sich keine Vögel, Tauben etwa, draufsetzen. Die schmalen, von schmucklosen Eisengittern eingefaßten Balkone des dritten, vierten und fünften Stockwerkes zieren auf die Brüstung gesetzte oder an die Brüstung gehängte Blumenkistchen, Eternit, Begonien Geranien Betunien Hängenelken, vormittags noch im Schatten. Auf dem Balkon des dritten Stockwerks bürstet eine Frau in einer blauweiß karierten Hausschürze einen dunkeln Herrenanzug aus, schüttelt die Hose dann, vorsichtig übers Geländer und die Blumen gelehnt, aus. Dabei rutscht ein kleiner hellblauer Knäuel aus der Hose heraus, oder er ist der Frau beim Hosenausschütteln, ohne daß sie es zu merken scheint, aus der Hand gefallen, fällt, entfaltet sich im Flug etwas, schlingert und trudelt schaukelnd in komplizierten Drehungen schräg abwärts. Wenn man sich vom Stuhl hebt, den Oberkörper leicht über den Schreibtisch beugt, vielleicht mit einer Hand noch die Gardine etwas zur Seite schiebt, sieht man den Stoffetzen, ein Nastuch, unten im Rinnsteig liegen; im Schatten noch, denn die Straße, der Länge nach, wie man sieht, wenn man sich stärker über den Tisch gegen das Fenster vorbeugt, liegt erst bis gut zur Mitte in der Sonne. Diesseits der Straßenmitte, zwischen Schattengrenze und der unteren Grenze des Sichtfeldes, hüpft der Schatten der

Straßenleuchte über dem Asphalt. Weiter straßaufwärts, bereits vorn an der Kreuzung, links, an der Grenze des Sichtfeldes, sind zwei Arbeiter, die steife lange weiße verschmutzte verschlierte Kunststoffschürzen tragen und sich weiße, lose über die Schultern fallende Kapuzen übergestülpt haben, damit beschäftigt, Tierhälften, Schweine und Kälber, aus einem außen roten, innen hellblauen Kühlwagen zu laden; noch im Schatten. Nur gerade das Dach des noch halb auf den Gehsteig geparkten, mit den linken Rädern also leicht geneigt im Rinnstein stehenden rotgespritzten Kleinlastwagens, die Dachkante gegen die Straße hin, streift bereits die Sonne. Der eine, auf der Ladefläche stehend und arbeitend, hängt die im Wagen aufgereihten Hälften eine nach der anderen von großen Haken ab – diese gefrorenen Tierhälften erinnern einen an die an den Haltegriffen hängenden Fahrgäste im überfüllten Tram, in den Kurven und beim Schlingern der Wagen über den Weichen nachgebend, stumm mitschlingernd von Wollishofen ins Industriequartier, von Tiefenbrunnen ins Industriequartier, und grauer müder steifer, oder vielleicht erleichtert, zurück an den Ausgangspunkt, und anderntags wieder, feucht, dampfend, eingeklemmt zwischen anderen Schultern Taschen Brüsten Bäuchen Rippen, eingekeilt zwischen Bekannten Unbekannten Sitzstangen Halterungen – und legt sie dem vor dem Wagen stehenden, mit dem Rücken zum Wagen wartenden zweiten Arbeiter über die Achsel, dieser faßt die ihm so überreichte gefrorene Hälfte sogleich mit beiden Händen am steif nach oben ragenden Hinterbeinstumpf oder greift mit einer Hand in die freie Schleife des S-förmigen, ins Sprunggelenk eingehakten

Fleischerhakens, beugt sich leicht vor und verschwindet in dieser gebückten Haltung mit raschen Schritten im Lagerraum, durch eine schmale Türe in der Ziegelmauer, in der man noch deutlich Umrisse ehemaliger, nun zugemauerter Fenster sieht. Alles geht in regelmäßigem Rhythmus vor sich, mechanische Bewegungen, abhängen, über die Achsel legen, im Lagerraum verschwinden und zurück, rasch, ohne den Eindruck von Hektik zu erwecken. Möglicherweise ist der Gang in die Lagerhalle so lang, daß es nur den Anschein macht, als handle es sich immer um denselben zurückkehrenden und beladen wieder verschwindenden Träger, obwohl es in Wirklichkeit jedesmal ein anderer ist. Wenn man sich wieder vom Fenster weg und zurücklehnt, absitzt, den Stuhl zurechtrückt und es sich im Stuhl bequem macht, die Beine unter dem Tisch ausstreckt, gleitet der Blick aufwärts. Auf dem Balkon des dritten Stockes, die Frau ist verschwunden, hängt, über einen Bügel gestülpt und leicht hinundher baumelnd an einer aufklappbaren, kurzen, aus der Wand rechtwinklig vorstehenden Aufhängestange, ein dunkler Herrenanzug. Die linke Hälfte der zweiteiligen Balkontüre rechts der Kleiderstange schwingt, im Durchzug wohl, auf und zu. Dabei spiegelt sich in der Glastüre die diesseitige Fassade, wie bei einem Kameraschwenk, rasch über die Fassade vor und zurückschwenkend, in unregelmäßigem Rhythmus, zu rasch, als daß man in der Spiegelung Einzelheiten erkennen könnte, was umso schwieriger ist, als das Ganze noch durch Unregelmäßigkeiten im Fensterglas verzerrt wird. Wie man in der Spiegelung sieht, in den Fenstern rechts vom Balkon, wo sich die diesseitige Fassade unverzerrter spiegelt, haben die Nachbarn nebenan ihr oranges Sonnensegel schräg über ihren Balkon gestellt. Irgendwo an der diesseitigen Fassade, man kann nicht genau ausmachen wo, muß, im Durchzug wohl, ein Fensterflügel auf und zu schlingern, denn gegenüber huscht ein Lichtfleck über die, wie erwähnt, noch im Schatten liegende Fassade, vor und zurück. Gleitet der Blick höher, sieht man im vierten Stock, hinter den geschlossenen Fenstern rechts vom Balkon, zwischen halbgezogenen Vorhängen und durch die Spiegelung beeinträchtigt, es sei denn, man verwende einen Polarisationsfilter, eine alte Frau, in einem dunkeln, hochgeschlossenen, mit weißen Spitzenkragen verzierten Kleid, die grauen Haare, bis auf eine Strähne, welche von der linken Schläfe absteht, glatt zurückgekämmt, unverwandt schräg auf die belebte Kreuzung hinabblicken. Dabei steht die Frau nicht ruhig da, sondern schwankt stetig vor und zurück, in ruhigem Rhythmus, oder mechanisch, wie eine Spielpuppe. Man kann sich dazu gut ein pfeifendes Atemgeräusch vorstellen. Gleitet der Blick höher, wird über der Dachkante der gegenüberliegenden Blockfassade, begrenzt vom oberen Fensterrand, ein schmaler Streifen Himmel sichtbar, fahlblau, ausgebleicht, kraftlos, von irgendwelchen Chemikalien ausgelaugt und von Wolkenschlieren durchzogen, links zudem von einem Antennenmast durchschnitten. Ein Himmel wie über der Po-Ebene, erinnert er; gleichzeitig werden Erinnerungen an muffige Hinterhöfe wach; der Schacht über dem engen Hofgeviert von Wäscheleinen durchspannt, an denen Wäschestücke baumeln, farbige Wimpel im Grau; in einem Winkel im Hof einige Autowracks; ineinandergefahren. Unter einem kleinen Blechdach, auf dem

Vorplatz zur Kellertreppe, zwei sich prügelnde Kinder. Schnitt. Nein, Schluß mit verdammten Abschweifungen und Schwenkern, Schluß mit diesem scheinbaren Dahingleiten und Schweifen, mit diesen Schwenkern über eine relative Oberfläche. Die Augen schmerzen, und hinter den Augen ein Ziehen. Es schmerzt. Doch was heißt hier Abschweifung. L'ART NE REPRÉSENT PAS IL PRÉSENT, mal irgendwo aufgeschappt; Fiction; Antwort wenn's hochkommt, worauf jemand fragen könnte, ABER DIESE POSTKARTEN DAS WAREN DOCH WIRKLICHE POSTKARTEN EXISTIEREND NICHT. Ja. Knapper werden. Einbrechen. Die Wut im Bauch nicht ersticken, sie nicht verpuffen, nicht in einen alltäglichen Alltagsärger hineinmanövrieren. Schärfer werden, unbedingter nicht unbestimmter; Spuren hinterlassen, die Oberfläche durchstechen durchstoßen durchbrechen einbrechen und zertrümmern; man erinnert; es genüge nicht, den Zorn schamübergossen zu verschlucken und innen an den gereizten Magenwänden glattzustreichen, aushusten müsse man ihn, präzise, am Spucknapf vorbei, der Harmlosigkeit entlang an die Fassaden, an die Fassaden zumindest; herumblödeln, nein, das genügte nicht mehr, in einem so friedlichen Land; man erinnert; als VERGRASTE PROVINZ ABSEITS DER GESCHICHTE hätte Zollinger dieses Land vor dreißig vierzig Jahren noch bezeichnen können. Inzwischen hat sich einiges verändert. Die verhüttelte Landschaft gleicht einem Ziegeldach, gespickt voller Schneefanghöcker. Eine Stadt voller Türme, deren Bewohner die Narren feiern, wenn sie fallen, und sich Sonntag ins Gebirge flüchten, in ihre günstig erworbenen niederen kleinfenstrigen Hütten, wo an den ungehobelten, mit einer

Spaltaxt behauenen und mit Moos abgedichteten Balkenwänden reihum gleich ein gutes Dutzend Petrollampen hängen, elektrifiziert, aus dem Chesa rustica-Shop. Auf die untere Hälfte der zweiteiligen Stalltüre gestützt, es handelte sich um einen dieser umgebauten Ställe, die Futterkrippen den Wänden nach hat man zu Bänken und Truhen umgestaltet, die Heurauffel, abgelaugt und mit Bienenwachs eingerieben, zu einer Hausbar, von der Hüttentüre aus schweifte der Blick, wenn nicht gerade Nebel die Sicht trübten, über die Kuppen und Grate von Glasüra zum Piz Martegnas hin, über ein herrliches Skigebiet hinweg, lange in den Frühling hinein schneesicher. Über einer nahen, in der Nachmittagssonne leuchtenden Lärchengruppe gleißende Firnfelder, unter tiefblauem Himmel, ob die Lärchen nun ihre Nadeln tragen oder nicht. Wälder Bäume blühende Bergmatten, Enzian natürlich, Bergwände Firnfelder blendende Spitzchen über dem Wald schimmernd umblaut in die Bläue wachsend; tröstlich. Nur die Skiliftanlagen und Hochspannungsmasten kann man auch bei genauestem Hinschauen nicht ausmachen. Bei dieser Verkleinerung der Landschaft auf Postkartenformat. Sie scheinen sich verflüchtigt zu haben. Und kein Auto ins Sichtfeld geparkt. Um die Poesie nicht zu beeinträchtigen. Wenn man hinausschaute, oder vor dem Haus an einem von Wind und Wetter gegerbten, aus gespaltenen Lärchenstämmen zusammengezimmerten Tisch frühstückte, an einem Tisch, wie man sich vorstellte, daß ihn die Einheimischen gebrauchen, oder gebrauchten. Ein Schragen. Der Käse schmecke hier oben draußen in der würzigen Luft halt grad doppelt so gut, wird betont. Und vor allem eben: kein Auto ins Sichtfeld geparkt. Den

Wagen parkt man vor anderer Leute Haus, hinter der eigenen Behausung, vor das Haus Einheimischer, oder was von ihnen übrig geblieben ist, einige wenige, von Arthrose geplagt sich über Land schleppend, Börter Stütze Krachen Tobel auf und ab, dem Vieh nach, dem Futter fürs Vieh nach. Einheimische, Exoten, poesiestumpf, deren man sich zu bedienen weiß, zur Unterhaltung; die man, wie man es ausdrückt, abends ab und zum Schnapsen einlade; Jäger, denn jedermann, wenn einer sich das Jahr über auch kaum fortzubewegen wüßte, kaum sich hinter dem Ofen hervor getraute, ginge hier oben, sei das Emd erst einmal im groben unter Dach, auf die Jagd; Jäger, die gerne auf ein Gläschen hereinschauten, die in ihrer urchigen Art, in ihrem breiigen Dialekt so viel zu erzählen wüßten, wortkarg halt, und dazu oft ein Stück luftgetrocknete Hirschbinde mitbrächten, zum Kosten, wie die sich dann etwas umständlich entschuldigten; ob die nicht schatzig wären, diese Leutchen, sommers und winters steckten die sozusagen in den gleichen steifen grauen Tuchanzügen, nähme einen schon wunder, in was die schliefen, wie die's machten; wenn man glaube, man hätte sie wieder einmal lange genug sitzen gelassen, bei sich in der Stube, die hätten sich am Schnaps inzwischen aber ganz schön tüchtig aufgewärmt, da trauten die sich dann zuzugreifen, es könne jeweilen ganz schön spät werden mit denen, und dauernd müßten die dabei ihren Hund kraulen, ohne diese Struppis bei sich zu haben gingen die nirgends hin, das könnte einem ab und zu echt zu schaffen machen, dieses Getätschel um die hechelnden Köpfe ihrer Hunde zwischen den Knien rum, es dünke einen manchmal fast, die trauten sich ihre schwarzen Fingernägel nicht herzuzeigen und kraulten drum ihren Hunden im Fell rum, die sie inniger liebten als ihre zu Hause gelassenen Frauen, ihre Weibsbilder, wie die betonten, und zudem wäre der Stallmist in der Wärme inzwischen auch zusammengetrocknet und auf den Teppich geklumpt, mit diesen Profilgummisohlen schleppten die ja jedesmal einiges ran, aber man könne ja lüften, wenn die gegangen wären, man habe es dafür so lustig, zum Schießen wär's manchmal, einige Male hätten sie sich danach aber doch gesagt, grad wenn draußen so ein Sudelwetter herrsche, nun reichte es aber wirklich, jedenfalls müsse mit diesen Sitzungen bei sich zu Hause jetzt ein für allemal Schluß sein, aus und amen, schnurz, was die Leute darüber dann auch quatschten, die würden's halt einmal einsehen lernen müssen, man könne dann aber doch wieder nicht so sein, man könnte es mit ihnen halt so lustig haben, sagten sie sich immer wieder, die täten einem ja leid, wenn es also wieder einmal so weit wäre, daß sich die nach Stunden zum Gehen anschickten – wenn man sie in die Dunkelheit hinausstellt, damit man lüften kann –, sehe man im Lichtkegel noch kurz ihre Atemwölkchen aufsteigen. Bevor diese gebückten Gestalten aus dem Lichtkreis in der naßkalten Finsternis verschwinden, die schweren tapsenden Schritte ihrer mit Patentflicken reparierten Gummistiefel verhallen. Mit Veloschlauchflicken geplätzte Vögeli-Gummistiefel, schatzig, nicht, und wieder einmal hätten die natürlich ihre Regenschirme vergessen müssen, die würden sie anderntags bestimmt holen kommen, darauf könne man sich verlassen. Ob die Hütte denn nicht schatzig wäre, man habe sie ganz selber hergerichtet, mit Eifer und Liebe, wie das hier zuerst dreingeschaut habe, aber es ließe sich soviel draus machen, ein wohnlicher Stall wär's jetzt schon, alles auf einmal liege halt nicht drin, man müsse eben haushalten, damit es überall für alle und alles reiche, die Kinder besuchten ja beide die Mittelschule, natürlich, und allein schon der Musikunterricht. Undsoweiter. Schatzig und lustig. Zum Lachen. Ja immer wieder dieses Lachen, das kein Lachen ist, eher ein sich Schütteln, ein Krampf, ein Gehuste, das plötzlich losbricht. Man ertappt sich, wie man diesen Erzählungen lauschend dann dasteht, verdutzt, nicht vor Staunen oder aus Interesse, sondern einfach überrascht, fröstelnd und sprachlos, verletzt, erinnert an etwas, das man glaubte weit hinter sich zu haben. Angewidert. Zu müde, um es zu Ende denken zu können; eine Vermutung das Ganze, redet man sich ein, sich mit Händen übers Gesicht fahrend, der verkappte Versuch einer Annäherung, nichts weiter, ja, doch plötzlich hörte man nur noch dieses eine Wort, schatzig die sonnengeschwärzten Hütten und Ställe, schatzig die Petrolleuchten, ringsum so schatzig an die Wände gehängt, schatzig das klobige Schuhwerk der Einheimischen, Gummistiefel Kappennägel Tricuni, schatzig denen ihre ausgebeulten groben Tuchanzüge, schatzig diese Tschopen, schatzig diese Hirschhornknöpfe, schatzig diese kragenlosen hellblauen Flanellhemden. Die Kinder hätten plötzlich auch jedes eins haben wollen, unten im Dorf im Konsum gäbe es sie nun wieder, auch selber hätte man diese Hemden schätzen gelernt, sie gäben einem ein so freies Gefühl, zum Basteln grad das rechte, untenum viel Stoff, um sich die Hände dran sauberzuwischen; nächstens müßte nun aber wirklich mit der Stützmauer hinter dem Brunnen begonnen werden, das Vieh trampe sonst noch den ganzen Hang runter, die Steine habe man ja längst kommen lassen, der Michel habe sie einem mit dem Schilter vom Dorf heraufgebracht; wirklich, schatzige Leutchen wären es, diese Einheimischen mit ihrem schatzig breiigen Dialekt und so schatzig ungehobelten Manieren, man müsse sie nur zu nehmen wissen, dann wäre mit ihnen gut auskommen, Schmaladeier nenne sie ihre Tochter, einer ihrer häufig gebrauchten Wendungen wegen, oder auch Cadismännchen, seit sie einen mal gefragt hätte, wie denn dieser rauhe und doch sicher auf der Haut beißende Stoff heiße, und der ihr darauf barsch und unwirsch, wie diese Leute eben oft wären, geantwortet habe *Cadis,* Ruchertuch eben; schatzig, nicht. Friedliches Land, schatzige Schnapser, vergraste Provinz, versuchte Nähe. Das mit dem Wagenparken erstaunte, wirklich, daß die ihren Liebling, den Wagen, ihre heilige Kuh aus den Augen ließen, überraschte, denn vielen der Bewohner, die Wochenend für Wochenend oben an währschaftem Tisch fernab von Schlachthaus und Gestank ihre geschenkt erhaltenen Hirschbinden, ihr Trockenfleisch hobeln, sie nennen sich selber die Bewohner, DIE BEWOHNER DER FERIENZONE OBERURMEIN LADEN ZU EINEM PLAUSCHSCHLITTELRENNEN UND ZU EINEM GEMÜTLICHEN ABEND IN DER CASA VEGLIA, bedeutet beispielsweise *Liebe,* so macht es den Anschein, selbst wenn der Schein trügen mag, *inniges Verhältnis zum Auto,* zum Wagen, der einen Wochenend für Wochenend auf beschwerlicher stokkender Fahrt ins Gebirge führt. IT'S A LONG WAY TO MARTEGNAS. Friedlich vergrast. FRIEDLICHES LAND EINS DER SCHÖNEN SYNONYME HEISST GEORDNETER FRIEDHOF, in Klammern EDUARDO GALEANO LITERA-

RISCHE MATINEE IM MUSIKSAAL DES ZUNFTHAUSES ZUM GOLDENEN ADLER, hat man in sein Taschenbuch geschrieben, liest man, zufällig, auf der Suche nach einem Stichwort, auf unstatthafter schädlicher Wortsuche wieder einmal darin blätternd; der Simultanübersetzer, ein ansonsten gewiegter Wortkünstler, habe ausgerechnet an dieser Stelle sich Galeanos spanischem Wortschwall nicht mehr gewachsen gezeigt, habe plötzlich geschwiegen, um auffällig diskret einen Schluck Wasser zu trinken, ja, man erinnert; er hätte dadurch verhindert, daß die Stadt Farbe bekennen mußte, statt, wie gewohnt, sich mit Pluralismus zu brüsten, im immer fahleren Scheine des achtundvierziger Liberalismus zu sonnen. Unter einem Strich auf derselben Seite des Büchleins – es handelt sich um ein kleines Notizbuch mit schwarzen, durch rote Wachstuchecken verstärkten Kartondeckeln und mit rotem Rückeneinband, das man, weil es leicht unterzubringen ist und nicht schwer wiegt, meist in der Jacke auf sich trägt, auf der Rückseite des Vorsatzblattes mit dem Titel TASCHENBUCH und dem Untertitel WESTENTASCHENNOTIZEN, in Anführungszeichen, gewissermaßen als Motto ALLES IN ÄUSSERSTES SCHWARZ IN ÄUSSERSTES ROT VERWANDELN AUF DIE SPITZE TREIBEN ZUM AUSBRUCH BRINGEN, und in das man sich ab und zu notiert, was einem im Augenblick gerade wichtig erscheint, Gesprächsfetzen Zitate Schlagworte, oft durch kleine einfache Zeichnungen ergänzt, durch Kritzeleien, die man im nachhinein dann nicht mehr zu deuten weiß – steht SEIN LAND SEI SO KLEIN DASS MAN DEN FRIEDHOF ENTEIGNEN MÜSSTE UM EINE BODENREFORM ZU MACHEN. Diese Gewohnheit, Zufälligkeiten zu notieren, geht zurück auf die

Zeit am Theater, als man, um während der Vorstellungen hinter dem Beleuchterpult nicht einzuschlafen, begann, die kunstvollen Versprecher der Schauspieler aufzuzeichnen, diese von Abend zu Abend anders ausfallenden, oft kaum merklichen Stückvariationen. Aber Schluß mit diesen verdammten Abschweifungen und Ausflüchten. Was heißt hier Abschweifung. Schluß mit diesem stichwortigen Intermezzo. Witzig ist das, stichwortig und witzig. Mehr nicht. Knapper werden. Einbrechen. Oder. Einfach. Was ist daran schon. Warum sollte einem, was bald jedem gelingt, früher oder später nicht auch gelingen. Wenn man sich anstrengt. Oder ganz einfach weiterfahren, ja, das wäre eine gute Fortsetzung, weiterfahren, welch heroischer Vorsatz, beinahe bebend vor Pathos, weiterfahren, wie wenn nichts wäre. Unbeirrt fortfahren. Trotz Unlust und Überdruß, aller Widersprüchlichkeit, aller Müdigkeit zum Trotz. Um nicht schwimmuntüchtig sprachlos im Wörtersee zu ersaufen. Gegen die Wortflut anschwimmen. Einfach so. So ungefähr. RASTLOS DANN WIEDER MIT UNTERBRECHUNGEN. Einst. Jetzt. Weiter im Text, kurz, in einem Wort, nachdem die Entschlüsse nun einmal gefaßt sind: ruhig weitermachen; wie früher. Aber selbst dies dünkt einen abgegriffen, kommt einem vor, als habe man es schon einmal gelesen, irgendwo; im Namenlosen

3

Einst, wie gesagt, war hier alles feucht. Einst, wenn Gewitter oder ausgiebige langanhaltende Regenfälle, beides kann vorkommen im Ort, in diesem Talkessel, an dessen Bergwänden ringsum Gewitterwolken sich verfangen und Schlechtwetterlagen stauen, den Mühlbach über die Ufer trieben, der hier früher, wie sein Name sagt, und einzig dieser Name vermag an jene früheren Zeiten zu erinnern, viele Mühlen, aber auch Sägen, Walken, Stampfen angetrieben, Münzmühlen wie Pulvermühlen, Kolben gekühlt und harmlosen und weniger harmlosen Unrat außer Sicht- und Riechweite weggeschwemmt hatte; wenn Gewitter dieses ansonsten, seit die Mühlen eine nach der anderen stillgelegt worden waren, um einträglicheren Wirtschaftsunternehmen Platz zu machen, nur noch träge stinkende, damals jedoch nicht in Panzerrohre gezwängt unter dem Asphalt versteckte Kanalisationsrinnsal, das heute einzig winters, nach größeren Schneefällen etwa, da und dort durch einen Schachtdeckel nebelt und mit den Dünsten drumherumstehende, in schweren Gummistiefeln von einem Bein aufs andere tretende, sich die klammen Hände reibende Schneeschaufler aufwärmt, an den nach und nach immer spärlicheren offenen Stellen, beispielsweise hinter dem Theater durch, über die Ufer trieben, dort, wo der Kanal damals noch nicht überdeckt war wie heute, wo sich das Ganze unter dem Asphalt durch dem Lauf der Zeit, also den anwachsenden Abwässern angepaßte Rohre stadtauswärts zwängt; wenn Regenfälle den Bach oder, um gleich wieder zu korrigieren, das

Rinnsal anschwellen ließen, um es über die Ufer zu treiben, brachen Sturzbäche durch die ehrwürdigen dicken alten morschen Zeughausmauern; das Theater war einst ein Zeughaus, ein Haus voller Zeugs; der Mühlbach plötzlich ein Sturzbach, alles floß dann, strömte höhlte rauschte rann plätscherte glutterte glutschte gurgelte filschte versickerte verlief sich. Alles verschimmelte. Auf dem ganzen Zeug, dem elenden Plunder, lag dann der Schimmel. Alles unter Schichten, von Schimmelpilz und Salpeter. Zentimeterhoher Schimmelpilz auf den Thronsesseln der Könige, unterschiedslos ob Kinderkönig oder Despot, auf den Lederfauteuils der Magistraten Botschafter Podestaten, prächtig gedeihend, die dickste Schicht auf den meistbesetzten Sesseln. Nur noch Darstellungen von Schimmelpilz und Salpeter. Schimmelpilz auf den Pelzen der Gnädigen, auf den ziselierten schweinsledernen Folianteinbänden, auf den Pergamenten mit prächtigen Kapitularien und aufgerichteten Schnörkeln, auf den breitkronigen Stammbäumen, Schimmelpilz auf chinesischen Tuschrollen und Lackmalereien, ja gar auf den Vasen aus der Tungsung- und Mingdynastie ihrer so überaus wertvollen Sammlung, ihr Vater war nämlich, doch warum dies weiter ausbauen, ob kunstliebender Botschafter mit fürs Wertvolle geschultem Auge, ob Handelsattaché oder schlicht Kolonialist, was tut's, zur Not ist, zumindest allen Interessierten, die Vorgeschichte und was damit zusammenhängt leicht vorstellbar, die persönliche Fantasie soll ja nicht verkümmern. Alles verschimmelt, selbst ihre Sammlung von auserlesenem Spielzeug, von Automaten und mechanischen automatischen Kunstwerken, ist vom Schimmel befallen:

blecherne Nymphen unterschiedlichster Größe, trotz Blech aber fast weiblich wirkend, bunt bemalt oder emailliert, leichtgeschürzt und hochschenklig, in Händen hält jede eine scharlachrote Wachsblume, die sich bei zartester Berührung öffnet und, kaum offen, wiederum schließt, nur für den kurzen Blick in ihr Inneres ein fluoreszierendes Leuchten freigibt;
den Wänden entlang, in Glaskasten und auf Gestellen, eine ausgestopfte exotische Vogelwelt mit starren Glasaugen, die Lider abgeschnitten oder vernäht;
dazwischen Kuhreihen jodelnde oder gewöhnlich kuckuckende Kuckucksuhrvögel, nun zu jeder Unzeit aus dem Häuschen fahrend und ihren Lärm schlagend, unbekümmert um die Regeln des Stundenschlags, Kuckucksuhren mit Zapfengewichten von jeder Art und Größe, handlich bis imponierend;
in einem Rechen eine Sammlung Spazierstöcke aus fremdesten Hölzern, Unikate mit erlesenen Knäufen, alle bestens in der Hand liegend, ausgefallene Masturbationsapparate für gesittete Flaneure und Ehrendamen, versilbert, Lapislazuli, Speckstein;
Sparschweine, in allen Farben und Materialien, zerbrechlich oder nicht, mit eingebauten Registrierkassengeräuschautomaten, die losbrechen bei Betätigung des Schlitzes, bei Einwurf der kleinsten Münze schon, WER DEN RAPPEN NICHT EHRT IST DES FRANKENS NICHT WERT, so oder ähnlich, umgekehrt vielleicht, schimmert es bei einem Schwein auf rosigen Speck gepinselt durch den Schimmel;
singende Punchingbälle;
einarmige Banditen;
Franziskaner, die, steckt man unter ihren rauhen Kutten eine Kerze an, aus Zwergbibeln sich zur Erek-

tion zelebrieren; L H O O C könnte unter dem Schimmel auf des einen Sockel ins Holz geschnitzt stehen, obwohl darüber, dies sieht man deutlich, nicht Duchamps Gioconda verzückt aus dem Pelz lächelt;
etwas in eine Ecke gedrängt, dafür leicht erhöht auf einem eigentümlichen Panzerwägelchen, mit Kettenattrappen vor versteckten Vollgummirädchen, wild gestikulierend, stämmiger Kopf auf breitem zu kurzem Nacken, die Nachbildung eines berühmten, gefürchteten wie gelobten Politikers, dessen anfangs überdrehtes Gebrabbel und faustschwingendes Gefuchtel bei erlahmender Feder nach und nach mal für mal ins Leere ausläuft, bis das Kinn mit spitzem Knebelbart in die Luft gereckt steckenbleibt, BOLTSCHI PAPPEL PLODER BLUPP,
und weiß der Teufel was noch, egal wie häßlich, verschimmelnde Artefakte aller Art;
Kinder und Killer;
automatisch Liebesbriefe schreibende Prinzessinnen in Krinolinen, oder die Turnüre, die Cul de Paris, über die Polster gehängt, unbequem auf Lackstühlchen sitzend, graziöseste Gliederpüppchen;
daneben verschimmelnde Miniaturbergbahnen, das Modell der steilsten Zahnradbahn der Welt wie Modelle längst stillgelegter Kabelbahnen durch exotische Landschaft zur Ausbeutung und Abschöpfung inzwischen erschöpfter Erzvorkommen, der ganze Urwald schreit jeweils auf aus zierlichsten Döschen, wenn es, aller Verrottung zum Trotz, gelingt, die Dinger wieder in Bewegung zu setzen;
verschimmelte Tänzer Tanzbären Spieluhren kopulierende Hunde Panzerkreuzer in Reih und Glied aufgerichtete Kanönchen einer auf sattgrünem Samtrasen

säuberlich in Reih und Glied ausgerichteten Armee von Spielzeugsoldaten in voller Montur, die Uniformen sind auswechselbar:
alles verschimmelt. Nun beginnt der Verfall, liest man, auf Fresken überzugreifen. Der Pilz von Ruch niste sich in Kirchen, Klöster und Kapellen ein. Kirchen werden vom Schimmel langsam von innen her angefressen, aufgeweicht, bis sie eines Tages, von außen betrachtet noch völlig intakt, in sich zusammensacken. Ein Mißgeschick. Zwar sollen Bemühungen in Gang sein, um die weiße Krankheit zu meistern, eine Krankheit, die sich, mit bloßem Auge betrachtet, in weißlichen Ausblühungen zeigt, in blaterndem Verputz. Aus der Nähe, mit Hilfe einer Lupe, sieht man auf dem Gemäuer dann schorfige Kolonien, kraterähnliche Öffnungen in den sich vielfach überlagernden Schichten, Blasenwurf und Salpeterabszesse in der Kanelierung der Säulenschäfte. Ein hochkompliziertes System von Lüftungsschächten müsse da unverzüglich her, zweitens müßten mit Stahlzugbändern Gewölbe gesichert werden, dann erst könne man drangehen, die immer wieder neu übertünchten, von Schimmel befallenen Barockherrlichkeiten wiederherzustellen, erklärte ein Restaurator. Die ursprüngliche Barockherrlichkeit unter Schichten nach und nach drübergelegter Barockherrlichkeiten freizulegen versuchen, Darunterliegendes unter im Lauf der Zeit im Wunsch nach üppigerem Darübergelegtem wieder zutage treten zu lassen. Nachträglich zusätzlichen Vergoldungen, Pseudomarmor, Marmoranstrichen und weiteren Übermalungen, statt aufzufrischen wäre nämlich bisher, wie gesagt, einfach immer wieder mit heute schwer löslichen, beinahe unslöslichen Bindemitteln

neu übermalt, übertüncht worden, müsse man vorsichtigst, aber entschieden auf den Leib rücken, Joch um Joch, um dann das Darunterliegende, zutage gefördert, neu einzufärben. So gut es ginge. Malachit beispielsweise, ein eigenwilliges Grün, unerschwinglich teuer, müsse durch Chromoxydgrün ersetzt werden, und an Stelle von Smalte, nicht mehr zu haben, selbst wenn man das Geld dazu hätte, das einem jedoch fehlte, das trotz vorzüglichster Führung der pfrundeigenen Land- und Forstwirtschaftsbetriebe und trotz oft großzügigen Spenden unzähliger jährlich den Ort aufsuchender Wallfahrer und Kunsttouristen, sommers und sonntags leere der Sigrist den Opferstock täglich, oft zweimal täglich, nicht einzubringen sei, werde Kobaltblau aufgetragen, unbedeutende Farbschattierungen, dem Laien absolut unersichtlich, mehr liege nicht drin. Den Schimmel stoppen und die ursprüngliche Barockherrlichkeit hervorholen, neu eingefärbt. Was tiefer liegt, oder lag, ist restlos hin. Mancherlei Bemühungen sind in Gang, man sieht, doch mancherorts kommt jede Hilfe zu spät. Klöster werden geschleift, müssen geschleift werden. Im Interesse der Fleischtrocknerei, erfährt man aus der Zeitung; damit die Infrastruktur stimmt, und sei es nur, um hinter dem Profitdenken, einer neuen Form von Tünche, wie es einen dünkt, keine Beunruhigung aufkommen zu lassen. Der Schimmel einfach einbetoniert, lebenspralle Schimmelbeschläge ausgedörrt, unrentable Klöster durch Rauchkammern ersetzt. Damit die Infrastruktur stimmt. Ein reizender Zug. Eine Eigenart. Kräftig genug, um aus der Stadt, ruhig und clever heranreifend, kein Krähwinkel und kein die Zeit verpassendes Seldwyla entstehen zu lassen, heißt es, literaturbeflissen dem Fortschritt verpflichtet. Doch manch einer, inmitten der Wüste aufsässiger Rasterformen von ruhlosen Erinnerungen genährt, auf der Suche nach unentdeckten Bildern, wüßte vielleicht bald einmal eher die frohgrüne Lieblichkeit des alten Friedhofs zu schätzen, wie es in einem alten Rucher Kalender in einer Bildlegende unter einem verblichenen Foto heißt, heckenröschenumrankt und trauerweidenüberhangen, allen martialischen Bronceblechmonstern auf hohem Sockel zum Trotz, die stinken nicht; oder man möchte ins Märchen flüchten, tief im Wald zwischen Erlen und Moos an einer Ammenbrust das Vergessen suchen gehen, in leichtfertiger Wehleidigkeit und lebensuntüchtig, mag eingewendet werden von den schnittigen fähigen Führern des windschlüpfrig stromlinienförmigen Konsumismus; was soll das Gezeter also, der Charakter der Stadt, bis hin zum uralten Marktplatz vor Sankt Martin, den heute noch fast ringsum ausnehmend schöne gotische Häuser umstünden, sei gewahrt geblieben, heißt es im Bericht der Architektenkommission zuhanden des Stadtarchitekten. Ein veralteter Bericht, ist man geneigt anzunehmen. WER. Dies kann sich nur einer sagen, der von allem, was hier gespielt wird, nichts weiß; nichts. Der Stadtarchitekt, ein gewiegter Jasser übrigens, kennt sich da doch wohl um einiges besser aus, er wohnt ja immerhin am Platz, im sozusagen einzig wirklich gotischen Haus, zusammen mit seinem Vater, einem Generalstabsoffizier im Ruhestand, central gelegen, recht volksverbunden, im Haus zum Raben; er kann es sich auch nach dem Umbau noch leisten hier zu wohnen: die von ihm bewohnten obersten zwei Stockwerke hat man im Gegensatz zu den unteren, wo für Büroräume Platz geschafft werden mußte, nicht ausgekernt; dahinter, im Bärenloch, es ging grad in einem, hat man den Muffel und die alten Mieter vertrieben, ausgesiedelt, wie es heißt, in eine mit heutigen Ansprüchen entsprechendem Komfort ausgestattete Siedlung an der die Stadt bedienenden Hochleistungsstraße, die Fenster straßwärts nach und nach zugemauert, den Mietern zuliebe. Wenn man sich auf dem Platz, um darauf zurückzukommen, richtig hinstellt, vor sich die Drogerie zum Raben, sie ist ebenfalls auch nach dem Umbau noch im Haus, erweitert um eine Parfümerie und Spirituosenabteilung, die Schaufenster der Uhrenhandlung mit vielfältigsten Zifferblättern und kunstvoll gezopften Kordeln für unterschiedlichste Zapfengewichte hat man im Rücken, ein Bau, wäre beizufügen, fast so häßlich wie rechts am Platz, den Blick durch den Sucher nicht beeinträchtigend, das Hotel Central, gleichfalls aus der Zeit der Wunderkinder stammend, ja, wenn man sich richtig hinstellt und sich nicht zu dumm anschickt, gelingt es tatsächlich ohne weiteres, jedem mit einigem Geschick und mit einem Objektiv durchschnittlicher Brennweite Ausgestatteten, ein Foto hinzukriegen, das den gotischen Charakter des Platzes wohlbewahrt beweist. Es kann allerdings vorkommen, ja völlig vermeiden läßt sich dies noch nicht, daß man Tauben, die sich in gefürchigem Sturzflug spiralig, wie wenn sie aus dem Himmel fielen, auf diesen engen Platz zwischen die Gebäulichkeiten herunterstürzen, irgendwelchen Körnern zu, mit auf den Film kriegt, zu Hause auf dem Foto auszumachen als nicht identifizierbare irgendwo in der Luft hängengebliebene Schlieren und

Flecken, flockenähnlich, einzeln oder zu mehreren, unscharf geraten, der durchs spärlich vorhandene Licht bedingten langen Belichtung wegen. Ein reizender Zug. Eigenart. Kräftig. Genug. Von außen besehen. Zwischen Kirche und Drogerie führt eine schmale gekrümmte Gasse an Boutiquen vorbei in die dahinterliegende Altstadt, fröhlichbeflaggt laut Reiseführer, man muß dieses Museum gesehen haben, und neben Stahlbeton wird selbst der kopfscheueste Skeptiker, das verschüchtertste mit Augen ausgestattete Zoon auch sonst noch da und dort vereinzelt ein gotisches Haus, die gepflegte Haut eines gotischen Hauses oder eine Barockfassade finden, NOCH, bald einmal als Fremdkörper dastehend, wenn überhaupt, überragt vom geschichtslosen Fortschritt, in dessen Raster sich gebrochen und verzerrt Verschnörkeltes spiegelt. Ein allseitiges einziges großes Mißgeschick. Kann schon sein. Einst. Jetzt. WANN WAR DAS WANN MAN BEGANN ZU WISSEN WER MAN WAR. Vielleicht glaubte zu wissen. Man begann. Man war. Soviel steht fest

. . . .
. . . .
. . . .
...war hier einst alles feucht, so liegt nun überall Staub. Ja. Nach jeder Vorstellung ist die Luft voll davon. Der Schimmel längst verdorrt. Zubetoniert. Alles Feuchtaufwischen ist in der Trockenheit, die hier im Theater jetzt herrscht, sinnlos, und den Motten ist mit keinem Gift mehr beizukommen. Aus kleinsten Ritzen schwirren sie hervor, in kleinste Ritzen verkriechen sie sich, legen ihre Eier ab, vermehren sich, alles zerfressend. Einst der Schimmel, nun die Motten. Selbst die ausgeklügeltsten Schutzmaßnahmen sind nur Schutzversuche. Im Fundus herrscht das Chaos. Ob Komödie Tragödie Posse Groteske Farce Endspiel: Spiel, lustvolles Trauerspiel, Theater, nichts läßt sich mehr unterscheiden. Im Fundus nur noch Möbel. Jedes Stück könnte für jedes Stück gedient haben; Möbel, nur noch Möbel, nichts als Möbel. Kommoden Tabernakel Möbel. Die Leute wollen unterhalten sein, sie ergötzen sich an jeder Operette, an jedem Ärgernis. Komödie Tragödie Unterhaltung. Niemand schaut in den Fundus. Im Fundus herrscht das Chaos. Möbel, nichts als Möbel. Tragödienmöbel Komödienmöbel. Fein säuberlich auseinandergenommene, bis in die kleinsten Einzelheiten zerlegte Komödien und Tragödien. Reststücke von Tragödien von Komödien. Reststücke. Nicht die Überreste. Reste. Stücke. Möbel. Übereinandergestapelt, übereinandergetürmt, ineinandergeschachtelt, zu Ungetümen auf-

gestockt, in riesige Plastikblachen verpackt, mit Bindfäden und Seilen verschnürt.

In schlaflosen Nächten...

Man ertappt sich, wie man angestrengt zu erinnern versucht, wie es gewesen sein könnte in schlaflosen Nächten, trüber Dämmer jedenfalls, Lauern auf Geräusch, ermattet dann das Öffnen der Fäuste

In schlaflosen Nächten, wenn er lange schon auf dem Rücken wachliegt...

Bevor er sich schlafen gelegt, hatte er wie üblich etwas zu lesen versucht, im TOTEN VATER, hatte versucht, etwas Festem, scheinbar Gradlinigem nachzufolgen, Linie für Linie für Linie für Linie für Linie, Handlungsabläufen nach, die einem nicht zum vornherein, wie tagsüber ständig, durch beschissene Kulissen die eigene Vorstellung verstellen. Allein schon der Raum unten im Sousol, in den er sich nach dem Theater, nach einem überlangen Arbeitstag spät nachts zurückziehen konnte, gab ihm jeweilen etwas Ruhe. Als einzige Dekoration, abgesehen von Beleuchtungsplänen und dergleichen Theatermakulatur, waren die billigen Reproduktionen zweier Bilder von Magritte an die Wände geheftet, mit angerosteten Reißnägeln, über dem Fußende des Bettes, als stark verkleinerte Schwarzweißabbildung, DIE KINDHEIT DES IKARUS, an der Wand über dem Kopfende, ebenfalls verkleinert, aber in Farbe, AN DER SCHWELLE ZUR FREIHEIT. Beide Blätter waren schon an die Wand geheftet gewesen, als er hier unten einzog, und da sie ihm gefielen, hatte er sie unverändert hängen gelassen. Nachdem er die Drucke, auf dem Bett liegend, eine Zeitlang angeschaut hatte, abwechselnd den einen und, aus verzerrterer Perspektive, den anderen, hätte er eigentlich Lust gehabt, etwas zu lesen. Oft, wenn er, nachdem die Schauspieler abgeschminkt das Haus verlassen haben, in den Garderoben das Licht löschen geht, findet er eine vergessene oder absichtlich achtlos liegengelassene Morgenzeitung, meist nur noch Teile davon, die er einsteckt und mit hinunternimmt; unten, in der sogenannten Bühnenmeisterkammer, geht er dann erst einmal die politischen Tagesmeldungen, Unglücksfälle und Verbrechen durch, Weltgetöse, Inserate, Todesanzeigen – Todesanzeigen haben etwas Faszinierendes an sich, spannendste Geschichten in knappester Form, gerahmte Handlungen, und zugleich sind sie trefflicher Ausdruck geschäftiger Vergeblichkeit, von nicht zu überbietender Verlogenheit, oder ist es am Ende versteckter Spott, umwerfend komisch, ein letztes vergebliches salbungsvoll wortsalbaderndes sich Aufbäumen, bevor man sich dem unausweichlichen Angriff durch Wurm oder Feuer hingibt, letzte Vorstellung vor dem sicheren Versinken im Vergessen...

Nach langem geduldig ertragenem Leiden an den Folgen eines tragischen Verkehrsunfalles völlig unerwartet aber tapfer entschlafen durfte unser lieber Vater Schwiegervater Bruder Schwager Onkel Götti und Gatte Willy Thomas Nußbaumer genannt Nuß Landesprodukte seiner innig über alles geliebten Gattin in die Ewigkeit folgen sein erfolgreiches Leben war geprägt durch seinen Humor und unermüdlichen Einsatz harte Schale weicher Kern so kannten wir ihn und seine vorbildliche Güte und beispielhafte Pflichterfüllung bleibt uns unvergessen und und und in stiller Trauer in tiefer Trauer in dankbarer Erinnerung und tiefer Trauer die Hinterbliebenen Geschäftsleitung und Personal des Transportunternehmens und der Immobilien AG unsere Betriebe bleiben den ganzen Tag geschlossen

... und bleibt er nicht endgültig an Todesanzeigen hängen, so lange, bis er auf vertracktesten hypothetischen Abwegen über ihnen einschläft, geht er danach aufmerksam die Liste der Kinoprogramme durch. Da war aber für einmal gar keine Zeitung, nicht der kleinste Fetzen, nicht einmal der Stellenanzeiger; dafür könnte er, wie gesagt, im TOTEN VATER ein paar Seiten lesen, er hatte das Buch zu Weihnachten geschenkt erhalten, warum also nicht hineinschauen. Wie so oft war er zum Lesen jedoch zu müde, so daß er das Buch, kaum geöffnet, auch schon beiseite legte und sich statt dessen einmal mehr mit dem Durchblättern von Stößen teils recht zerfledderter Hefte begnügte, Revuen und Magazine ...

SPIEGEL THEATER HEUTE OPER AKTUELL, verjährte verknitterte abgegriffene zerschnipselte zerfranste Nummern, halbgerupfte verstaubte Engelsflügel, Erzengel Gabriel grinst hämisch aus den Seiten, Luzifer, LUCIFERA, in schüttrem Urwald schwingt Tarzan sich an Lianen seiner ihm enteilenden Geliebten nach, fumetti per adulti, Comics, PRIVATE PLAYMATE

... bis er beim Blättern bald einmal an Trucula Bonbon Polly Underground Pretty Prima Symphony kleben bleibt ...

FANG DEN SCHMETTERLING DER NACHT. Schnelle Abfolgen standardisierter mythologisierter Posen. Spiele von Vanadée und David, von David & Divinity. Gleich hinter dem Eßzimmer scheint der Pazifik zu beginnen, knisternd vibrierende Lebendigkeit, sprühende Bewegung, high energy, oh, so much movement, gleißende vibrierende Helle. Dreh am Polarisationsfilter. Gegenlichtiges Wellenspiel. Jacht legt an. Frau springt an Land, Zeitlupe, durchschimmerndes Tüllkleid, weiß, auf gebräunter Haut
Schnitt
Verschwinden der Frau, wiegender Gang natürlich, Zeitlupe ebenfalls, in sattgrünem Buschwerk. Exotisches Vogelgezwitscher, bislang leise untermalend, wird lauter
Schnitt
Blockhaus, inmitten von Buschwerk, Totale
Schnitt
Rohes Tischblatt, regenverwaschen. Flach einfallendes Licht, Abendlicht. Behaarte Hand ergreift auf Tischplatte blinkendes Goldstück, Weichzeichner. Wurfparabel von Goldstück in nahes Wasser, Zoom. Aufklatschen von Goldstück auf spiegelglatter Oberfläche. Konzentrische Kreise, auslaufend
Blende
Auftauchen der Frau vor Blockhaus, erwartet von Mann, an Tisch sitzend, blond sportlich offenes Hemd Brust undsoweiter, khakifarbene Reithose, strapaziert, in ausgetretene Stiefel gestopft, auf Tischplatte

Bein auf Bein übereinandergeschlagen, Sprechblase, ICH HÂN MÎN LÊHEN AL DIE WERLT ICH HÂN MÎN LÊHEN, genußvoll Ausstoßen von Rauch
Schnitt
Aus Buschwerk taucht Schwarzer, beleibt, den Oberkörper nackt, mit metallbeschlagener Kiste beladen, nähertretend, bei jedem Schritt das Aufblinken der Beschläge des Überseekoffers im Abendlicht, Schritt für Schritt nähertretend, vor Blockhaus angelangt tiefe Verbeugung, Zeitlupe
Schnitt
Halbtotale, Schweißperlen auf schwarzer Haut. Klebeetiketten mit Hotelnamen verlockender Orte auf Überseekoffer
Schnitt
Close up, Flaschenhals, Nachgießen von Flüssigkeit, Rum wohl, in Glas, on the rocks, eingeblendet in exotisches Gezwitscher das Knacken von Eiswürfeln, Glaswand beschlägt sich stärker, Gegenlicht, Weichzeichner
Blende
Heller flirrender Grund, klarer Schriftzug eingeblendet, Antiquamajuskeln, hohe Elzevir vielleicht, MORE BOUNCE TO THE OUNCE, pulsierend erst, dann starr, TRADEMARK
Schnitt

Oder, in einer anderen Sequenz, er auf dem Rücken ausgestreckt daliegend, nackt, kreuzförmig nach rechts, das linke Bein, Bein gegen Kamera also, angewinkelt, leicht Sicht verstellend
Schnitt
Feingliedrige Hand, perfekt manikürt, die Nägel, wie

anzunehmen, rubinrot lackiert, lackiert jedenfalls, auf behaartem Männeroberschenkel, gebräunt natürlich, nahtlos natürlich, hochgleitend, rumpfligem Hodensack zu, Ansatz von aufgerichtetem Glied
Schnitt
Position eins, Bein jedoch gestreckt, rittlings auf Mann Frau, Oberkörper übermäßig aufgerichtet, Kopf Mähne zurückgeworfen, mit Händen sich hinter Rücken auf Knien von Mann aufstützend, mechanische Bewegungen, sounduntermalt
Schnitt
Close up, Position gleich, mechanische Bewegungen heftiger, plus minus plus minus plus minus eins null eins null eins null eins eins eins null
Black

Rock, neue Bildfolge, Beschreibung einer Rückenansicht einer rhythmisch, fast peitschend in den Hüften sich wiegenden Frau, Gogogirl natürlich, vor rotweiß flammendem Hintergrund natürlich, Cachesexträger straff über samtene Lenden gespannt, Schultern liebkosend hochgezogen, Arme körperanliegend nach unten gestreckt, vorn vor Körper verschwindend, Hände vor Bauch zusammengepreßt, kann man wohl annehmen, aus Tanzbewegung heraus plötzlich reflexartige Körperdrehung, Westernbewegung, AAHHH, Colts in Hüftanschlag, OOHHH, eine Serie von Schüssen reißt das Bild explosionsartig auf, Trickeffekt, pulsierendes Rot

DOES THIS TURN YOU ON OR MAKE YOU A BETTER LOVER
White

Die nächste Seite des Magazins ist vollkommen schwarz, randlos schwarz, für Österreich, das Fürstentum Liechtenstein und die Schweiz abgedeckt, steht kleingedruckt darunter, weiß auf schwarz auf weiß

... in schlaflosen Nächten, wenn er, trotz Müdigkeit von Nervosität gepeinigt, halb gelähmt, die längste Zeit schon auf dem Rücken ausgestreckt wachliegend, im fahlen, durch eine Ritze über der Tür eindringenden Licht die Feuchtigkeitsflecken an der Decke anstarrt, vor Jahren war einmal Wasser aus den darüberliegenden Schauspielergarderoben durch den Boden gedrungen, dann endlich sich von diesen in seiner Vorstellung immer neue Figuren annehmenden Formen an der Decke, bald sind es Landkarten versunkener Inseln, bald Lemuren, losreißt, vom Bett aufspringt, die Tür zum Gang in den Fundus aufreißt, aus dem Zimmer vertrieben durch das lästige Summen des Transformators seines Transistors, mit dem sich dank einem behelfsmäßig durch den Fensterschacht nach draußen verlegten Antennendraht hier unten einiges empfangen läßt, Musikkonserven Konsumentengewäsch Verkehrsratschläge,
Fernseher besitzt er keinen, weil, wenn er dazu käme fernzusehen, die vertrauten Stimmen, Konfektion kommentierend, längst verstummt sind, nur ab und zu reichte es vielleicht, gerade noch, einen Fetzen davon zu erhaschen, bevor zu den Takten der Nationalhymne das Bild auch schon ausblendete und, wie üblich, nur noch Schneefall, grünlichblau und tot, gesendet würde, dem zuzuschauen er keine Lust hat;
wenn er, aus seiner Kammer vertrieben, mit ausge-

dörrtem Gaumen durch den Fundus irrt, im Mund das Gefühl von Reißnägeln, winzig klein anfangs, auf der Zunge rasch anschwellend, bald füllen sie seinen ganzen Rachen, ihre Metallstifte verkeilen sich zwischen den Zähnen in Zahnritzen, spannen die Haut, durchstechen sie, sacken ins Fleisch, scheuern von innen her die Wange wund, unfähig, dieses Glühen hinunterzuschlucken, nichts Außergewöhnliches, nichts als die Wirkung überheizter Räume, redet er sich ein, in der Kehle, lutscht man nicht dauernd Bonbons und Pastillen, das Gefühl von verschluckten Fischgräten, wegen der trockenen Hitze, die hier unten herrscht, tröstet er sich, weil hier unten, im Sousol, sich nirgendwo die Heizung drosseln läßt, alle Hahnen abmontiert oder plombiert, ob Tag oder Nacht gluckst und knackt es gleich durch die Adern des Hauses, zentral angeheizt;
wenn er durstig zwischen unverschnürten Möbelbauten durch enge Gänge und Gassen und Durchschlupfe hindurchhastet, durchschlüpft, da und dort, sich hindurchzuzwängen genötigt, sich hindurchzwängt, mittendrin plötzlich verwirrt stehenbleibt, auf halbem Weg zur Werkstatt, auf halbem Weg zu dem mit Dispersion und Leimresten völlig verkleisterten Lavabo, an dessen Wänden in aller Unschuld die Farbenpracht ganzer Ausstattungen durcheinandergemischt übereinandergepflastert klebt und dessen Ablauf gerade so viel zu schlucken vermag, wie aus dem zugedrehten Wasserhahn tropft;
wenn er durch Gänge und Gassen werkstattwärts hastet, von Schlaflosigkeit und anderem mehr aus dem Zimmer verjagt, im trüben Dämmer der Notleuchten, ermattet, die Fäuste geöffnet, und plötzlich irgendwo

auf halbem Weg innehält, wohin wollte man eigentlich, und horcht, glaubt er Staub rieseln zu hören: den Abend für Abend im Lauf der Vorstellung von den schlurfenden Schritten hinter den Kulissen durch, vom tobenden Gestampfe des Tragöden, von den Kapriolen des Komödianten, vom Gestolper und Gehopse stolzgeblähter Statisten vom Boden aufgewirbelten und durch abendfüllend keifendes Gejapse und die lyriktriefende Deklamation auf wackligen Versfüßen durch die Luft gehauchter Monologe sowie durch rauschende Vorhänge hochgewirbelter Staub ...

VERWUNSCHNE TAGE DES HERBSTES
MIT ROSEN GESPICKT
DA ICH DIE LIEBSTE AM HERZEN GEZWICKT
WO ÜBER BLÜHENDEN AUEN UND SONNIGSTEM GRÜN
FINSTER UND GRAU NUN SCHWERE WOLKEN ZIEHN
Achtung Stichwort
ERLOSCHEN DIE STERN
Blackout

... durch Klischees hochgewirbelten Staub, der sich längst wieder gelegt hat und nun, lange nach Vorstellungsende, wenn die Komödianten längst die Bretter geräumt haben, sachte durch die Ritzen des Bühnenbodens sickert; mit Gips, mit aus einem Riß im Portal gebröckelten Gips sich vermischender Staub, denn tosender Applaus löst nun mal jeden Abend ein klein wenig Gips aus dem langsam der Stuckdecke zukriechenden Riß im vergoldeten Portal. Diesen unmerklich doch stetig sich vergrößernden Riß, aus dem es beständig rieselt, müßte man aus den ersten Reihen des Parketts eigentlich sehen: ein Riß und daraus leichter partieller Schneefall; doch von allen, die hier sitzen, von all den genügsam frenetisch die Hände sich Wundklatschenden glaubt kaum einer daran. Man sieht rauschend sich hebende und niederfallende Vorhänge und die wie Marionetten vor einem sich verneigenden Schauspieler, automatische Kleiderständer, Sprachträger, Vögel, die ins falsche Nest gesetzt mit ungut gutem Zungenschlag zwitschern, Komödianten, ruhlos ungeniert clever heiter

... ja, nachts, wenn man sich, keinen Schlaf findend, anschickt spazierenzugehen, drei Schritt vor zwei zurück zwei Schritt vor drei zurück, von Baumattrappe zu Baumattrappe von Betonpfeiler zu Betonpfeiler von hohlem Säulenschaft zu hohlem Säulenschaft von Kasten zu Kasten, im schmutziggrauen Dämmer, gehen gehn gehen stolpern, in der Hoffnung, danach Schlaf zu finden, glaubt man Staub rieseln zu hören; den Staub über den bereits halbblinden Klarsichtfolien,
das helle Mehl aus den Holzwurmlöchern der Möbel
IM FUNDUS HERRSCHT DAS CHAOS
In den besten Stücken tickt der Holzwurm. Aus den ersten Reihen des Parketts kann man die Löcher sehen, wenn das eine oder andere dieser wurmstichigen Möbelstücke in einem neuen Stück wieder einmal auf der Bühne steht. Man sähe die Wurmlöcher, doch alle, die hier sitzen, sehen sie nicht; die Atmosphäre einer sorgfältig angezogenen Gesellschaft erfüllt den Raum. FASTEN SEATBELTS, nein, dies erübrigt sich, die hier in Parkettplüsch gelehnt sitzen, oder ist es Satin, ein abgedunkeltes Rot, ins Violett spielend, oder Scharlachrot, oder Karmesinrot, Weinrot, spielt's eine

Rolle, glauben an den Sessel als Schmuckstück, Louis bis auf den heutigen Tag, und sie glauben an den, der draufsitzt, Louis kopflos, und an dessen Sprüche, furchtlos. Niemand brüllt plötzlich auf, als ob er tief getroffen wäre. Die gesammelten Greuel der Geschichte werden mit gesittetem Schweigen hingenommen, als Theatergeschichten akzeptiert, als unvermeidbar unabänderlich mechanisch ablaufende Gesetzmäßigkeit, fast selbstverständlich, wenn nur die Wörter stimmen, deren Aussprache und Wohlklang, Senkungen und Hebungen. Die hier sitzen, scheinen nur darauf zu warten, daß ihnen die altbekannten, ihnen allen längst bekannten, in ihren Wortschatz übergegangenen, besser: die von ihnen gepachteten Sprüche ihren Vorstellungen entsprechend dargeboten werden, klassisch beliebte beliebig fließende Wörter im starren Versmaß, mit dazugehöriger Mimik und Gestik in Variationen durchgekaut, abgenutzt, verwetzt; Eselsbrücken für Schauspieler, damit diese die daran aufgehängten Gesten ordentlich der Reihe nach hinkriegen. Handelt es sich um neue, um ungewohnte, noch kantige Wörter und Wendungen, gilt es, sich diese rasch und so gut als möglich anzueignen, was den meisten der erwartungsvoll Dasitzenden, nein eben nicht erwartungsvoll, sondern einfach träge Dasitzenden, leichtfallen sollte; sie haben ja lange genug gelernt, hatten Zeit und Muße zu lernen, wie Wörter und Wendungen anzueignen sind, mit fein geschultem Gehör; sogar eigentlich Böses, was dies nun im einzelnen auch sei, wird ein Stück weit gefördert, Großzügigkeit zeichnet aus, verträgt sich, gehört zu den Spielregeln, und selbst noch so Ausgefallenes, einen Anfallendes, läßt sich, wenn nicht anders möglich aus dem Zusammenhang gerissen, gebogen und richtig zusammengestellt, so lange zitieren, bis dessen allfällige Brisanz eliminiert ist. Um die richtigen Zusammenhänge, tatsächliche oder zurechtgelegte, ist niemand verlegen. Daß einem im übrigen nichts Zitierunwürdiges geboten wird, dafür hat man vorgesorgt, parlamentarisch demokratisch oder wie sich dieses Vorgehen nennt; WER DEN FRANKEN NICHT VEREHRT IST DES RAPPENS NICHT WERT. Große Namen in großen Rollen für ein großes Publikum, Widerspiegelung dessen, was in dieser Gesellschaft sichtbar vorliegt; für nötigen Pomp ist man gern bereit aufzukommen, machte ja jährlich keinen halben Hunderter aus pro Person, wenn alle mittun, und daß man mittut, ob willig oder nicht, diese Entscheidung wurde einem großzügig abgenommen. Reproduzieren statt analysieren, abgrenzen statt entgrenzen, konfektionieren statt improvisieren; wo führte es sonst hin, ES; sowas hat man, ja, wer hat denn sowas nötig, na sowas; sowas kann und will und soll und muß und darf nicht sein, man hat ein Konzept, Richtlinien für eine lebendige Spielplangestaltung – wer behauptet das Gegenteil; der Spielplan müsse dem Publikum gemäß sein, die dargebotenen Werke müßten in ihrer geistigen Haltung, in ihren Menschen und deren Schicksalen dem Empfinden, den Anschauungen – den Anschauungen –, dem Wollen und Sehnen, dem Lebensernst wie dem Humor des Volkes entsprechen, einzig so werde garantiert, daß das Theater nicht zum Tummelplatz charakterlosen Geistes einiger Theaterzertrümmrer und Regiegaukler verkomme. Es verkommt nicht. Alljährlich einmal, bevor die Haushaltsdebatte auf dem Sessionsprogramm steht, lädt man die Ratsherren, der Ratssaal liegt ja gleich daneben, feierlich ein; zum Apéro; man pflege das gute Einverständnis mit den Stadtoberen, weiß sich der Theaterdirektor gewinnend auszudrücken, und einem geschickten Regieeinfall folgend wird dann jeweils die prächtigste Darstellerin in irgendeiner Verfolgungsodereifersuchtsszene an passender oder unpassender Stelle im Stück in höfischer Tracht, den Busen blank, jedoch nicht gänzlich, leicht tüllverschleiert, den christlichen Volksvertretern im Saal zuliebe begnügt man sich, vielleicht sich auf berühmte Fresken berufend, mit leicht verschleierter Nacktheit, über die Bühne gehetzt, einmal und nochmal, in wilden Sprüngen und Drehungen um Säulen herum, bis sie, im hetzigen Kampfgeschehen hat sich die Schleife längst gelöst, entfaltete sich der Tüll, ermattet auf dem Proszenium niedersinken darf, auf den Rücken gestreckt, den Kopf rückwärts über die Rampe in den Orchestergraben gehängt: ein hechelndes Beben, Heben und Senken. Bis das Licht ausgeht. Der Vorhang fällt. Das Publikum amüsiert lacht. Den Busen mit Anerkennung bedankt. Wirkt auf die unten Sitzenden angenehmer, als wenn vorn auf der Bühne das Volk murrte, ein paar auf Stichwort hin es gar wagten, die Faust zu recken, und WUHH machten; aber auch die würden ihre Arme einziehen. Der Beifall im vollbesetzten Haus ist jeweilen beinahe frenetisch. Die junge Schönheit hatte ihren Busen zu zeigen und hat ihn gezeigt; die Kasse wird klimpern. Jahr für Jahr läßt sich etwas arrangieren ...

Es braucht nicht unbedingt DIE BÜCHSE DER PANDORA zu sein, auch Iphigenie bietet sich an, Lulu; nein Lulu wirklich nicht, allein schon wegen diesem in jenem

Stück vorkommenden Doktor Hilti nicht, dieser Hanswurst von Doktor mit seiner CHAIBE VERCHAIBETE CHAIBEREI wäre eine Zumutung, Kongu Ponti, der ginge vielleicht gerade noch, irgendwie halt doch amüsant, wie dieser abgebrannte Erbprinz von Uahubee an der ihm von Lulu gereichten Schnapsflasche suggelte, seine von vielfachem Rülpsen unterbrochenen paar Aussprüche zeichneten sich ja durch spezifisch afrikanische Zischlaute aus, also gut, wenn's sein muß, doch am Ende auch noch dieser Jack the Ripper, der zwar wohl beteuerte, er hätte keine Zeit, er müsse nach Hause, obwohl er dann ja, nein, das wäre zuviel, wirklich, echt unappetitlich

GODDAM DAS WAR EIN STÜCK ARBEIT

Regieanweisung:

JACK SETZT DIE SCHALE AUFS BLUMENTISCHCHEN WÄSCHT SICH DIE HÄNDE DANN AB DURCH DIE MITTE

... von den hinteren Rängen der Galerie herunter sieht alles aus wie es sein muß. Traumhaft märchenhaft schön. Wie wenn nichts wäre. Man sieht nichts. Nicht einmal leisen leichten Schneefall. FACTS BEHIND THE FANTASY. Schmuckstücke, je verfallener, desto größere Atmosphäre strahlen sie aus, Atmosphäre Ambiente oder nicht, das ist, scheint's, die Frage, selbst das nostalgisch verbrämte Kaputte, all die Häßlichkeiten, oder all dies längere Zeit, wie es bald scheint, voreilig als Häßlichkeit Abgetane, was Geschmack betrifft, ist man bald wiederum bei den Wunderkindern angelangt, ist plötzlich wiederum schön, heute da man Stil, diesen wie ähnliche, erneut zu schätzen beginnt, ungestört schätzen darf, empfindsam und geschichtsstumpf; das schön Kaputte kehrt nach einer gewissen

Zeit einfach als große Mode wieder, gut zum Gebrauch schlägt es sich, von Schreibtischbollwerken aus verharmlost, wie eine aufgefrischte Daunendecke übers Bewußtsein; nur gerade das vom jeweils vergangenen Jahr, von der vergangenen Saison ist out

Frege soll es gewesen sein, der sich einst fragte, und, lebte er heute, immer noch fragen könnte HÖRT DENN DIESE GRÄSSLICHE MODERNE ZEIT GAR NIE AUF. Gottlob. Modern times

In den besten Stücken tickt zwar der Holzwurm, und durch die unter ätzendem Staub erblindenden Klarsichtfolien hindurch sieht man das helle Holzmehl über die verschnörkelten Schnitzereien rieseln. Alles ist eingepackt, und doch ist nichts verpackt, nichts genügend verpackt. Gegen den Holzwurm schützt Verpacken nichts und wenig gegen die Motten. In den besten Stücken tickt der Holzwurm, und die Gobelins, in Rückenlehnen und Kissen eingewirkte Jagdszenen Städtebilder Stilleben, zerfressen die Motten. Waldszenen, einsame Blumen an verrufener Stelle, ganze Wälder mit dem dazugehörigen Wild werden zerfetzt. Mauern zerfallen wie Rosenbouquets. Ein einsam übriggebliebener Hirsch röhrt seine Brunst ins Gestrüpp eines aufgerissenen Polsters, ins Stroh und die Roßhaarbüschel einer Sofalehne, wie auf einem Bild, schwerer Rahmen platt Gold, oder ist es ein Poster, eine Postkarte, ein staatlicher Sechzehnender in einer von Rauch und Schmutz eingenächtigten Schlotenlandschaft zum schwarzgelben Himmel röhrt, hinter einer letzten zerzausten Eiche hervor, oder ist es war es eine Ulme, Ulmen sollen bald ausgestorben sein; ein

Baum weniger; auf der Liste ein Kreuz mehr
ES RÖHRT ZUM HIMMEL
Hinter dem kläglichen Rest jenes heiligen Hains hervor und hoch darüber hinaus
AUS TAUSEND WUNDEN KLAGEND
Hervor hinter einem Baum ohne Blätter, mit nacktem dürrem Stamm und verknorrten Ästen in heroischer Gegend stehend; inmitten von Verwüstung; heilige Eichfalt. Trotz

Schluß. Angesichts der hier herrschenden Verhältnisse ist alles viel zu unverpackt, zu ungeschützt, liegt man viel zu offen da. Angesichts der herrschenden Verhältnisse nützt alles Verpacken keinen Dreck. Alles verkommt im Dreck. Möbelstück türmt sich auf Möbelstück. Sortiert. Unsortiert. Nichts wird sortiert. Ramsch. Mittendrin die klobigen Stücke des letzten FAUST, des Bühnenbildners Prachtstücke, der Kulissenschieber Graus, ungeschlacht zeitlos roh, für immer veraltet, zu nichts mehr nütze, nur noch Platz versperrend. Verrammelnd. Vermöbelnd. Zierliche kunstvoll gedrehte Beine eines Jugendstilsessels durchstechen unter der Last aller darübergetürmten Möbel die Polster des darunterliegenden Sofas, Samt und Seide, die ohnehin längst brüchigen Lederbezüge

Halb lahm springen rostende Federn aus den Polstern und verkrallen sich

Im Fundus herrscht das Chaos

Undsoweiter

Wen stört dies abends, wenn der Saal im Lichtermeer erstrahlt, im Kronleuchtergefunkel zu ertrinken droht, das Licht Pelze umspielt, sich vielfach bricht und zurückgeworfen wird von sorgsam zurechtgerückten Schmuckstücken, von Colliers und Ringen

III

Die Bühne, besser: was man von ihr sieht, stellt einen Raum dar, einen Teil davon, den hinteren; die vordere Hälfte versteht sich von selbst. In der Mitte, wenn auch nicht genau, eher im Vordergrund der Bühne, und da ja nur der hintere Teil des Raumes gezeigt wird, wieder mehr in dessen Hintergrund, auch nicht auf der Mittelachse liegend, leicht nach links oder rechts, wohl eher nach rechts verrückt, vom Zuschauer aus gesehen, steht ein massiger dunkler quadratischer Tisch; vom gewachsten Holz, Iron wood oder Palisander, der schweren Platte sind nur die Ecken sichtbar, der Rest wird verdeckt von einem spitzendurchwirkten, auf der Tischplatte um eine Achteldrehung gedrehten Tuch, dessen quastengesäumte Ecken auf diese Weise an allen vier Tischseiten gleichmäßig bis fast auf den Boden fallen. Erst vor kurzem muß hier ein Mahl zu Ende gegangen sein; an einer Seite des Tisches, an der von der Bühnenmitte entfernteren, liegt auf der weißen Decke eine Serviette, daneben ein silberner Reif, in den das Mundtuch, noch halb zu einer Walze gerollt, nur eben aus dem Ring gezogen und kaum benutzt danebengelegt, einmal geschoben gewesen sein muß; links davon, eine gute Tellerbreite weit daneben, ein aufgeschlagener tiefroter Lederumschlag. Könnte der Zuschauer nähertreten, sähe er, daß dieser Lederumschlag aus Kunstleder billigster Qualität ist, aus einem Material, bei dem die darunterliegende Stoffstruktur sich durch die Glanzlederimitation hindurch abzeichnet, besonders deutlich an den Narbenrändern . . .

Aus dem gleichen Material, erinnert er, wie die Jacke jenes Malers, der ihn kürzlich in die Galerie Trittligasse, diese liegt im oberen Altstadtteil, auf halbem Weg zum bischöflichen Schloß, im oberen Drittel der Trittligasstreppe, dort, wo die Katzenkopfsteinpflastertreppe in eine asphaltierte Straße übergeht, zur Vernissage seiner, wie es in der Zeitung später hieß, und es blieb nachträglich nichts anderes übrig als dies zu glauben, traumhaft schön den Zauber des Orients einfangenden und ausstrahlenden Städtebilder, deren pastose Klänge nachhaltig sich einprägten, eingeladen hatte. Man kennt das glatte schmierige schwammige Material auch von Kinositzen her. Ein ehemaliger Klassenkamerad, aus der Zeit der gemeinsam absolvierten Mittelschule, als sie wild durch die Beizen des Ortes revoltierten, Junglehrer nun, an eben dieser Mittelschule, und mit seinen Schülern HERMANN UND DOROTHEA lesend – einen mit unbedachtem Enthusiasmus eingeladenen Schriftsteller hatte er, aus Angst vor Unstimmigkeiten mit der Direktion, nicht einzig politischer Befürchtungen wegen, vorsorglich ein paar Wochen nach Schulantritt gleich wieder ausgeladen –, schätzt, wie er betont, dieses Material so sehr, daß er einzig dessentwegen ins Kino gehe; zumindest nur dorthin geht, wo schaumgummigepolsterte und mit diesem Material bespannte Sitze wesentlich zur Entspannung beitragen – er schätze angenehme Unterhaltung angenehm zu genießen über alles – oder, anders gesagt: den größtenteils amerikanischen Stumpfsinn auf der Leinwand eher ertragen helfen. Dieses Leder vortäuschende Plastikmaterial, eher von Kinositzen als von Jacken her bekannt, häufig, wie auch bei der Jacke jenes Malers, hellbraun, von schwerdefinierbarer Tönung, kälbermistfarben für jene, denen diese Bezeichnung etwas sagt, sticht ab vom Material der Jacke einer Malerin, der er letzthin begegnete; die Malerin trug eine Jeansstoffjacke, kaum eine aus dem Modehaus, das sich weitum so großer Beliebtheit erfreut, obwohl dessen Name, hier in der Gegend allgemein als leichtfertig Minderheiten beleidigendes Schimpfwort gebräuchlich, viele stutzig machen müßte, und das eine Jeanskollektion in einem ganzseitigen Inserat im Rucher Tagblatt als TRAUM IN INDIGO anpreist. In dieser Jacke hatte die Malerin einen Tag vor der Vernissage alle ihre Bilder, die meisten davon, Wassermalereien hätte man sie nennen können, waren in intensiven Blautönen gehalten, in größter Konsequenz grau übermalt, zum Schweigen gebracht, weil sie ihre Bilder, wie die Malerin in einem Manifest, das sie zu diesem Anlaß, in erster Linie für die anderntags leicht verdutzt in der Galerie herumstehenden Vernissagegäste, herausgab, betonte, in der Isolation gemalt habe, sie wären ihr Ausdruck eines inneren Prozesses, nicht Ware, nicht Objekte eines kulinarischen Kunstgenusses, delikat auf weißen Wänden einer Gesellschaft präsentiert, von der sie sich entfernt habe, der sie nichts mehr mitzuteilen habe, nichts als die graue Schutzschicht ihrer Bilder, die für sie als Malerin darunter weiterlebten – auf einem hatte gestanden UNTER DER FARBE LIEGT EIN PFLASTERSTEIN –, um so, indem sie sich auf ihre Art der Gesellschaft verweigere, ihre Identität als Malerin wiederzufinden. Schwitzend, erschöpft, aber sichtlich erleichtert, ihre farbverschmierten Hände an der rauhen, nicht bis obenhin geschlossenen, vorn links oben zwischen Brust und Kragen und rechts unten zwischen Tasche und Saum kunstvoll mit Blumen bestickten, die Blümchen verdeckten vielleicht Zigarettenbrandlöcher, und unter den Achseln, an der linken wie rechten Naht, durch zwei eingesetzte rotweißgestreifte Spickel glockenförmig ausgeweiteten Jeansjacke abstreichend, sie trug sichtbar nichts anderes darunter, hatte ihm die Malerin, nachdem sie ihre Bilder, plötzlich nicht mehr gewillt diese herzuzeigen, abgesperrt gehabt hatte, für die Vernissage als Fracht aus grauem Schweigen präpariert, wie sie sich ausdrückte, noch erzählt, sie habe vor einem Jahr ungefähr ihr altes Adreßbuch verloren, seitdem zeichne sie nur noch spärlich Namen auf, verschlüsselt, und lachend hatte sie hinzugefügt, dies sei heute ohnehin gescheiter. Auf dem Heimweg, im Tram – er war daran, BETRIEBSEIGENE INFORMATIONEN AN DIE FAHRGÄSTE zu studieren und hatte aus dem Studium der von der Wagendecke hängenden gelben blauumrandeten, durch Rüttelbewegungen der Wagen vor allem in Kurven leicht vor und zurück schwingenden Tafeln erfahren, daß die Netzlänge aller dreizehn die Altstadt umfahrenden Straßenbahnlinien, nicht mitgerechnet die fünf Trolley- und neununddreißig Autobuslinien der Verkehrsbetriebe, welche auf Straße und Schiene mit ihrem Wagenpark von insgesamt dreihundertfünfzig Tramwagen fünfundsiebzig Trolleybussen zweihundertfünfzig Autobussen täglich circa dreihundertachtzig Streckenkilometer bewältigten, der Bundesbahngleisstrecke quer durchs Land, das in dieser vereinfachten Darstellung an die Karikatur eines Schweins erinnert, vom östlichsten Punkt des großen Sees im Nordosten zum westlichsten Punkt des entgegengesetzten Sees im Südwesten entspreche, einer Strecke von ungefähr vierhundert Kilometern –, fielen ihm, als er sich von der Tafel mit diesen statistischen Angaben abwandte, zu seiner Überraschung drei Mädchen auf, sie mußten zugestiegen sein, ohne daß er es anfänglich bemerkt hatte; mit an den Oberarm geklemmten Kopfhörern und mit Sturmgewehren in Händen standen sie dicht vor ihm, die Gewehrverschlüsse brav getrennt von der Waffe in eine Jackentasche gesteckt, so wie es der Generalstabschef erst kürzlich über Funk und Presse allen Wehrmännern und allen übrigen zum Tragen von Ordonnanzwaffen Berechtigten empfohlen hatte. Diese Maßnahme, den Verschluß getrennt vom Gewehr aufzubewahren, zu Hause wie auf Reisen, als Sofortmaßnahme gegen in letzter Zeit in erschreckendem Maße zunehmende Waffendiebstähle, hätte sich aufgedrängt, so der Generalstabschef, weil das Land bei Terroristen im Ruf stünde, hier könne man sich am gefahrlosesten eindecken, vor allem aber, wurde betont, weil im Zusammenhang mit Waffendelikten der durch idealistische Umgarnung getarnt längere Zeit bedauerlicherweise selbst von namhaften Wirtschaftsvertretern unterstützten Vereinigung *Holy Family* bestätigt worden wäre, daß es jungen Mädchen, kaum oder nicht einmal der Schule entwachsen, mit Leichtigkeit gelinge, auf Bahnhöfen die Waffen reisender Wehrmänner, die nichtsahnend bei einem Glas Bier zusammensäßen, einzusammeln und illegalen Arsenalen einzuverleiben; dem schlechten Ruf müsse schnell und gründlich abgeholfen werden; die Aufhebung von Institutionen wie *The Holy Family*, die sich in frevlerischer Weise solche Namen anmaßten, müßte in Erwägung gezogen werden; deren Leiter, da solcherart dem Lande unwürdiges Gedankengut bekanntlich vornehmlich aus dem Auslande stammte, wären als unerwünschte Ausländer endlich auszuweisen, die einzelnen Kantonsregierungen müßten zum Rechten sehen, bevor die verunsicherten Bürger zur Selbsthilfe griffen; es könne dabei nicht zugewartet werden, bis eine hierfür nötige, im Planungsstadium längst abgeschlossene Sonderpolizei landesweit vollumfänglich eingeführt sein werde; um sich dessen klar zu sein, brauchte man nur einmal die Eltern und Angehörigen jenes letzthin erschossen in einem Neubau gefundenen jungen Polizisten oder jene des unlängst in einer Waldlichtung nahe der Grenze zerfetzt aufgefundenen Offiziersaspiranten zu fragen, schloß der scheidende Generalstabschef sein Interview; jeder Bürger sei aufgerufen, an der Bewältigung dieser schweren Aufgabe sich aktiv und ernsthaft zu beteiligen, Polizei und Armee tatkräftig zu unterstützen. Die Anordnungen des Generalstabschefs, der nicht einzig in den Reihen des Unteroffiziersvereins und der Offiziersgesellschaft aufmerksame Zuhörer findet, werden selbstverständlich befolgt. Ethik und Moral einer noch vorhandenen Wohnstubenkultur in Gotthelfs Sinne trügen glücklicherweise das Ihre bei zu diesem guten Gelingen, meinte ein Regierungsrat, die unbedingte körperliche und seelische Hingabe des Mannes an seine Pflicht gilt ihm als höchste Devise, und dem Generalstabschef in seinem Kampf – weit mehr als einzig Kampf um des Kampfes willen, oder Kampf um zweifelhaft guten Ruf, wie es Uneinsichtige dünken mag; wär's nur dies, wär's halb so schlimm – kommen sicher auch die Erziehungsabsichten zugute, für die bei einer jener in Zeiten allgemeiner Verunsicherung fast todsicher saalfüllenden Diskussionen zum Thema TERROR ein Physiker plädiert hatte, indem jener unterstrich, daß, wolle man endlich, und bevor es endgültig zu spät sei, wie er meine, etwas Grundsätzliches ausrichten gegen diese Banden gemeingefährlicher Verbrecher und das weite Umfeld ihrer Sympathisanten, die sich, obwohl es ab und zu gelänge, den einen oder anderen ihrer Artvertreter dingfest zu machen, aus dem Verkehr zu ziehen und zu eliminieren, oder sich, was weit vorteilhafter wäre, selber eliminieren zu lassen, nur um so rascher an anderer Stelle schwerer kontrollierbar vermehrten, denen nichts mehr heilig sei, die im Streben nach materieller Sicherung keinen Sinn sähen, die nichts mehr zu beglücken vermöchte, es sei denn das Subversive, die sich in verstörter Emotionalität auf Abwege mitreißen ließen, die andererseits jedoch, und dies wäre bezeichnend für ihre irrationale Haltung, die Haltung zu heißen ihm widerstrebte, nichts so sehr beunruhigte als Dinge, die jedem klar denkenden Menschen todsicher gälten, Dinge bei denen nichts passierte, weil nichts passieren könne, Kernkraftwerke beispielsweise, welche für jene verhetzten Elemente das Böse schlechthin verkörperten und *darum* als außerordentlich gefährlich gälten; Diskussionen über die Gefährlichkeit von Atomkraftwerken könne man sich deshalb mit Fug ersparen, er halte sie für reine Zeitverschwendung. Er fürchte sich vor diesen Atomkraftwerkgegnern, betonte der Physiker, denn diese Grüppchen, deren Ziel eine utopische Welt sei, wären durch nichts von ihrem Hexenjägerglauben, vom Niederreißen aller Werte, das zu allem hin mit Nobelpreisen belohnt würde, abzubringen; in ihrem Ekel vor der Konsumgesellschaft, der tagtäglich von Hunderten, wenn nicht Tausenden, insbesondere von Professoren Lehrern Literaten Medienschaffenden, welche hierfür einmal die Verantwortung zu übernehmen hätten, in die Köpfe von Jugendlichen hineingezaubert werde, wären ihnen jedwede Orientierung und Geborgenheit, das gesunde Maß für gegebene Verhältnisse, abhanden gekommen; ja, wolle man, in höchste Alarmbereitschaft versetzt zwar alles Erdenkliche mobilisierend, wirklich etwas Effektives ausrichten gegen ein Weiterüberhandnehmen der Schlammflut alles zersetzender Ideen und deren Verbreiter, müßten, in ausgewogenem Verhältnis mit der Schulung der Vernunft, vermehrt Herz und Gemüt geschult werden, müßte der Sinn geweckt werden für das Schöne, ihn gleichzeitig herausfordernd wie beglückend, ebenso wie der Mensch nun einmal, und dies könne nicht genug unterstrichen werden, programmiert sei, eine Verhaltensmaßnahme, die ihm, in welcher Form auch immer, ein Erfolgserlebnis verspreche, zu wiederholen; während seines langjährigen Wirkens in der Industrie, sowie als militärischer Ausbilder, Generalstabsoffizier im Ruhestand, merkt die Redaktion in Klammern an, habe er dies, darum glaube er mit gutem Grund davon kurz sprechen zu dürfen, oft genug beobachten können; ein Soldat, dem im Strudel allgemeiner Wertzersetzung jeder Halt abhanden gekommen sei, dem keine Wertmaßstäbe gesetzt würden, der darum nicht wissen könne, ob er eine Arbeit richtig erledigt habe oder nicht, könne einfach kein Erfolgserlebnis haben; einzig wenn man ihm das Gefühl gebe, als einfaches Glied in einer großen Kette eine wichtige Aufgabe zu erfüllen, meinte der Physiker, stärke man den Soldaten in seiner Dienstauffassung; er liebe es ja, wenn man ihm Gelegenheit böte, sich vor seinen Vorgesetzten beweisen zu dürfen; allein schon darum müßte man weg von der glücklicherweise bald zehn Jahre zurückliegenden, damals von Wirrköpfen zusammen mit anderen unverständlichen Parolen auch an die Aulawand der hiesigen Kantonsschule geschmierten Devise, richtig studieren heiße mit sich selbst unzufrieden sein, und sich endlich offen zu einer Erziehung bekennen, deren Zielwert nicht diese modische Emanzipation und das daraus resultierende Partizipationsnullsummenplanspiel, sondern die Heranbildung eines Selbstwertgefühls wäre, Wesensmerkmale vereinend, die, wie gesagt, dem jungen Menschen Weg und Ziel zeigten, über allfälligen Jungwertherpessimismus hinweg, und ihm so seinen Platz finden hülfen, wo Macht und Herrschaft nicht gleich als repressiv denunziert würden

Als Sekundenfilm fährt's einem ob dem Lärm der mächtigen Wortsalven durchs Gehirn, ein Satz von Vlado Kristl ist's, HOFFENTLICH FÄLLT DIE MACHT EINES TAGES ALLEN AUF DEN WECKER. Vorerst nicht. Im Gegenteil. Auch wenn man durch die Zeit, krisengeschüttelt soll sie sein, wird suggeriert, mit Sinndefizit aufgeladen ist sie, und durch finstre Zeiten galoppierend aus dem Häuschen aus der Haut fahren möchte, leitende Stellen, Militärindustriepolizeiwirtschaft, scheinen es heute wiederum leicht zu haben, mit Entsetzen Scherz zu treiben, die Leute, bewußt Zusammenhänge verschleiernd, zu einseitiger Bespitzelung aufzustacheln, überall zu kitzeln, nur nicht am Hirn; nicht jedoch, um selber, ist die Hatz richtig angezettelt, läuft sie ordentlich, untätig zuzuschauen, sondern um im Schatten dieser geschickt inszenierten Mißtrauenshysterie, oder sagte man gleich besser Massenattraktion, und versteckt hinter Wällen von moralkaschiertem Abfall und Geschichtsgerümpel als Drahtzieher um so systematischer, ungestörter eben, weiterzuwirken, in ihrem tiefsten Sein beglückt – DIE BLÄTTER FALLEN FALLEN WIE VON WEIT rilkt einer, als junger Bursche bereits in Musik und andere Kunstformen eingeführt, mit der Geige und einigem mehr unter den Arm geklemmt blitzschnell auf Rauchsignale reagierend, im Licht der Dämmerung, im Widerschein ferner Feuer vom Feld der Ehre, wie man sich bette, so liebe man halt eben –, und unflätig ihren perfiden lukrativen Kraftspielen und Geschäftchen frönen zu können, Macht zu jonglieren, Backgammon und Jagos game zu spielen, nach Jagos Devise GUT GEWISSEN HEISST DOCH NICHT UNTERLASS NEIN HALT GEHEIM Saft und Bodensatz, gewürzt mit einem Schuß Korruption, einer Prise Lüsternheit, unter ständigem Umrühren auf Mittelflamme zu kochen, bis der Brei gar, aalglatt, dann das köstliche Gericht abgeschreckt mit ordentlich viel Gewalt. Im Vertrauen, unter sich, dürfen die Drahtzieher und Schaumschläger sich ruhig einmal gegenseitig als die Scheißkerle schimpfen, die sie sind, guten Gewissens

Oder aber, obschon dieser Vorschlag in des Physikers Erziehungsratschlägen fehlt oder nicht ausgesprochen wird, in Flautezeiten, bei mangelnder Motivation zur Hetze etwa, wenn Stumpfsinn und Geschäft weit genug gediehen und alles übersättigt döst, jung und alt für Sport zu begeistern, GELOBT SEI WAS HART MACHT zu verkünden, kohlesäureprickelnd, auf Hochglanz hinzuweisen, daß er noch nie so nötig gewesen sei wie heute, der durchtrainierte Körper. Harte Schale weicher Kern, bis in Todesanzeigen hinein; jeder kann mitmachen, auf irgendeine Weise, auf seine Weise. All jene beispielsweise, denen der Weg in die Berge Wochenend für Wochenend zu beschwerlich sei, könnten sich, wird plakatwandlaut geflüstert, beim Shoppen neuestens mitten in der Stadt in einem Modehaus in einem Glaskasten mitten im Verkaufsraum im Schießen üben, mit einem auf Luftgewehrkaliber umgebauten Sturmgewehr. Die Stadt zeigt deswegen kein anderes Gesicht in diesen Tagen, tut so, als geschähe nichts Ungewöhnliches dieser Tage in dieser Stadt; die Leute sind dieselben geblieben, wohlanständig; einzig daß sich heute wieder einige, für die heute leider nichts mehr ist wie damals, obwohl das meiste ist wie damals, wieder vermehrt so benehmen, als sei es wie gestern. Wie jede Sportart, erläutert Franz Moritz Schinder, mehrfacher National- und Ruchermeister, im hohen Alter an den letzten Schießweltmeisterschaften noch Kranzschütze, unter dessen Patronat der Wettkampf im Modehaus durchgeführt wird – ein Foto zeigt ihn im Lodenanzug umgeben von einer Schar Kinder vor dem Glaskasten stehen –, wie jede Sportart, erläutert Schinder in einem Interview, besitze eben auch das Schießen, das sehr viel Ruhe Wille Ausdauer und Konzentration erfordere, seinen erzieherischen Wert; schießen sei Charaktersache; diesen Anlaß im Modehaus möchte er darüberhinaus aber auch als kleinen Beitrag zur Verteidigung der geistigen Güter der Heimat, wo es in erster Linie um die Abwehr von Gefahren ginge, die unterschwellig auf leisen Sohlen kämen und sich durch die Pervertierung der Begriffe bemerkbar machten, verstanden wissen; in einem Land wie dem unseren, wo es jedem Wehrmann vergönnt sei, seine Waffe zu Hause gepflegt bereithalten zu dürfen, gleichzeitig auch als Pflege alten Brauchtums, nicht zuletzt als Kundgebung des Wehrwillens gegen jene, die uns in Nihilismus stürzen wollten, wie Oberst Schatz gesagt hätte; gewisse anfängliche Schwierigkeiten, die sich, weil mit Korn und Lochvisier geschossen werden müßte, bei Flobertschützen oder älteren, an den Karabiner gewohnten eventuell einstellten, bei Schützen, welche gewohnt gewesen wären mit Kimme und Korn zu zielen, wären bald einmal kein Hindernis mehr für gute Resultate; ob mit beiden Augen offen oder nur mit einem, das linke zugekniffen, ihm jedenfalls wäre dies kein Hindernis, eine Musche nach der anderen hinzupätschen; herumzugfätterlen gebe es beim Sturmgewehr allerdings weit mehr, die Kinder hätten den Plausch dran, schloß Schinder sein Interview im Rucher Tagblatt.

Dies und ähnliches schoß ihm auf dem Heimweg in der überfüllten Straßenbahn durch den Kopf, als er nach dem Studium der Tafel mit betriebseigenen Informationen an die Fahrgäste sich den drei Mädchen mit an den Oberarm geklemmten poppigen Kopfhörern und Sturmgewehren in Händen zuwandte. Bei den Kopfhörern, rote Schalen schwarze Bügel, mußte es sich, da Anschlußkabel fehlten, um Gehörschutzhörer handeln, und die drei vor ihm stehenden Mädchen, eines unwahrscheinlich dick, eines außergewöhnlich mager, alle drei in Jeans gezwängt, ab und zu, wenn der Körper von der Rüttelbewegung während der Fahrt ermüdet schien, das Standbein wechselnd, absolvierten sicher einen Jungschützenkurs, zu denen neuerdings im Zuge sinnvollerer Freizeitgestaltung eben auch Mädchen zugelassen würden, überlegte er. TRÄUME IN INDIGO, auf den Gesäßtaschen der gestickte Markenname, in Lettern aus zusammengenagelten Holzscheiten, lattenzaunähnlich. Die Hosen des einen Mädchens, des dicksten, ihm am nächsten, dicht vor seinen Augen stehend, waren sichtlich neu, sahen aus wie gerade erst gekauft, unten, da die Hosenstöße anscheinend zu lang waren, umgeschlagen und etwas hochgekrempelt, vielleicht auch, damit die hochhackigen Stiefeletten darunter, der linke Absatz arg schräggetreten, besser zur Geltung kamen. Auf einer Gesäßtasche, auf der Rechten, mit zwei Bostitschklammern angeheftet, noch der Reklamezettel, ein knapp postkartengroßer Karton, auf dem, wiederum in gleicher Manier wie auf dem Stoffetikett darüber, aber weil größer auch deutlicher lesbar, der Markenname stand, RIFLE; davor in gewöhnlichen Buchstaben das Wort WESTERN, darunter, etwas kleiner in in Rot, AUTHENTIC COWBOY und, in neutraler Farbe, PANTS. Von links ins Bild gesprengt, wohl recht knapp an der Kamera vorbei, wie man annehmen darf, nun nahe vor der Kamera im Zentrum einer Breitleinwandtotale, das heißt ausgewogen nach den Gesetzmäßigkeiten des Goldenen Schnittes, vor dem schaurig schönen Hintergrund des Monument Valley, der Inkarnation des Wilden Westens, mitten im Navajo-Reservat südwestlich von Bluff, in den Kulissen, die auch John Ford für zahlreiche Filme gedient haben, von STAGECOACH bis THE SEARCHER, der Tragödie eines Einzelgängers, stoppt ein Reiter, fest im Sattel sitzend, mit der Linken die Zügel straff gespannt, sein Pferd, reißt es, obwohl kein Präriehase oder Coyote vor den Füßen des Braunen aufspringt, an der Kandare brüsk herum in die Levade und hoch in die Kurbette, falls diese Ausdrücke aus der Hohen Schule hier zuträfen, so daß das Pferd mit peitschendem Schweif und fliegender Mähne, die Nüstern gebläht, sich wild aufbäumend, gute fünfundvierzig Grad steil, mit allen vier Hufen vom Boden abgehoben über einer Staubwolke, die den Untergrund, Salbeisteppe und feiner Quarzsand, verschwinden läßt, zu schweben scheint, die Vorderbeine gestreckt, etwas gespreizt, hinten die Sprunggelenke angewinkelt und, was fehlt noch, mit fliegenden Flanken, darf man wohl annehmen. Der Reiter, breitschultrig und schmalhüftig, dies, damit die Möglichkeit, den Helden am Ende etwa falsch einzuschätzen, gleich zum vornherein aus dem Weg geräumt ist, fest im Sattel sitzend, mit beinahe durchgestreckten Beinen leicht in den Steigbügeln stehend und im Sattel fast lässig an den Hinterzwiesel zurückgelehnt, an die mit sternförmigen Lederprägungen verzierte halbkreisförmig zur Sitzlehne hochgezogene Sattelkrone, die dem Reiter auch bei seitlichen Bewegungen, einem Stützkorsett ähnlich, genügend festen Halt vermittelt. Sein Gesicht, könnte man aus der Perspektive schräg von hinten mehr als nur gerade einen winzigen Teil davon, die unterste unter der Hutkrempe hervorschauende glattrasierte Wangenpartie, sehen, wäre sonnengebräunt, straff, scharf, fast hart, kantig vielleicht und doch gut geschnitten, glatt rasiert jedenfalls und kaum durch Narben verunstaltet, weder allzu knochig noch verfettet. Tiefblau, und nicht etwa blaß oder bernsteinfarben, blickten die kühlen hellen, gleichzeitig fast dunklen sanften harten, jedenfalls auf irgendeine Weise unbedingt faszinierenden Augen unter hochgeschwungenen Brauen daraus hervor. Das Haar, soweit man es unter dem Hut überhaupt sähe, vermutlich dunkelbraun schwarz oder blond, kurz: der Reiter, alles in allem ein gewohnt stämmiger Kerl, gliche in nichts jenen schlaksigen verfetteten Typen mit kurzen schlenkernden Gliedern, hängenden Schultern, pyknischen Bäuchen, ungepflegten Spenglervisagen und vielleicht brandrotem viel zu langem Haarschopf. Der Sauberkeit seiner Kleidung nach zu schließen ist der Held allerdings nicht allzuweit geritten, hatte nur auf ein Zeichen hin rasch ein letztes Mal in den goldgerahmten Spiegel geblickt, der etwas vorgeneigt zwischen den Flaschenregalen hinter der Theke hängt, hatte mit einer entschlossenen typischen Arm- und Handbewegung den STETSON, von der Garderobiere, die den Hut liebevoll zurechtgebeult, auf den Kopf gesetzt erhalten, leicht in den Nacken geschoben und war, als schiene er die Anwesenheit der Gäste und des Kamerateams vergessen zu haben, vom Barhocker gerutscht, war quer durch den Saloon und durch die Schwingtüre gestakst und, bevor die hinter ihm noch ein paarmal auf und zu schwingenden Türflügel still standen, schon aufs Pferd gesprungen, mit einem eleganten imposanten langgeübten PONY EXPRESS SPRUNG, hatte in die Zügel gegriffen und vom Leder gezogen, hatte dreimal tüchtig ausgespuckt, dem hochbeinigen Schwarzfalben, einem richtigen DUN, die Sporen gegeben und war, ein paar Schritte weit, aus dem Schatten des Vordachs gesprengt, den Stetson liebevoll zurechtgebeult in den Nacken gedrückt; die seidene BANDANNA, das taschentuchähnliche Halstuch, gleichzeitig als Nastuch Serviette und

Staubschutz dienend, diagonal gefaltet, aber, statt im Nacken, zur Zierde verkehrtherum geknotet, leicht vernuschelt staubfrau fettfrei rotzfrei flatternd; das weitgeschnittene KATTUNHEMD frisch gebügelt, die Manschetten gestärkt; sie sattsitzenden tief indigoblauen Jeans sichtlich neu, mit blinkenden Nieten und sauberen Steppnähten, weder am Hintern noch vorn an den Knien ausgebeult, in den Kniekehlen keine Falte, der Stoff SANFORIZED, nur leicht gewellt, weil die Beine nicht ganz durchgestreckt sind, die Hosenstöße kurz gehalten, damit die texanisch besteppten Reitstiefel und die Prachtsporen, HACENDADOSSPOREN, besser zur Geltung kommen, des Reiters unentbehrlichstes Utensil, sein Stolz und seine Freude – lieber ritte er ohne Hosen als ohne sie –; der Absatzbügel, mit dem Spornleder die Sporen am Stiefel haltend, sowie der Spornstachel, dieser leicht nach unten gekrümmte Metallschenkel, an dessen eingeschlitztem Metallende an einer Achse ein Siebenzacksternrad rotiert und glöckchenartige Metallornamente, sogenannte JINGLE BELLS, befestigt sind, blank poliert. Die Rädchenzacken wenig blutig. Das Steigbügelschutzschild, man sieht, da des Reiters linkes Bein vom Pferderumpf verdeckt wird, nur das rechte, ein silberbeschlagener TEXAS TAP, ist sowenig wie die Hose des Reiters von Dornen oder Stacheldraht aufgescheuert. Auch das locker am obligat um die Hüfte geschnallten und, soviel man sieht, vollbestückten Patronengürtel baumelnde, mit einem LONE STAR Emblem geschmückte schwere QUICK DRAW HIP HOLSTER, oft, wie Stammel betont, fälschlicherweise Halfter genannt, in dem der ebenso obligate zweieinviertelpfündige PEACEMAKER, ein COLT SINGLE ACTION 44, steckt, zeigt nicht die geringsten Kratzspuren; es ist nur, häufigen Gebrauch markierend, fachgerecht abgedunkelt. Auf der rechten Gesäßtasche der Hose des Reiters die stark verkleinerte Abbildung des Reklameetiketts, das einen Reiter zeigt, der mit der Linken sein Pferd stoppt und in der Rechten, den Kolben unter die Achsel geklemmt, seinen YELLOW BOY, eine WINCHESTER 73, hält, aus praktischen Gründen vom gleichen Kaliber wie der Colt. Die aus der Mündung steigende Rauchspirale korrespondiert mit einer Rauchfahne, die weit hinten zwischen den aus der Wüste des Marlborovalley ragenden Felsstummeln, zwischen Elefantenstummel Kamelstummel und Handschuh, aufsteigt. Wenn man genauer hinschaut, sieht man davor zwei Indianer dahersprengen, die aber bereits abgedreht haben, der hintere so gut es geht flach an den Hals seines Pferdes geduckt, vom davonflatternden Kopfschmuck ist ihm eine einzige Feder geblieben; der vordere wirft sich hoch, läßt Zügel und Waffe, einen Bogen, fahren, und ist, mit krampfhaft angezogenen Knien, eben im Begriff, aus dem Sattel zu fliegen, schwer getroffen. In seiner Brust sind deutlich, im Gegensatz zur im übrigen recht ungenauen Zeichnung seines Körpers, nahe beieinander zwei Einschüsse zu sehen. WO DIE KNARRE BELLT HAT DER TOD DAS LETZTE WORT, meint man als Untertitel lesen zu können. HIER IST DIE HÖLLE, hatte der Getroffene vielleicht hinausschreien mögen, doch daraus wurde nichts, einmal dank des Reiters Schießkunst, Summe aus Reaktionsvermögen körperlicher Gewandtheit und der Geschwindigkeit in Ziehen und Schießen, mens sana in corpore sano, verbunden natürlich mit schier unfehlbarer Treffsicherheit, Musche an Musche, wie man er-

fahren hat; daraus wurde also, dank all dem zusammen, wenn es hochkommt, höchstens ein heiseres Flüstern. Oder die bekannten, nachsynchronisierten Gurgellaute. Der Reiter, um auf ihn zurückzukommen, muß Iron Broom, Whynot Beans, Sorry Hart, King Keen, Ace Eraser oder Singin Sandy sein, schräg von hinten gesehen läßt sich dies nicht so leicht ausmachen, wahrscheinlich aber ist es Marion Michael Morrison, jedenfalls einer der stoisch einsam glorreich undsoweiter kämpfenden Rhinegold Sons, die niemals auf einen MAN schössen, der keine Waffe trüge, die aber jederzeit da sind, wenn Schwierigkeiten auftauchen, verläßliche aufgestellte Arbeiter, die ihre Eltern und das Gesetz ihres Landes uneingeschränkt achten. Falls jemand mit einem von ihnen trotzdem nicht zufrieden sein sollte, meint, nicht den Längstausdauerndsten Bestkämpfendsten gestellt erhalten zu haben, wird der Betreffende ausgetauscht; OR MONEY BACK. Ist die Verunsicherung zu groß, kann man sich immer noch einen Dobermann oder Boxer anschaffen und eine gute kurze Schrotdoppelflinte im Kaliber 12/70 bereithalten, rät Pfarrer Albrecht im Kirchenboten, das wirke gegen jeden Messerfuchtler Knüppelschwinger Revolverhelden Revoluzzer, schrecke jeden ab, der einem nach Leib und Gut trachte.
Oder handelt es sich beim Reiter, man wagt dies kaum zu vermuten, um Duck Nobody. So oder so, in jedem Falle, wer er auch sein mag, TAPFRE KRAFT ERGRIFF DIE WAFFEN ZU KURZEM KAMPFE GEGEN WILDE WUT, ganz einfach, hat marktgerecht gezogen im Wunsche nach barrenschwerer silberheller Freiheit, weißgekrönt, PER UN PUGNO DI DOLLARI oder PER QUALCHE DOLLARI IN PIU, denn für wen ritt der Reiter, wenn nicht

für Gut, und wär's von panischer Angst getrieben, und wer für Gut killt, kämpft bekanntlich; nur wer für Bös kämpft, killt in diesem gesichtslosen Kampf zwischen Gut und Bös. Bös bestimmt der Held, oder eben jene, die den Helden bestimmen. Colt ist Gesetz, ihr Beruf das Töten; oder das Anstiften zum Töten. Ihre Namen seien heute noch Legende, heißt es. Eine Kampfmaschine, dieser Held. Ein PLAYBOY DER WESTLICHEN WELT, von allen begehrt, wird suggeriert, zu lieben unfähig, dessen Mannstum erfüllt sich in Action und Kampf, in Management Know-how Public Relations. Geschäftig mitten im Gewühle stehend, dennoch erhaben über allem Smog, hält er unzählige Zügel gleichzeitig in Händen; es ist im übrigen nicht anzunehmen, daß er THE SHOOTING von Monte Hellman gesehen hat. Die Glorreichen Sieben liegen eher auf seiner Linie, und zum guten Schluß, als betucht gepelztes Happy end, wird er mit neunzigprozentiger Sicherheit die Rancherstochter heiraten, ein Girl, dessen blonde überspannte jungfräuliche Frechheit ja längst nach einer starken Hand, weiß, doch sonnengebräunt selbstverständlich, verlangt, wie ihr Vater meint.
Oder ist es am Ende einzig der Stuntman eines Stuntman, ein vorgeschobener Reiter, der widerspruchslos ausführt, was andere sich ausheckten, was ihm von den gewandten in schattiger Kühle gepanzerter Tresorräume auf besten Plätzen relaxed in Polster gelehnt unbesorgt Whisky und Champagner schlürfend über Monitore sein Spiel überwachenden Know-how schiebenden Kulturgenießern andauernd eingeflüstert wird; einer, der anderen den Dreck macht, damit diese sich ihre Glacéhandschuhe nicht zu verdrecken brauchen.

Originell; nein, originell ist dies nicht. Die Fantasie hat sich verselbständigt. Über dem Monumentvalley, knapp postkartengroß, ist Ruh und Ordnung; kaum ein Hauch von Freiheit und Abenteuer; BUY YOUR EXACT SIZE. Die Knarren schweigen; die letzten verirrten Echos schwirren noch zwischen den Felsstummeln hin und her; die Sprechblasen mit den charakteristischen Mitteilungen, GODDAM MAD DOG und UA UA UGHS, im Rushhourgedränge geplatzt und verweht.
Kopfhörer an den Oberarm geklemmt.
Gewehr bei Fuß

Was übrig bleibt, ist ein Loch in der Luft, an Stelle der drei Mädchen, die dicht vor ihm standen und inzwischen, mit sich beschäftigt ihn kaum beachtend, kichernd und scherzend ausgestiegen sind. Idiotische Sehnsucht. Was soll's. Er befinde sich ohnehin auf dem Heimweg, könnte er sich danach ob des Verpaßten, am Ende seines freien Tages im Tram zurück an die Arbeit, ruhig trösten. Abends, in ein paar Stunden, würde TROILUS UND CRESSIDA gegeben, in schwarzen Vorhängen, als Kammerspiel, damit es niemandem wehtut, ein Gastspiel, das rasch eingerichtet sein würde; es gäbe also für einmal nicht viel zu tun

...auf der rechten Seite des aufgeschlagenen Kunstlederumschlags auf dem im übrigen leeren Tisch vorn, leicht von der Bühnenmitte abgerückt, steckt in einer transparenten Plastikhülle statt einer pergamentierten Speisekarte ein Programmzettel; dies, wie zuvor schon die Tatsache, daß der Lederumschlag aus Kunstleder billigster Qualität ist, beachtet man erst nach genauerem Hinsehen: der geschmackvoll gestaltete Programmzettel für eine Aufführung in einem dieser Lokale, wo man sich nach einer gemeinsam besuchten Theatervorstellung, WIE ES EUCH GEFÄLLT könnte gegeben worden sein, obwohl man sich nach der Vorstellung eigentlich schon höflich in aller Form verabschiedet gehabt hatte, rein zufällig, wie es dann heißt, und etwas verunsichert, erstaunt erst, verwundert über die plötzlich gestörte gewöhnliche Ordnung der Dinge, doch überaus freundlich, Freundlichkeit kostet ja nichts, wieder trifft...

Zuvor, während der großen Pause im Foyer oder, bei sommerlicher Witterung, vielleicht sogar vor dem Theater, hatte man sich köstlich unterhalten, hatte Witze zum besten gegeben, Aphorismen Bonmots Zitate hochkarätigen Klatsch, Kulturkalauer, herumstehend, gewollt oder notgedrungen, sich gegenseitig durch Anwesenheit beehrend, beglückt oder nicht bleibe dahingestellt, mit einem Gläschen Spendiertem in der Hand, den kleinen Finger wie es sich gehört elegant abgespreizt und bei jedem Nippchen am Glas eleganter abspreizend; sein Glas hatte jeder auf Vorweisen eines Coupons am Buffet in Empfang nehmen dürfen, Wein aus der Staatskellerei

Der Lohner der Reichmann sind halt einfach wie immer großartig gewesen, allein ihretwegen hat es sich gelohnt herzukommen, dies darf man zugeben, selbst wenn man sich über das Stück nicht unbedingt einig zu sein bräuchte

So oder ähnlich

Geschmeidigkeit, unübertreffliche, ausgewogenste Darstellung, der Stil, die Artikulation, alles so prononciert, eine Freude, nicht wie jener OTHELLO, den wir kürzlich besuchten, ein Gastspiel nur glücklicherweise, bei dem man sich den ganzen langen Abend wirklich nichts als ärgern mußte, so ein Abend sagt einem aber auch gar nichts, vorteilhafter, doch müßig dies erst im nachhinein zu sagen, wären wir gleich ins Nova zu den Pianobrothers, gegangen, wir hätten dafür ebenfalls Karten gehabt, das ist gerade das Ärgerliche, ja, weil wir eben seit Jahren, das heißt er vor allem, wenn er was Neues braucht, zum Vater des einen dieser so netten aufgeweckten Burschen in dessen Geschäft, man schätzt nun einmal Qualität, sich einkleiden lassen geht, Karten, welche dann die Jungen haben durften, und so hatten wenigstens die etwas gehabt vom Abend, überglücklich wie sie von dieser Ragtimesession zurückgekommen waren, die Kleine hat noch nach Tagen immer wieder gesagt, Mamipapi da habt ihr aber was verpaßt; bei jenem Othello ist schon dem Bühnenbildner nichts Anständiges eingefallen, ausgerechnet eine Brechtgardine, denkt mal, hat er über die Bühne gespannt, an der dann den ganzen Abend lang tüchtig herumgezupft werden konnte, aus Mangel an einsichtigeren Einfällen, dazu ein riesiges Bett mitten auf die Bühne gestellt, ein fürchterliches Bett, und die ganze Zeit auch noch dort stehen gelassen, neben anderem undefinierbarem Gerümpel, Ramsch aus allen Stilepochen zusammengestoppelt, selbst Tropenhelme und Strandliegestühle, kurz, der große Klassiker ins Warenhausschaufenster, in die Schaubude verpflanzt; aber nicht nur die Bühnenausstattung war unter jeder Würde, auch die Artikulation der Schauspieler, zumal die des Othello, wenn da überhaupt von Artikulation gesprochen werden kann, war so unpräzise und vernuschelt, die Sprechleistung der Truppe, mit wieviel Vorschußlorbeeren die auch aufkreuzte, hat in krassestem Mißverhältnis zu ihrem von gewissen Kritikern eben noch hochgejubelten, jedoch mehr als zwiespältigen Ruhm gestanden, schwerfällig und gleichzeitig einfach nur so hergeschludert war alles, in keinem Klassenzimmer selbst der simpelsten hiesigen Volksschule noch im Hörsaal ist sowas zu verzeihen, erst recht nicht also auf der Szene, die wunderbarsten Worte, wenn man sie nicht liebt, dann kehrt das Chaos wieder, läßt Shakespeare ja bezeichnenderweise seinen Othello einmal sagen, wunderbarste Worte wie LÖSCH AUS DAS LICHT UND DANN LÖSCH AUS DAS LICHT einfach hergemuselt, anderes wiederum, Zartes, in abgehackter Diktion, einzelne Worte nervös aus dem Satzzusammenhang herausgestanzt, ohne das geringste Gespür für artikulatorische Feinheiten, man hat drum über Strecken kaum was verstanden, so oder so, selbst so weit vorn wie wir saßen nicht, hinten muß es erst recht schlimm gewesen sein, einzig Jago mit seiner einigermaßen unverbogenen Sprechweise hat einen so etwas wie einen Hauch von der originalen Zaubermacht Shakespearescher Worte spüren lassen, wobei aber gleich wieder, obwohl doch vom Inhaltlichen her so viel drinliegt, übertrieben werden mußte, unmöglichsten Nebensächlichkeiten ist da plötzlich ein unverdientes Gewicht beigemessen worden, Sätze wie GUT GEWISSEN HEISST DOCH NICHT UNTERLASS NEIN HALT GEHEIM, oder im vierten Akt dann GANZ WIE ES EUCH GEFÄLLT und gegen Schluß der Vers FRAGT MICH UM NICHTS MEHR WAS IHR WISST DAS WISST IHR einfach aus dem Versfluß gerissen und in die Stille hineingestellt, überpointiert, mir nichts dir nichts einem einfach an den Kopf geschmissen, blankste Ressentiments, nichts als das, die Schauspieler, welche all diese Ressentiments des Regisseurs, was fehlt dem eigentlich, herauskotzen müssen, können einem echt leid tun, doch wie gesagt, bei Jago hat es daneben immerhin noch Momente gegeben, in denen der herrliche Text, wenn ihm nicht gerade neben allen anderen Frechheiten dauernd irgendeine scheußliche obszöne Sexualisierung in den Weg gestellt worden wäre, um so wieder in Unverständnis verlorenzugehen, über die gefühllose Auslegung triumphierte, dünn gesäte Momente gewiß, an einer Hand aufzuzählen, doch der Rest, darüber mag man gar nicht sprechen, denn natürlich hat es in dieser schon recht sonderbaren Geschichte auf dem Höhepunkt der Ereignisse, man ist es bei diesem absonderlichen Provokationsathleten gewohnt, Regisseur mögen wir sowas nicht heißen, wieder einen ungezogenen Striptease abgeben müssen, in unvorteilhaftestem Lichte, der mit der Logik der Tragödie aber auch nicht das geringste zu tun hat, wie halt eben auch alles übrige nicht, tröstlich an der Sache, wenn auch ein trostloser Trost, daß die Schauspielerin seit ihrem letzten derartig einschlägigen Auftritt mindestens dreißig Pfund abgenommen hat, nach so einem Abend muß man sich schon ehrlich und zu Recht fragen, der Kritiker des Tagblattes hat es dann ja auch getan, HAT SHAKESPEARE SOWAS VERDIENT, wir sind der Auffassung, daß es einfach gewisse Grenzen gibt, aber schon während der Aufführung haben wir bald einmal eingesehen, daß wir mit einem Protest nicht durchkämen, man hat sich nicht einmal anzustrengen brauchen bei dem Publikum, das wieder mal dringesessen hat, so ein Publikum, wirklich, dem außer Goethe auszulachen, man kennt dies nun nachgerade, und Shakespeare zu entlarven, wie diese Kreise in ihrem unkultivierten Dünkel sich wohl einbildeten, nichts mehr zu passen scheint, dem das dichterische Wort im Urbild einfach nichts mehr bedeutet, das drum Desdemona in ihrer Nacktheit wichtiger nimmt als ihren Schöpfer, den jene in Gerümpel gekippt glauben, was für eine Selbstbetätigung, bleibt einem da nur zu sagen, doch nicht genug, danach hat alles auch noch in eine degoutante Schlächterei ausarten müssen, die bis ans Ende anzuschauen haben wir uns aber erspart, nach dem Mantelholen, als die Schlächterei endlich fertig gewesen ist, haben wir noch kurz für den Applaus hineingeschaut, ja Applaus, sowas wird heute applaudiert, ob wir es wahrhaben wollen oder nicht, wohl ein paar Buhs dazwischen, aber die sind vom Applaus bald übertönt worden, abstoßend sowas zu applaudieren, danke, die vorgerückte Stunde erlaubt es uns heute leider nicht mehr, wir müssen leider sogleich heimfahren, der morgige Tag verlangt wieder mal einiges, der Flug, nach Frankfurt, wenn überhaupt geflogen werden kann bei diesem Nebel, und dann den ganzen Tag die Sitzungen, man weiß ja, ein andermal gibt es sich aber bestimmt, versteht uns bitte richtig, ja, sicher, wenn

Gesellschaftsspiel über ein Gesellschaftsspiel, das der Gesellschaft die Spielfreude anscheinend vergällt hatte. Ein Spiel, welches zeigt, wenn man es eben zeigt und weder durch Stil noch Kunstfertigkeit geglättet genießbar macht, daß Naivität in der Gesellschaft, an der man teilhaben möchte, das sichere Todesurteil bedeutet, selbst beim Freizeitvergnügen des Establishments im Kolonialstil noch, was erstaunen mag, wenn man von dessen sonst so machtsicherem Zynismus weiß. Ein Spiel, das, Schritt für Schritt voranschreitend, Betrug zeigt als das, was er ist, schäbig, und Mord als Mord, schrecklich, den Menschen als ein Stück nacktes Fleisch, an den Schlachtpfahl gebunden und wie ein geschlachtetes Stück Vieh zum Ausbluten über eine Bretterwand gehängt. Als Schlußbild, für einmal, keine so gern gesehene Vereinigung der liebenden Abgemurksten im Tod. VERHÜLLT SIE, wird angeordnet, NEHMT DEN BESITZ DES MOHREN IN BESCHLAG, geschäftig emotionslos der Sache sicher, bevor die Überlebenden, der eine oder andere leicht havariert, doch mit Unterstützung, im Gefolge Gleichgesinnter durchaus noch aktionsfähig, wieder in den Hintergrund abtreten. Zu diesem Zeitpunkt ist man längst draußen, dies, diese abtretende Gesellschaft, die Folgen ihrer fein kalkulierten Machenschaften unter dem Mantel des Verschweigens versteckend, sich anzusehen, schenkte man sich. Abgetreten, seinen Mantel in Empfang zu nehmen

Selber unmächtig, nicht ohnmächtig, diesem Gebaren der Mächtigen zuschauend, welche wohl unbekümmert einfädelten zurechtlegten anrichteten, oder genußvoll anderen zuschauten, die einfädelten und anrichteten, die in Kissen und Polster gelehnt sich wohl auch noch anschauten, wie der Teig danach aufginge, ein delikates Spiel ja, um dann aber, bevor er überquölle, laut protestierend, erstaunt über soviel Brutalität, plötzlich alles eine große Sauerei, den größten Reinfall schimpfend, abzuhauen, bei Gastspielen etwa, wenn Peinlichkeit für einmal nicht geschickt kaschiert geschmackvoll serviert, sondern Theater vorgeführt, statt daß einfach einmal mehr nur Literatur, wohlartikuliert selbstverständlich, exekutiert würde, müßte er sich oft hüten, sich nicht kurzweg zu einzig törichter Wut, zu blindem Jähzorn hinreißen zu lassen und hinter den Kulissen hervor in den Saal hinauszubrüllen, diesen empört in ihrem Humanismus gekränkt aus dem Saal stürmend Türen Schletzenden nach, Wörter möchte er denen nachbrüllen, die ihm jedoch selber, noch bevor er sie ausriefe, nutzlos und abgegriffen vorkämen, hatte ein Bühnenarbeiter einmal erzählt. Man wisse ja, daß sich damit nichts, einmal mehr gewählt ausgedrückt: daß sich damit nichts ändern lasse, weil sich an diesem hochsubventionierten Tempel, in dem sie sich abrackerten, außer daß ein paar eventuell beunruhigende Gastspiele ins Programm geflochten würden, nichts ändern dürfe, Gastspiele zudem, die, obwohl sie in der übrigen Harmlosigkeit von selbst versandeten, immer noch kurzfristig abgesetzt werden könnten, sogar, wie einmal, als ein Arrabal-Stück auf dem Programm stand, wenn die Leute bereits vor versperrten Türen auf Karten warteten; von der Direktion im Einverständnis mit der Theatergenossenschaft aus dem Spielplan genommen, heiße es, falls es nicht gelänge, einen Krankheitsfall vorzutäuschen, danach in der Presse, nachdem angedeutet, man werde im Rat dafür besorgt sein, daß gegebenenfalls die Subventionen gekürzt würden; ja, Fantasie könne teuer zu stehen kommen, Operetten wären in jedem Falle zuverlässiger, kaum allzuweit und in verkehrte Richtung tragend, finanziell günstiger, politisch unauffälliger, fehlerlos, meinungsfrei, im Sinne des Direktors, der viel auf ein gutes Einvernehmen mit den Stadtoberen gebe; durch Nacktheit leicht einmal in ihrem Glaubensfrieden Verstörte wüßten eben subtilst zu unterscheiden, soviel wäre bald gelernt: ob ein Einheimischer zur insgeheimen Freude der von Christi Gegenwart so ganz Durchlebten und Durchbebten eine Schönheit zur freien Besichtigung appetitlich über die Bühne hetzt, oder ob ein Fremder Hetze zeigte als Hetze, wären ja wirklich zweierlei Dinge, und im übrigen, sei so ein Gastspiel erst einmal abgesetzt, würden danach von der Truppe allenfalls Prozesse angestrengt, werde sich, da scheine man zuversichtlich, mit ein bißchen Geschick sicher ein Anwalt finden lassen, daß dieser gleichzeitig Ratsmitglied sei, nun, eben einer jener Zufälle, ein Anwalt, in Christi Namen streitend, der den Fall, in fürchterlichsten Tönen über die Verderbtheit der Welt, die es abzuwenden gälte, referierend, ins rechte Licht zu stellen wüßte, damit sich Gerichte fänden, die, auf derart gutes Zureden hin, wenn nicht in erster Instanz, so bestimmt im zweiten Anlauf, sich eine gerechte Lösung einfallen ließen, die Bürger vor Unangenehmem bewahrend; doch schlüpfe für einmal ein angekündigtes Gastspiel, vom vorauseilenden Ruhm um alle Fallstricke und Gruben geleitet, durch die feinen Maschen auf die Bühne, bewirke es nichts als dieses bekannte schletzende Gebaren, das ihn zum Heulen reizte, und er könnte dann wohl mit dem einzigen ihm sicheren Erfolg in den Saal hinausbrüllen, spätestens anderntags selber als erster auf der Straße zu stehen, durch den Lieferanteneingang hinausbugsiert; was bleibe ihm da also zu tun, situationsbedingt wie er sich einredete, vielleicht nur zur Ausrede, als zu glauben, so wie es sei, sei es halt wohl recht; ein auf die Dauer durch und durch unbefriedigender Zustand

...in der transparenten Hülle des auf dem Tisch aufgeschlagenen Kunstlederumschlags steckt, wie erwähnt, der Programmzettel für die Vorführungen in einem jener Lokale, wo man sich nach einer gemeinsam besuchten Theatervorstellung, nachdem man sich danach eigentlich schon verabschiedet gehabt hat, trotzdem wieder trifft...

Letztesmal als sie eingetreten wären, hätte absolute Dunkelheit geherrscht, hatte Hartbert, Handelsreisender für Elektronikapparate und enger Freund eines seiner, nun muß man wohl sagen: ehemaligen Bekannten, aus der Zeit der gemeinsam absolvierten Mittelschule, mit dem zusammen Hartbert sie nach den Vorstellungen, wenn sie, die von der Technik, bereits am Abbauen waren, ab und zu kurz hinter den Kulissen besuchen gekommen war, zu erzählen gewußt, erinnert er;
jener Hartbert, der, mit allen möglichen und unmöglichen Kränkeleien ausgestattet, von Diät zu Diät wechselt, zwischendurch, unflätig essend und saufend, zum Ausgleich arg über die Stränge haut und so, begreiflicherweise ständig von Verdauungsstörungen und Stuhlgangkomplikationen geplagt, sich andauernd marod fühlt, das seien die Nerven seine strapazierten Nerven seien das, jeweils sich einredet oder von andern sich einflüstern läßt, und der Erfolg dieser Beschwichtigungen und ähnlicher ist es, daß sich alles tatsächlich verschlimmert, so akut, bis nicht und nie Vorhandenes wirklich eintritt, in der oder jener Form,

ja, früher oder später wird es Hartbert mit ein bißchen Unterstützung bestimmt gelingen, endlich alles verdrängend, sich Krebs einzureden, geschäftsbedingt natürlich, dieses Risiko ginge er mit seiner Arbeit nun einmal ein; von nächtlichen Schweißausbrüchen würde er heimgesucht, klagt er dann wieder, die gesamten Errungenschaften unserer höchstentwickelten Pharmazie, ob nun homöopathisch allopathisch oder schlicht lapidare Kräuter, Kräuter als bittere Absude, oder zu Pülverchen zerstoßene und wiederum zu Pillen gepreßte Natur, hülfen dagegen kaum was; befallen von plötzlichem Flimmern vor den Augen würde er, von Ohrensausen begleitet, und befände er sich dann jeweilen gerade auf rasanter Autofahrt, selber hinters Steuer geklemmt – seit Stunden, was verschwiegen wird; nur weil er hart arbeitend gezwungen wäre, selbst abgelegenere Gegenden aufzusuchen, fahre er überhaupt Auto, zu einem Chauffeur habe es bislang nicht gereicht –, bliebe ihm nichts anderes übrig, als unverzüglich auf dem Pannenstreifen einen kurzen Halt einzuschieben, so lange, bis die ihn schon ängstigenden oder schön ängstigenden Symptome, so genau verstand man diese jeweilen beiseite gesprochene Bemerkung nicht, im ruhigen und tiefen Atmen wieder abgeklungen wären; auf diesen Geschäftsreisen, getreu der Devise *Wer sterbend sich bemüht,* sucht Hartbert gleich auch den einen oder anderen seiner leider – oder vielleicht wiederum glücklicherweise – über weite Gebiete verstreuten Spezialisten auf, lauter Kapazitäten, auf dem und jenem Gebiet, er läßt sich seine Krankheiten was kosten; in Sankt Gallen beispielsweise trifft er seinen Neurologen, in Zürich den Kardiologen, und überaktiv, obwohl er als

Schlemmer, was ebenfalls verdrängt wird, eigentlich träg wäre, fühlt er sich andauernd gestreßt, nicht zuletzt vielleicht darum, weil er nach und nach in jeder freien Minute neben Kulturgütern und Ärzten auch noch Frauen und Pilzen nachstreunt, möglicherweise von nichts als der Angst gehetzt, eines Tages aufzuwachen und erschrocken feststellen zu müssen, daß sämtliche Wehwehchen, auf die man jahrelang vertrauen konnte, ausbleiben; eine schöne Bescherung, witzig; ungesund gesund oder gesund krank, was man lieber will, ein Verbalneurotiker wie fast jedermann, niemand Besonderer also, wie gesagt dauernd gestreßt und irgendwie marod, wenn er hinter den Kulissen auftaucht auch schon über Kopfschmerzen klagend oder über eine gereizte Kehle, im Winter wegen des Nebels, im Frühling einer Pollenkornallergie wegen, von einem kraftlosen Hüsteln untermalt, aus lauter Anstand ohne Auswurf; er ertrüge die Trockenheit, welche hier auf der Bühne, wie ihm scheine, dauernd herrsche, keine fünf Minuten unbeschadet – glücklicherweise, sagt man sich still, wenn er, kaum daß er aufgetaucht ist, während die andern, um endlich Feierabend zu haben, abbauen oder beim Abbauen mithelfen und er zuschaut, auch schon gegensätzlichsten vielfältigsten Vorschlägen zur Luftverbesserung nachhängt, die Arbeiter mit Fragen bedrängt; wo es denn hier Luftbefeuchter gebe, riesige Kübel bräuchte es hier, den Errungenschaften heutiger Technik gemäß mit elektronisch gesteuerten Hygrometern bestückt, und wenn es keine gäbe, warum nicht, will er erklärt haben, ausführlich, nicht einfach schräg angeschnauzt, als ob nichts Dringenderes in der Luft läge; warum man denn nicht, ab und zu wenigstens, mit

staubbindender Wirkung gleich noch, den Sprinkler hinter dem Portal vor dem eisernen Vorhang kurz in Funktion setzen könnte, fragt er weiter, wobei er allerdings nicht wissen kann, daß gar kein Sprinkler eingebaut ist, daß es auf dieser Bühne weder Sprinkler noch eisernen Vorhang gibt, sondern nur etwas Ähnliches als Attrappe am dafür vorgesehenen Ort, bis anhin Versicherungsgesellschaften beruhigend, montiert ist; das gleiche gälte für Feuermelder, was alle Raucher unter den Theaterangestellten zu schätzen wissen; an Stelle von Feuermeldern hängen vom Schnürboden wie von der Saaldecke nichts als kunstvoll zurechtgerichtete, gelöchelte und entsprechend eingefärbte Tomatenpuréedöschen; der Einfall eines gewitzten technischen Leiters, genial, solange es keine im verborgenen schwelenden Feuer zu melden gilt; von unten gesehen im übrigen Feuermeldern zum Verwechseln ähnlich, nicht einmal Hartbert, einem Elektroniker, als Vortäuschungen sichtbar,
jenem Hartbert, der ihm letztes Jahr zu Pfingsten von einer Geschäftsreise aus Wien einen Kartengruß gesandt hatte – wen mochte er auf jener Reise mit dem Geschäft verbunden gleich noch aufgesucht haben: EIN CIAO AUS WIEN BELVEDERE MARMORHALLEN BILDER SONNENSCHEIN BURGENLAND WEIN steht auf der Rückseite der Karte, in zerfahrener Schrift über Hartberts und einer weiteren, völlig unleserlichen, weil mit niemandem zu identifizierenden Unterschrift, der stark nach links geneigten Schrift nach vielleicht die eines jungen Mädchens; diese Karte mit einer Abbildung der ERWARTUNG von Gustav Klimt, einem Ausschnitt aus der Werkvorlage zum Stocletfries, steckt neben zwei weiteren Postkarten, den Repro-

duktionen zweier Magritte-Bilder, im Spiegelrahmen an der Wand –

letztesmal, wie gesagt, um darauf zurückzukommen, als sie in eins dieser Lokale, wo man sich zufällig treffe, eingetreten wären, hätte absolute Dunkelheit geherrscht, hatte Hartbert erzählt, oder es wäre ihnen zumindest so vorgekommen, da gleich danach, nachdem sich in der Dunkelheit die Vorhänge lautlos auseinandergeschoben hatten, eine dieser gelangweilten aufregenden Szenen begonnen habe, während sie sich erst einmal ans neue Licht gewöhnen mußten; eins jener Lokale, wo im Gegensatz zur grellen Helle der Schaufenster draußen samtenes weiches warmes Licht meist elektrischer Kerzen unter vielleicht rosa Lampenschirmen einen glauben macht, man bewege sich auf zentimeterhohen Teppichen, mag man auch auf Beton gehen, und wo Fauteuils, um kleine stets mit frischen Blumen geschmückte Tischchen gruppiert, oder heute, da sehr hübsche Kunstblumen auf dem Markt sind, täuschend echt, pflegeleicht, frisch ohne sie gießen zu müssen, ohne je zu welken immer sauber, wenn man den sich ansetzenden Staub von Zeit zu Zeit unter dem Wasserhahn abspült, wohl eher um mit solchen Kunstblumen geschmückte Tischchen gruppiert, mit verführerischer Weiche zu Intimitäten einladen – mag das Leder der Polster nun auch abgeschabt sein, ein billiges abgewetztes Imitat, das zutagetretende Gewebe, selbst wenn man dies ebenfalls nicht ohne weiteres sähe, fadenscheinig, eigentlich nur noch ein Geflecht von Zettelfäden; was tut's, man vergißt dies, bald einmal, wenn eine der fast privaten Szenen beginnt, unter dem Motto VOR ALLEM ABER ACHTET SCHARF DASS MAN HIER ALLES DÜRFEN DARF, die regelmäßig mit der einladenden, von grazilen Nachtvögeln von der Rampe des kleinen halbrunden veloursausgeschlagenen Podests herab gewissermaßen im Duett vorgetragenen, mit sanftem Timbre mehr hingehauchten als gezwitscherten Aufforderung schließt UND NUN MEINE HERREN WER MÖCHTE DENN MIT MIR, oder, falls bereits die Mehrzahl der Anwesenden in Damenbegleitung ist, etwas zurückhaltender NA JA NA UND –: eins jener Lokale, wo über den tief dekolletierten epilierten Damen der Duft von Wild und Austern im Raum hängt. Auf der rechten Seite des auf jedem Tischchen aufgeschlagenen Kunstlederumschlags, in einer transparenten Plastikhülle, steckt die Ankündigung der Zurschaustellungen und zur Auswahl Gestellten, die Attraktionen und Aktricen wie Speisen auf der Speisekarte angepriesen; preislos, denn danach fragt hier niemand

... auf dem vorn, leicht von der Bühnenmitte verrückt oder abgedrängt in der vorderen Raumhälfte, zumindest in der vorderen Hälfte des gezeigten Raumausschnittes stehenden großen Tisch, eine weiße Decke ist so übers Eck darübergeworfen, daß an den Tischecken das Holz der Platte sichtbar wird, liegt ein aufgeschlagener Kunstlederumschlag, bei dessen Material, besonders deutlich an den Narbenrändern – aber warum wieder damit anfangen: ein Speisekartenumschlag, wenn man so will, nichts weiteres; doch, noch etwas, ein voller, nein leerer Serviettenring liegt ebenfalls auf dem Tisch, die Serviette zu einer Walze gerollt, nur eben aus dem Silberring gezogen danebengelegt, man hat sich nun einmal dafür entschieden; gut. Das übrige Gedeck ist inzwischen abgeräumt worden, was jedoch nicht bedeutet, daß der Tisch bis auf diese darübergeworfene weiße, von Stickereien durchbrochene Decke und die zwei Requisiten, Umschlag und Ring mit Serviette, leer ist, denn mehr gegen die linke vordere Ecke zu ist er überstreut mit Brotkrümeln, die größten nur wenig kleiner als die Brotbrocken, wie sie etwa zu einem Fondue serviert werden; sie scheinen dunkler auf der weißen Decke und sehen heller aus auf dem dunklen Holz der Tischplatte. Was auffällt, rund um den Tisch fehlen die Stühle. Dahinter, links und rechts gegen die Ecken des Raumes hin, stehen, umstellt von mächtigen Sitzgruppen, fast erdrückt und zum Teil verdeckt von diesen, noch zwei bedeutend niedrigere Tische, nur knapp halb so hoch wie der vorn stehende, und mit wesentlich kleineren Platten als der dieses monströsen Möbelstücks hier im Vordergrund der Bühne. Die Platte des rechten weiter von der Mitte abgerückt tiefer gegen die Ecke hin mehr im Hintergrund stehenden Tischchens ist von achteckiger Form. Das linke runde steht ungefähr in der Mitte zwischen Wand und Bühnenmitte, in halber Tiefe schräg hinter der allesbeherrschenden Tafel vorn, präziser: es steht genau, nahezu genau auf dem Achskreuz der linken Bühnenhälfte und halbiert so, zwischen Rampe und Rückwand stehend, die Tiefe des auf der Bühne gezeigten Raumausschnittes. Rechts vor diesem runden Tischchen am Boden, gegen die mächtige vorn stehende Tafel zu also, liegt zerknittert eine lilafarbene Tischdecke ...

Man könnte sich gut vorstellen, wie sie jemand, vielleicht erst kurz zuvor, mit allem, was drauf stand, vom Tischchen gefegt hatte, aus irgendwelchen Gründen, die jetzt, da niemand der am Vorfall Beteiligten anwesend ist, nur noch zu erahnen sind, die aber möglicherweise viel später am Abend, im Verlauf des Spiels, wieder ersichtlich werden. Dabei könnte sich folgender Dialog abspielen, oder hätte sich abgespielt haben können

SEIT HEUTE

WARUM

EBEN NUR SO

NA SAG SCHON

worauf wieder sie, nach einer kurzen Pause ihm brüsk den Kopf zuwendend, oder hätte sie an seiner Schulter gelehnt, sich plötzlich steil aufrichtend, antworten könnte, lebhaft, fast impulsiv, obwohl den Satz nur kaum hörbar hinwerfend

ICH HATTE ANGST
oder, was aufs gleiche herauskommt
ICH LIEBE DICH
SELBSTVERSTÄNDLICH
könnte er ihr daraufhin zurückgeben, um dann erschrocken innezuhalten, sei es über sie, die sich noch während seiner Antwort mit einer, wenn kaum spürbaren, so doch irgendwie heftigen Bewegung, mit unvorhersehbarer Wendigkeit, von ihm abgewandt hatte, einige elegante federnde Schritte weit in den Raum hinein; oder sei es, über seine eigene voreilige Antwort erschrocken, plötzlich innezuhalten und erst nach einer längeren Pause, während er starr zu Boden schaute, immer noch den Offiziershut, am glänzenden schwarzen Schild gefaßt, in Händen, in verändertem Tonfall beizufügen, leise, ohne sie anzuschauen, sie, die, leicht abgewandt und halb abgedreht auf goldigen schmalen und sehr hohen Absätzen feiner mit Lederriemchen die Knöchel umschließender Bridenschuhe stehend, ihn schräg über die Schulter zurück unentwegt, jedoch unberührt und vollkommen gefaßt, wie es scheint, anschaute, während sie sich mit beiden Händen auf dem Rücken am von ihr wohl bewußt, aber irgendwie achtlos getragenen schmalen, an Schultern und Rücken tief ausgeschnittenen futterähnlichen halblangen Abendkleid, das nicht nur wegen des raffinierten Schnittes, sondern auch des verarbeiteten Materials wegen, Seide Seidenimitation Satin, vorzüglich fällt, zu schaffen machte, an einem Reißverschluß, der zu klemmen scheint, das unbändige, kräftig durcheinandergewühlte tiefbraune, vielleicht mit einem Stich ins Kupferrot spielende Haar, vor nicht langer Zeit war es wohl noch zu einer perfekten Frisur hoch-

gesteckt gewesen, locker über den Nacken und die eine nackte Schulter geschüttelt –, während er also leise, ohne sie anzuschauen, nach einiger Zeit nur langsam den Blick hebend, ins Leere blickend oder an den Oberflächen des reich und kostbar ausstaffierten Raumes haftend, in verändertem Tonfall hilflos oder beschwichtigend beifügte

SIEHST DU DIE NÄCHTE SIND LIEBLICH UND DIE TAGE TAUGEN NICHTS MEHR

ohne daß sie allerdings, mit sich und ihrem teuren Kleid beschäftigt, allzusehr auf seine Worte zu achten schiene.

Auf einer Probe hätte der Regisseur, der im Parkett etwa in der fünften Reihe saß und nun aufstand, mit seinem Füllfederhalter auf das kleine, speziell konstruiert über die Lehne des Sessels vor ihm geklemmte Pültchen pochend, die Szene unterbrechend hierauf geantwortet haben können

SEHR SCHÖN DANKE DAS GENÜGT FÜR HEUTE C'EST L'HEURE DE LA PROMENADE MAINTENANT

und, noch während dieser kurzen Anmerkung, seiner einzigen Äußerung zur erprobten Szene, die in seiner engen Schrift flüchtig beschriebenen Zettel und sein Regiebuch, ein in starke blauschwarzgesprenkelte Deckel gebundenes Quartheft, an Stelle eines Titels in einem kleinen auf den Deckel geklebten rotumrandeten Schildchen groß die arabische Ziffer DREI, in seine abgegriffene schmale Ledermappe zusammenpackend, hätte er hierauf ohne ein weiteres Wort den Saal verlassen haben können. Die Proben, gespickt von Mißverständnissen, sind abgeschlossen

... am Boden zwischen den Tischen liegt die zerknitterte Decke, man hat sich nun einmal dafür entschieden, fleckig vom darüberverschütteten abgestandenen grünlichgelben oder bräunlichen Blumenwasser aus der umgekippt davorliegenden leichtzerbrechlichen und zur Hälfte auch zerschellten, ehemals wohl langstieligen Kristallglasjugendstilvase; wer dürfe heute in eine so hervorragende Jugendstilvase Blumen einstellen, fragt Prinz Franz entsetzt. Rundum über den Boden, in den Scherben verstreut, zwischen diesen glitzernden Stückchen, kristallsplitterähnlich, den Kristallen verwandt, von denen Maurits Cornelius Escher in seinem Aufsatz UNENDLICHKEITSANNÄHERUNGEN sagt, daß sie, lange bevor es Menschen auf der Erde gegeben habe, schon in der Erdkruste wuchsen, bis eines Tages dann ein Mensch zum erstenmal ein solches Stückchen glitzernde Regelmäßigkeit vor sich liegen gesehen habe oder mit seiner steinernen Hacke draufgestoßen sei, es unachtsam abgebrochen habe und, da es ihm vor seine Füße gefallen, aufgehoben, in seiner Hand betrachtet und sich gewundert habe –, rundum über den Boden verstreut in den Kristallsplittern die Reste eines welken Straußes mit schleimig feuchten Stielen, und wie um das ganze Stilleben zu vervollkommnen, liegt inmitten dieses Durcheinanders, zwischen Stoffknäuel Glassplittern verblätternden lachsrosa Rosen, ein Brief. Dieses in einer kurzen melodramatischen Gefühlswallung zustandegekommene, buchstäblich Moder und Zerfall ausströmende Arrangement, untermalt durch Musik, die aus der Tiefe des Raumes strömt, das symphonische Gedicht MORT ET TRANSFIGURATION Opus vierundzwanzig von Richard Strauss, die Ouverture aus Rossinis WILHELM TELL, Ausschnitte aus der GRANDE MESSE DU MORTS von Berlioz oder Liszts Variationen über die Bachkantate WEINEN KLAGEN SORGEN ZAGEN, in der Interpretation von Alfred Brendel, wobei es gar nicht so sehr darauf ankommt, ob die Musik wirklich aus den Kulissen dringt oder nicht, als Konserve aus den Kulissen oder, etwas direkter, dafür weniger perfekt, aus dem Orchestergraben, auch nicht, um was für eine Musik es sich handelt, es darf irgendwas aus dem monströsen Suppentopf der Musikkultur aller vergangenen Jahrhunderte sein, wenn nur im Zuschauer, im Kopf des Zuschauers, das Gefühl ihn umschmeichelnder oder jenachdem, gängigem Geschmack angepaßter, ihn umtosender überbordender Musik evoziert wird, EIN WAHRHAFT BABYLONISCHES ERLEBNIS, kann es in einer Kritik danach etwa heißen, die Steigerung wäre wohl ninivetisch, und ihm, von nicht vorhandenen oder mit einem Gemisch aufdringlich gegenwärtiger Düfte umwölkt, das Ambiente, Ambiente oder nicht, das ist die Frage, des Interieurs oder Exterieurs noch näherbringt –, dieser schön drapierte Verfall hebt sich sonderbar ab vom riesigen, in zarten Pastelltönen, Fraise oder Ocker, gehaltenen Teppich, dessen großflächige Blumen und Granatapfelornamente äußerst gleichmäßig fast den ganzen Boden überziehen, jeden Schritt, jedes Geräusch dämpfend. Der Blick droht in dieser teppichweichen Weite zu versinken. Doch diesen Teppich, wie übrigens manches vom übrigen Inventar des Interieurs, Tapeten Spiegel Lüster Möbel undsoweiter, was alles zu beschreiben sein wird, wenn Zeit und Platz ausreichen, könnte man sich durchaus auch ganz anders vorstellen. In einem anderen Lichte glichen die Blumen und Granatapfelornamente einem bereits ausgebleichten Schachbrett, hellere und dunklere graue Felder in regelmäßiger Anordnung über den Boden verteilt. Dieser Bühnenboden kann eigentlich nur grau sein. Nichts von der Klarheit und den harten Kontrasten der Zeichnung des Schachbretts bleibt übrig. Das Schachspiel ist ohnehin zu kompliziert fürs Theater; viel zu kompliziert. Die eine Zeitlang wohl noch in schwachen Andeutungen vorhandenen Felder verschmelzen bald zu einem gleichmäßigen Grau, nicht zu dunkel, nicht zu stark gegen Weiß hin, sondern zu einem verwaschenen Grau dazwischen, zum verwaschenen Grauton der Uniformen von Krematoriumsbeamten. Dieser langsam auf eine Mitte zwischen Schwarz und Weiß sich einspielende Tonwert, Schwarz und Weiß werden nun mal als Werte, nicht als Farben verstanden, dieser neutrale Grauton, diese Lichtreduktion auf eine matte Innenraumhelligkeit, alle eingesetzten Scheinwerfer leuchten den Bühnenraum mit einer mittleren Lichtintensität regelmäßig aus, mit einer Lichtintensität beispielsweise, die bei der Marke fünfzig liegt, wenn eine Skala den Spielraum des Hauptwiderstandschiebereglers am Stellwerk von null bis hundert markiert, läßt sich leicht verändern, ein einziger Hebelzug genügt. Mit zunehmender Lichtintensität erschiene der Boden heller und heller und läge schließlich unter voll aufgezogener Beleuchtung, in einer blendenden, gleißende Hitze ausstrahlenden Helle da, um kurz darauf vielleicht, bei völlig eingezogenen Scheinwerfern, einer aufs Minimum reduzierten Beleuchtung, dem Blackout ähnlich, wie ein Nachbild der eben noch die Netzhaut schmerzenden Helligkeit sich in undurchdringliche

Dunkelheit zu verlieren, und kämen gar Grünfilter und Blaufilter dazu, eisige Kälte vorzutäuschen. Von da bis zur Vorstellung, der Bühnenboden könnte eine Mattglasscheibe sein, ist es ein kleiner Schritt. Eine Mattglasscheibe, von unten angestrahlt, warum eigentlich nicht; so gut wie der Boden grau sein kann, in verschiedensten Abstufungen, könnte er auch eine Mattglasscheibe sein. Dies sich vorzustellen ist ungefähr genauso vernünftig, wie ständig sich all die konventionelleren Anweisungen, verbindliche Unverbindlichkeiten, anzuhören; so vergeblich wie absurd, und leider weit mehr als nur dies, vor allem, wenn man am Ende gar noch bestrebt ist, sie mitsamt allen übrigen einen umstellenden einengenden Regeln Ratschlägen Vorschriften Axiomen, vielfältigsten Konsenskorsettvariationen, getreulich zu befolgen, sich ihnen also zu beugen. Festgesetzte Rezepte, verständlich abgefaßt, wenn nicht ganz überzeugend, so zumindest wunderbar; diese Geschmeidigkeit und so weiter, mag es dann etwa heißen, man erinnert, ein neuer vorgespiegelter Ersatzwert, leicht korrigierbar; doch was gibt's hier an dieser Sache zu korrigieren, solange es genügt, anläßlich anrüchiger Festlichkeiten die anspruchsvollen Wünsche des delikaten Publikums, eines vom Wunsch nach Genuß Besitz Vergnügen angefeuerten und ganz davon verzehrten, allem anderen abholden, mißtrauenden, ja zu allem anderen auch gar nicht fähigen Publikums zu befriedigen. FURCHEN DER ERINNERUNGEN MISTHAUFEN DER ERINNERUNG. Die auf der Bühne, in diesem Falle auf einer Mattglasscheibe angesammelten angehäuften Dinge, eine verwirrende Vielfalt, die fixierten Versatzstücke wie die sich um und zwischen diesen Versatzstücken mit der Gesetzmäßigkeit lange eingeübter Regeln sich bewegenden, sich also in der gewohnten Ordnung der Dinge bewegenden, Menschen, gelehrig und gefügig wie sie sind, bewegen sich so leicht, erschienen dunkler, je heller das Licht von unten heraufdrängte, und heller, je stärker sie von oben angestrahlt würden. Ranke schlanke blütenhafte Damen, als verführerische objets d'art in feine zarte Toiletten drapiert, schwebten bald daher wie drohende Todesengel, um kurz darauf, im erneut sich rasch wandelnden Licht, wieder als liebliche Gespielinnen zu erscheinen. Oder genauer, wohl eher en vogue, ein Modeblatt statt eine Theaterrezension zitierend: das bald von unten sie anstrahlende, bald von oben sie überflutende Licht ließe diese begehrenswerten, die geheimsten Wünsche nicht nur der damaligen Männerwelt verkörpernden Wesen, mit ihren kurvig schwellenden Körpern und züngelnden Linien, ihren pflanzenhaften Gliedern und ihrem sich wellenden Haar, abwechselnd als mystisch dämonische oder als sinnliche sanfte Geschöpfe erscheinen. Ein auf kräftigen leicht geschwungenen Beinen ruhender Tisch, wobei es nicht so sehr darauf ankommt, ob der Tisch tatsächlich aus massiven Edelhölzern, japanische Kirsche etwa, angefertigt wurde oder ob nur Pappmaché diese Wirkung illustriert, schiene bald einmal, wie von grazilen Rehfüßen getragen, den Boden kaum noch zu berühren. Ein anderes Tischblatt ruhte auf zwei Windspielpaaren; ein drittes Tischblatt, wiederum von einer einzigen mächtigen Säule getragen, deren Basis in drei Löwenpranken auswächst, die das ganze auf ihnen lastende Gewicht gemeinsam mit in den Boden, in Eis, in den Spiegel verkrallten Zehen hochstemmen, schiene plötzlich bodenlos zu schweben oder gliche einem aus dem Eise gewachsenen Schirmling. Um die Wirkungen der Mattglasscheibe in ganzer Vielfalt auch nur einigermaßen angemessen beschreiben zu können, müßten mannigfaltige Vergleiche herangezogen werden. DER GLATTE GLÄNZENDE UND GLITZERNDE FUSSBODEN, schrieb Adolf Wölfli in seiner Autobiografie VON DER WIEGE BIS ZUM GRAAB, in seinen NATUHRVORSCHENDEN HEFTEN, wie er sie nennt, jener SANKT ADOLF DER ZWEITE NATUHRVORSCHER DICHTER SCHREIBER ZEICHNER COMPONIST LANDARBEITER ALLGEBRATOR MUSICDIREKTOR RIESENTHEATERDIREKTOR, oder NARRENHAUSKANDIDAT TODESKANDIDAT WÖLFLI UNTEN IM DRECK, wie er sich selber auch nannte, nicht von ungefähr, jener Patient einer SCHÖNGELEGENEN ANSTALT vor den Toren der Stadt –: DIESER BODEN, wobei Wölfli in seiner Beschreibung durchaus an einen Bühnenboden gedacht haben könnte, WAR DURCHWEGS SO REIZEND UND PRUNKEND DASS WIR BEI SEINEM ANBLICK ÖFTERS DEN WAHN HEGTEN MITTEN AUF DEN SPIEGELGLATTEN FLUTEN DES INDISCHEN ODER ATLANTISCHEN OZEANS ENTWEDER AUF EINEM GEWALTIGEN PASSAGIER- ODER HANDELSDAMPFER AUF EINER GÜTER- ODER FISCHERBARKE AUF EINEM SCHLACHTSCHIFF ODER SPITZIGEN ZACKIGEN FELSENRIFF AUF EINEM GRÄSSLICHEN SCHIFFSUNGLÜCK AUF EINEM WALFISCH ODER WALROSS ODER SONST EINEM RIESENHAFTEN RESPEKTEINFLÖSSENDEN SEETIER ODER AUCH AUF EINER LIEBLICH UND FREUNDLICH WINKENDEN UND IN DER SÜDLICHEN VEGETATION PRANGENDEN BEWOHNTEN INSEL ZU SEIN. Vergleiche nähmen kein Ende; die Bühne bekäme etwas Eisfeldähnliches, etwas Sprödes, Zerbrechliches, etwas Spiegelhaftes. Das Theater als seltsame Eisrevue. Manches käme einer generellen, zufällig sowohl vom Regisseur gewünschten wie vom Autor vorgeschriebenen Weisung entgegen, die kaltes Licht verlangt. Kaltes einheitliches eisiges Licht. Von der Galerie herunter sehen die Bühnenfiguren aus wie, man kommt neuerlich nicht um Vergleiche herum, wie ihrer Umwelt beraubte Cowboys; wie die aus unserem Straßenbild, hält der momentane Trend weiter an, bald nicht mehr wegzudenkenden, auf dem neuesten Pfad im Modedschungel sich vorankämpfenden, im Dickicht der Städte auf freier Wildbahn auf ganzer Linie sich durchsetzenden Plastikcowboys mit ihren unwiderstehlich nostalgisch herausfordernden Cowgirls im Arm; wie diese geschniegelten, kaum an Hirten und Sennerinnen erinnernden new frontiers, Softwaykolonisatoren, elegante schwarze Fiberköfferchen ans Handgelenk geschweißt, Prachtexemplare aus der Ranch von Mc Gregors and his excellent friends, aus Angelo Liricos men's corner, oder wie Bleisoldaten, die, des Schattens unter ihren Füßen beraubt, von unsichtbarer Hand in abgezirkelten Bewegungen über die Fläche geschoben werden, und es macht den Anschein, als könnte die kleinste Gemütserregung, das sachteste Stampfen eines ihrer stiefelbewehrten Füße, die dünne Eisschicht, einer Fensterscheibe, einem Spiegel gleich, zertrümmern, alles einstürzen lassen; schon ein Niesen genügte, es klänge aber zu leise, zu verkrampft, oder es wäre die krampfhafte Imitation eines wiederum viel zu lauten ungezogenen etwas billigen Zirkusclownniesens und käme deshalb nicht in Betracht, obzwar so bedeutend wie das meiste, was Schauspieler zustandebringen, medioker, weder künstlich noch natürlich genug, um echt zu wirken; doch keine Angst, kein Fuß wagt aufzustampfen, Gemütsausbrüche sehen nur so aus, Wut und Zorn sind stilisiert, Harmlosigkeiten, die niemand, weder im Parkett noch auf der Galerie, ernst zu nehmen braucht. Von der Galerie herunter betrachtet, strahlt das Theater etwas traumartig Fremdes, Eisrevuehaftes, vielleicht einzig deshalb so anziehend Faszinierendes aus. All diese Eindrücke von einerseits schattiger Kühle, andererseits allesdurchdringendem fiebrigem Licht, Verschattungen, ungewollte, gibt es, wenn überhaupt, nur in der tiefsten Raumtiefe, diese Temperaturempfindungen, diese Präzision, forderte eine Regieanweisung helles Braungelb, helles Grau und viel Beige, herrschten eben helles Braungelb, helles Grau und viel Beige vor, durch Glasschiebetüren von rechts her vielleicht und durch davorgehängte spitzendurchwirkte Tüllgardinen strömten Lichtfluten in den Raum, Tageslicht Sonnenlicht Mondlicht, dann wiederum einzig ein grünlicher Lichtschimmer aus dem Glasschirm einer Stehlampe oder der gelbliche Lichtwurf eines Kronleuchters, von weit hinten weit oben, eine Lichtführung etwa wie in Gemälden von Vermeer, oder, wie ein Rezensent schriebe, eine Lichtführung von einsamer Vollendung, nur weniger farbig, etwas heller, auch unbestimmter –, diese Präzision, dieser Zusammenklang von Natürlichkeit und überlegenster Raffinesse, wie ein Rezensent schreiben könnte, es dürfe keine Beleuchtungseinstellung geben, die nicht durch wirkliche Lichtquellen begründet wäre, keine Vagheit, keine bloß stimmungsvollen Effekte, forderte eine Regieanweisung, stellte sich mit den traditionellen Beleuchtungsmethoden auf einer traditionell gebauten Bühne, und damit hat man es hier zu tun, so oder so kaum oder überhaupt nicht ein. Selbst wenn nicht mehr das alte Stellwerk mit Rollwiderständen benützt wird, das vor Jahren schon ausgewechselt werden mußte, nachdem einmal, während einer Vorstellung, der ganze Metallrahmen hinter dem vergoldeten Portal unter Strom gestanden hatte...

Der Direktor, ans Gestänge gelehnt den Spielverlauf überwachend, habe ebenfalls schlotternd und zitternd wie Espenlaub, oder wie ein Hampelmann strampelnd, diesmal hätten eben andere die Fäden gezogen, so lange an den Streben unter Strom gehangen, bis er den Hauptschalter des Stellwerks ausgeschaltet habe, hatte der Beleuchter erzählt, eines Abends gegen Ende der Spielzeit, während sie beide, er und der Beleuchter, aus der Beleuchterkanzel herunter gelangweilt den Szenenablauf verfolgten, das Stück gab kaum zu tun...

In der Beleuchterkanzel oben, hinter dem Stellwerktisch sitzend, von einer Stuhlkante auf die andere rutschend, von einem Stuhlbein aufs andere wiegend, auf den unbequemen hohen Hockern eigentlich mehr stehend als sitzend, über den Stellwerktisch gebeugt durch die getönte Scheibe hindurchblickend, getönt, um die Möglichkeit aus dem Weg zu räumen, dem Publikum auch nur durch den kleinsten uneinkalkulierten Lichtschimmer, schräg aus der Beleuchterkanzel herunter, beispielsweise in eine nächtliche Moorlandschaft geworfen, durch falschen Mondschein gewissermaßen, die Atmosphäre zu vergällen –; schräg über die Kulissen hinblickend, über hohle flachbrüstige Turmbrüstungen hinab – gegenüber, am entgegengesetzten Bühnenende, auf einer kleinen Wiese, Kunstrasen natürlich, halb verdeckt von den Kulissen, ein Stück weit in die Kulissen hineingezogen, an einem Teich vor dem neoklassizistischen Palastfragment, ein recht genialer Einfall des Bühnenbildners, seiner Vorliebe für Stuck und Steinmetzarbeiten zu verdanken, die gekonnte Rekonstruktion, Rekonstruktion weit eher als nur Andeutung, selbst als Fragment noch, einer einstmals berühmten und, wenn man so will, auch berüchtigten Residenz, heute der Sitz einer Stahlimportfirma, mit einem vor dem Portal, dessen geschliffene Scheiben gegenlichtig auf die Bühne blinkten, für eine Liebhaberaufführung im Verlauf des Stücks aufgebauten Holzpodest, ästen zwei Bronzerehe, die getreuliche Nachbildung derjenigen im Garten der Stahlimportfirma, Mutter und Junges, in Pappmaché, auf ein gutkaschiertes Fahrgestell geschraubt, um bei Szenenwechsel rasch abgezogen werden zu können, Rehe, die dank geschickter Lichtführung fast echt wirkten, so echt zumindest wie die Bronzerehe im Stahlimportgarten – hatten sie beide die längste Zeit schon den Szenenablauf verfolgt, aus der Beleuchterkanzel herunter, wie gesagt, zum wievielten Mal wohl, hatten groteske Tänze und das Spiel weitaufgerissener stummer Münder verfolgt, bei ausgeschaltetem Kontroll-Lautsprecher, so daß nichts vom Bühnengetöse, nichts von den vielfüßigen Wortschwällen zu ihnen in die Kanzel hochdringen konnte, oder aber, schwoll der Lärm anläßlich fein inszenierter Wutausbrüche für einmal ganz besonders heftig an, höchstens wie durch Watte durch die Scheibe hindurch zu ihnen drang und kaum nennenswert die Stille verletzte, das heißt, das gleichmäßige einschläfernde Summen der Transformatoren störte, wenig anders verhielte es sich, stürzten zudem die schweren Mauern, oder eben Mauerfragmente, plötzlich in sich zusammen, im Sturz die in den präparierten Bruchfugen eingebauten Staubbeutel aufreißend, eine ordentliche Staubwolke aufwirbelnd, die sich durchs Portal hinaus in den Zuschauerraum hineinwälzte, ohne daß aber vom Zuschauergehuste, durch diesen beißenden Staub verursacht, oben in der Kanzel das geringste zu hören wäre, und wenig mehr nur vom Lärm der stürzenden Bauten selbst, deren gewaltige Bauelemente beim Aufprall auf dem Bühnenboden ihres Materials wegen, Styropor oder ähnliches, durch Leim und Gaze und Holzlatten verstärkt, kaum nennenswerte Erschütterungen bewirkten

Oder sie, der Beleuchter und er, hatten, vom Stückverlauf gelangweilt, Anschläge gelesen, sich die dazugehörigen klippundklaren Bildchen angeschaut: die auf den Sicherungskasten geschraubten metallenen Merkblätter der schweizerischen Elektrizitätswerke, alle Rechte vorbehalten. Ratschläge für Notfälle. Starkstromschläge. Maßnahmen zur Ersten Hilfe. Bei der Bergung bestehe für den Retter Lebensgefahr, darum sei als erstes die Leitung abzuschalten, dann der Verunfallte aus dem Gefahrenbereich der Leitung zu entfernen; dann, nach der Bergung, sei unverzüglich streng nach der Faustregel, um kostbare Zeit zu sparen und effektiv handeln zu können, mit der lebensrettenden Behandlung zu beginnen, den jeweilig eingetretenen und, dank Anwenden der Faustregel eben, schon grob diagnostizierten Schäden angepaßt, auf die verschiedenen in Betracht fallenden Verletzungsschwierigkeitsgrade abgestimmt. Als oberster Grundsatz der Zehn Gebote für Lebensretter, eingerahmt und in großen Lettern unten quer über die dreispaltigen Anweisungen, in deutsch und italienisch: BEWUSSTLOSEN NICHTS EINFLÖSSEN. Alles bestens ge-

meint, hatte der Beleuchter, die metallenen Merkblätter am Sicherungskasten betrachtend, erzählt; Elektrowatt auf Alusuisse oder, um mit Jago zu sprechen, BEI IHR AUF IHR GANZ WIE ES EUCH GEFÄLLT, eine einträgliche Heirat, reine Zweckheirat; komplizierter fielen wohl Anweisungen aus, die einem erklärten, wie man sich bei Reaktorunfällen zu verhalten hätte, obwohl sich da allzulange Weisungen für einen ordentlichen Teil der zu nahegelegen in Mitleidenschaft Gezogenen ohnehin erübrigten.
Oder sie beide, er und der Beleuchter, waren wieder einmal, um nicht völlig zu versauern, immer nur Merkblätter paraphrasieren mochten sie nicht, mechanisch die Listen der Beleuchtungseinstellungen durchgegangen, ein Bündel saubere übersichtliche Pläne, von einer farbigen Plastikklemmschiene zusammengehalten – für dieses Stück beispielsweise grün, so ließ wenigstens die Schiene auf ein Ende des Stückes, ein baldiges in jedem Falle wenn möglich, hoffen, das Ganze längst auswendig gelernt, eingeübt. Stichwort Hebelzug. Routiniert blind

... er habe damals beim direktoralen Slapsticktanz an den Streben mit einem Blackout, indem er kurzerhand die Hauptsicherung herausgehauen habe, die Vorstellung mitten in einer Szene unterbrechen müssen, hatte der Beleuchter erzählt. Peinlich, wenn der jugendliche Held gerade zum Schlag ausholt, mit dem er seinen gefährlichsten Widersacher endlich zu erledigen hofft, und in diesem Augenblick das Licht ausgeht, damit der Direktor vom Portalgestänge loskommen kann, um, trotz Hektik und halblautem Wehgeschrei, mit nichts weiter als etwas Schreck in den Knochen und leichteren Verbrennungen ins Krankenhaus geführt werden zu können. Ein rasch herbeigerufener Arzt – es sitze ja während der Vorstellungen einer, mit Freikarte natürlich, auf dem eigens hierfür reservierten Platz, auf dem Dökterlithron, wie sie sagten, einem Randplatz hinten im Parkett, um unauffälliger abberufen werden zu können – habe, weil Schockgefahr bestünde, wie er betonte, die unverzügliche Überführung des Direktors in die Notfallstation angeordnet; währenddem hätte mit dem Inspizienten rasch das Nötigste besprochen werden müssen, und bevor noch das Publikum im Saal allzu unruhig geworden, wäre es ihm gelungen, das Saallicht einzufahren, hatte der Beleuchter erzählt. Hierauf sei der Spielleiter, als Stellvertreter des Direktors, vor den inzwischen geschlossenen Vorhang getreten und habe sich in seiner das Publikum stets gewinnenden Art entschuldigt: wegen eines technischen Gebrechens hätte *er* sich leider zu dieser bedauerlichen Unterbrechung gezwungen gesehen, es handle sich jedoch gottseidank um nichts Schlimmes, durchgebrannte Sicherungen, nichts weiter, die Störung würde unverzüglich behoben, das werte Publikum möchte dieweil doch bitte im Saal bleiben, das Spiel könnte ja gleich weitergeführt werden; wieder hinter den Vorhang getreten, habe der Spielleiter dann, ebenfalls auf seine Art, etwas weniger konziliant, für einmal aber, sich all der Leute im Saal bewußt, der Unmut hätte ihm zwar nur so aus dem Gesicht geblitzt, in etwas gedämpfterer Lautstärke das technische Personal zur Eile gemahnt, um es gelinde auszudrücken, und die Komödianten über diese Unverschämtheit hinwegzutrösten versucht, denn natürlich hätte in leitenden Augen wieder einmal alles an der

Technik gelegen; ja, einen recht wandlungsfähig schauspielernden Spielleiter hätten sie in diesem Herr Oberspielleiter, wie der sich neuestens gerne angeredet zu hören wünsche, vielleicht reiche es derart einmal zum Direktorpöstchen; einmal, als jener Herr ihn, den Beleuchter, während dem Scheinwerferrichten wiedereinmal wie den letzten Hudel angeherrscht hätte – was es da herumzugaffen gäbe, in alle Winkel hinein, es sei ja absolut unersichtlich, was es gerade hier und jetzt zu gaffen gäbe, es fehle wohl an Arbeit, er gedenke wohl noch glotzend Wurzeln zu schlagen, hätte jener ihn angeherrscht –, habe er ihm darauf geantwortet, er, der Beleuchter, falls der Herr Oberspielleiter diese bescheidene Bemerkung gnädigst erlaube, schaue sich nur bei Licht etwas um, und er schaue dabei eben auch die Leute an, die gerade vorbeikämen, und zwar, solange er Zeit habe, vielleicht, dies wäre nicht auszuschließen, wisse man dann einmal, wenn es draufankomme, besser, woran man sei, hatte der Beleuchter erzählt. Gestern, nach der Vorstellung, als er noch rasch habe ins EW hinüberwollen, um neue Birnen zu holen, als Ersatz für die während der Vorstellung, beim Blitzeinsatz in der Gewitterszene, wieder einmal draufgegangenen, sei er auf dem Parkplatz hinter dem Haus, wo der Spielleiter, wenn vorn auf dem großen Parkplatz frühjahrssessionsbedingt gerade wieder mal alles von großrätlichen Karossen verstellt wäre, die seine abstelle, dreien begegnet, denen er eigentlich, obwohl er zum voraus wisse, daß es beim schönen Wunsch bliebe, nicht nochmals begegnen möchte; dreien dieser Spielleiterwedel, über Amanda erst auf Lear stoßend, könnte man kalauern, ja, richtig, über Amanda, jenes ehemalige und, auch er käme kaum umhin, dies festzustellen, fast absolut perfekte Fotomodell, das sich nun als Sängerin versuchte, dessen Songs für seine Ohren jedoch einer wie der andere klängen, Discofunkyrockpogopunksirupsoundkonserven für die Ansprüche einer gehobenen Mittelklasse; die Show, die Amanda, wie wohl überall auf ihrer Tournee, kürzlich hier abgezogen habe, sei allerdings ein Geschleck gewesen – verpassen Sie dieses einmalige Ereignis nicht, hätte zuvor tagelang in der Zeitung gestanden, der einheimischen Konzertagentur Adank und Schwafel wäre es, wie deren Hengste vor dem Konzert in der Garderobe lauthals gerühmt hätten, nur dank größtem Einsatz, allfälliger finanzieller Risiken ungeachtet, gelungen, Miß Lear für den hiesigen Auftritt zu verpflichten –, ein Geschleck für alle Lackaffen Journalisten Lebemänner Möchtegerne, für all die feinen Bubis ganz in Weiß; überallhin nachgestiegen wären die ihr am liebsten; ein Auftritt, der ihm über weite Strecken wie durch ein Konzertlein aufgelockertes Wettfotografieren vorgekommen wäre; die alte Garderobiere, trotz ihrem ihr zustehenden Freitag auf Pikett bestellt, falls bei schnellen Kostümwechseln ein Häftchen sich verhaken sollte, habe, schon allerhand gewohnt, über dieses Geläuf nur noch lachen können, so lachen hätte er die in all den Jahren, in denen er hier beleuchte, noch nie gesehen, gelacht habe die, ja, bald einmal hätten sie beide nur noch gelacht; meterweis hübsche Bildchen wären da im Verlauf des Abends geschossen worden, wie das reinste Maschinengewehrknattern wäre es ihm vorgekommen, die Apparate und ihre hektisch durchsiehindurchguckenden Handhaber schienen förmlich heißgelaufen zu sein, eigentlich kein

Wunder, beim für hiesige Verhältnisse schon eher seltenen Anblick dieser flitterbehangen die Peitsche schwingenden, obendrein gar singenden leicht wächsernen Wunderfrau –; apropos hier sitzen, sitzen und nebenher die Zeit totschlagen, Zeit, die eigentlich, wie er irgendwo gelesen hätte, nicht totgeschlagen, sondern gelebt werden sollte: verdammt trocken dünke es ihn hier oben wieder einmal, ein Gläschen vertrügen sie beide wohl, hatte der Beleuchter ihn plötzlich, mitten aus dem Erzählfluß heraus, gefragt. Man müsse die Feste feiern, wie, oder heiße es: wann sie fallen; Hauptsache, man feiere sie, warum also nicht gleich; wohl würde auch die Vorstellung irgendwann mal zu Ende gehen, bestimmt, aber etwas ölen schade da nichts, das Nötigste dazu hätte er mitgebracht, eine Flasche, die ihm letzthin ein österreichischer Freund geschenkt, Kremser Riesling, aus der Sandgrube dreizehn; kein Zufall sei es, sondern ein Hinweis der Natur, lese er da grad auf dem Kontrolletikett, daß sie, die sonst kaum zu finden in unseren Breiten, gerade die Rebhänge um Krems bevorzuge, die Gottesanbeterin, Mantis religiosa, ein zartgrünes Insekt, zur Gattung der Fangheuschrecken zählend, auch Seher genannt, ein unbarmherziger Jäger, römische Milde liebend, welche Krems, die Vermählung des Südens mit der harzigen Luft des Waldviertels, zu bieten hätte; schön, ausgezeichnet, man werde ja gleich sehen, ob der Wein so fruchtig charmant und die reine Freude wie auf dem Etikett gepriesen wäre, mit einer Gottesanbeterin als Qualitätssiegel, zum Schluß würde da jedenfalls jemand aufgefressen; nun, jedem das Seine: wohl bekomms …

Auf der Party in einem Privathause, im weitläufigen Besitz der im Alter gehörschwachen Großmutter, welche eines Tages, nachdem sie kurz hintereinander Mann und Hund verloren – von beiden eine Schmachtlocke in silbernem Amulett auf der Brust –, und als für ihren Trichterphonographen zudem brauchbare Nadeln rar wurden, all ihre HIS-MASTERS-VOICE-Platten, traurigen Erinnerungen an ihr musikliebendes Hundchen nachhängend all die traurigen Erinnerungen mit zerschellend, zerbrochen hatte; die hierauf den Nachkommen, ihrem Enkel und dessen Familie, vorerst einzig aus ihm und seiner schönen jungen Frau bestehend, und dessen Gästeschar das Feld geräumt und mit den ihr verbliebenen Katzen und Kakteen sich oben in eine Kammer zurückgezogen und eingeschlossen hatte, um von dort aus dem lauten Treiben in den unteren Räumen der Villa keine Beachtung mehr zu schenken; die dort oben, verbarrikadiert in der Dienstbotenetage, nur noch ihre Kakteen und Katzen pflegte – anfänglich, bis eines Morgens ein Kater nach der Tat mit abgewandtem Kopf neben einem Wuschel gelber Federn hockend sich die Pfoten leckte, hatten zur Flora und Fauna der alten Frau noch ein Kanarienvogel gehört, dem sie, ihn im Käfig auf den Balkon tragend, allmorgendlich neu kommentiert die Aussicht gezeigt, nebst einigen seltenen Karnivoren, im Altweibersommer mit halblahm aus dem Täfer gekrochenen Fliegen überreichlich gefüttert, Karnivoren, die dann, als deren fleischig leuchtende Blätter und tröpfchenbehangene Tentakel in der Kälte nachts bei offenem Fen-

ster kurz nach der Züglete plötzlich erschlafften, den Schellackplattenscherben nach im Garten unten gelandet waren –;
auf einer Privatparty in herrschaftlichem Hause hatte der Spielleiter nach der Eröffnungspremiere – da es sich eingebürgert hat, die Saison mit Shakespeare zu beginnen, war WIE ES EUCH GEFÄLLT gegeben worden...

Was aber, wenn der Blick, nachdem der Vorhang, tiefroter Samt, wie es gefällt zur Eröffnungspremiere sich gehoben hätte, nicht auf ein duftiges luftiges Bühnenbild, eine verspielte Bühnengartenlandschaft sich weitete, sondern statt dessen an einer Ziegelmauer abprallte, an einer goldgerahmten Ziegelmauer. Ohne Ausblick. Sie, geladene Gäste vielleicht, sitzen bei der Eröffnungspremiere auf ihren Parkettplätzen, in ihren Saisonstartlöchern vor dem vermauerten Portal, vor einer Ziegelmauer in fahlem Lichte. Nur ab und zu, von einem aufblitzenden Scheinwerfer, einem Verfolger aufgeschreckt und verfolgt, krabbelt ein Käfer eine Assel ein Ohrwurm ein Silberfischchen ein Kakerlak, es genügte auch, wenn es eins von Eschers netten Tierchen wäre, über die morschen Ziegel, um in einer neuen Mörtelritze Zuflucht zu suchen. Dein Bildnis ist bezaubernd schön, so oder ähnlich wäre man es von einer Arie gewohnt; doch das gebotene Schauspiel erinnerte das Publikum nach und nach an etwas, was ihm ebenfalls gefällt – oder hat wer was dagegen. Beispielsweise könnte man an ein Zeitungsbild erinnert werden, sicherlich jedem hochglänzenden Geschmack spottend, schlecht belichtet, das vor einer kahlen Ziegelmauer, Salpeterpest überzieht sie, in grellem Licht auf einer reckartigen Vorrichtung einen nackten Mann, dessen Kopf ein darübergestülpter Sack verdeckt, rittlings auf einer scharfkantigen Stange sitzend zeigt, gezwungenermaßen so sitzend zeigt, denn seine Hände sind ihm auf dem Rücken an dieses schneidende Material gefesselt, seine Füße, mit Gewichten beschwert, wohl damit der Mann nicht linkisch und vorschnell vom Reck kippen kann, erreichen den Boden nicht. Ein Offizier habe dieses Bild aufgenommen und heimlich außer Landes in Sicherheit gebracht, würde lakonisch eingeblendet, während hinter der Mauer, mit Lautsprechern in den Saal übertragen, zu Gehör gebracht, um das Stöhnen, die Schreie des Gefolterten zu übertönen, die angekündigte Vorstellung mit dem gewohnten Text ihren gewohnten Lauf nähme, auf lieblichem Kunstrasen, dürfte man annehmen, untermalt von angenehmer Orchestermusik, Mozart Köchelverzeichnis vierhundertdreiundfünfzig, am Flügel Wilhelm Knebler, oder Liszts TASSO LAMENTO E TRIONFO, oder Rossinis GUGLIELMO TELL, vom gewaltigen, jedoch niemals schrillen Fortissimo bis zu den zartesten Pianissimoklängen alles wohldurchdacht, Huldigung für einen fernen Nationalhelden, in schöner Ausgewogenheit, Gernot Abbach, ein junger vielversprechender Meister des Taktstocks, eben von einer vielbeachteten Südamerikatournee zurückgekehrt, dirigierte mit viel Einfühlungsvermögen das Tonhallenorchester, skandiert von Stiefelgetrampel und Waffenklirren, jedoch nur gerade so laut, als wär's nichts als das obligate Geräusch vielgeliebt oft abgespielter Schallplatten. Die Folgen einer solchen Vorstellung, Innerlichkeit und martialische Geste für einmal vereinend, wären unvorstellbar; das liebliche Spiel in vollendetem Versmaß auf gepflegtem Rasen für einmal hinter der Mauer, von der Tortur vor der Mauer verdeckt: eine Vorstellung, welche mit der strapazierten Grammatik der Sätze zusammen den Schein taktvoller Wohlanständigkeit plötzlich aufplatzen ließe, in der Umkehrung Sein und Schein für einmal sichtbar auseinanderklaffend zutage förderte

... auf jener Party nach der Eröffnungspremiere, um darauf zurückzukommen und Angezetteltes weiterzuweben, es war WIE ES EUCH GEFÄLLT gegeben worden, oder IPHIGENIE wie's gefällt, oder Ähnliches ähnlich, hatte der Spielleiter, um auch den wiederum ins Spiel zu bringen, berauscht vom erfolgreichen Gelingen der Premierenvorstellung, vom reichlich kredenzten Wein und von den guten Häppchen begeistert, es hatte in der Küche Brötchen gegeben, Avocadobrötchen, eine Spezialität des Hauses, wie der Spielleiter zu betonen weiß, die Avocados hatte die Hausherrin von ihrem Erholungsurlaub in der Karibik selber mitgebracht –: auf dieser Party, inzwischen ging es ganz schön hoch her, wie es so schön heißt, hatte der Spielleiter, in den Nerz oder den Griesfuchs, heute, da man wieder vermehrt rustikale Felle trägt, vielleicht eher der Griesfuchs, kurz: in die Felle einer seiner Verehrerinnen gehüllt durch die Räume wirbelnd, so gut es eben noch ging durch die Räume wirbelnd, dauernd ausgerufen, besser mit seiner sonoren, von der Festanstrengung inzwischen zwar etwas brüchigen, quäkig gewordenen, doch immer noch recht sonoren Stimme gesungen ICH BIN EINE MIMOSE ICH BIN EINE MIMOSE ICH BIN EINE MIMOSE, zur heiteren Freude aller Versammelten; bald schon waren der eine und die andere mit in den Gesang eingefallen, rasch war ein Sextett beisammen, und es dauerte nicht lange, bis ein vielstimmiger Chor durch die Kammern und Gänge grölte, aus der Küche weite Korridore entlang in den Salon und durch die weitgeöffneten Türflügel über die Terrasse in die laue, nein: lieber eher frische Herbstnacht hinaus, hin zur Partyschaukel im Garten, auf der ein paar Männer ihren Damen Reckkünste vorzuturnen versuchten, und zum Swimming-pool hin, buchsbaumheckenumsäumt und mauerumfriedet, wo drinnen im schon etwas kühlen und noch ungeheizten Wasser und rundum auf feuchtem Rasen Verwegenere von leichterer Erschöpfung Erholung suchten, die Melodie aufnahmen und als Wechselgesang in den Salon zurückgaben

... der eine wie der andere und jedem das Seine, hatte der Beleuchter erzählt. Der eine Bühnenbildner, Maler und Steinhauer, letzthin habe er die ZOFEN, gewissermaßen als Zofe des Spielleiters die Zofen des Spielleiters, der ab und zu noch Regie führe, ausgestattet – der eine haue nebenbei Grabsteine, um sich einen gewissen festiven Luxus leisten zu können, der andere spiele auf den Oberammergauer Festspielen den Gekreuzigten, sparte sich als passionierter Autofahrer auf Passionsspielen seinen schnellen Wagen zusammen, den lieben Grasfrosch, wie er seinen Porsche turbo heiße, und sie beide höhlten nun eben eine geschenkt erhaltene Flasche Kremser, hatte der Beleuchter gesagt. Ja, der eine haue Grabsteine für die nach und nach Abgetretenen, haue, in der Zwischensaison vor allem, aber auch sonst, wenn er nicht gerade als Bühnenbildner auf dem Theater beschäftigt wäre, tagein tagaus die Namen Verstorbener in nach Wunsch zurechtgespitzte geglättete polierte Steine, Marmor Gneis und Muschelkalk – heut brauche kein Grabsteinhauer mehr Angst zu haben, ein Splitter fahre ihm ins Aug, heut, wo Maschinen ihm die Arbeit abnähmen, schnaufe der sich einzig die Lunge voll Staub; oder er machte sich, wenn das Wetter es zuließe, an den Epitaphien im Stadtpark zu schaffen, schicke sich an zu retten, was da noch zu retten wäre von den Altvorderen aus guten Familien, Ratsherren Ambassadoren Kriegshelden Prädikanten, die längst Kieswegen und mastigen Blumenrabatten und kurzgeschorenen Rasenplätzen, RASEN BETRETEN VERBOTEN

HUNDE SIND AN DER LEINE ZU FÜHREN, den gutgedüngten Grund räumen und an die Innenseite der Stadtparkmauer sich hätten zurückziehen müssen, nach dreihundertdreiunddreißig geruhsamen Jahren wär's aus gewesen mit dem Campo Santo, ausgedüngt; einer neben den andern an die Wand gestellt wären sie worden, obwohl's trotzdem noch hieße, auch wenn nur noch Steine da lehnten, abbröckelnd, ALLHIE RUWET IN GOTT DER HOCHGEACHT WOHLEDEL EHRENWERT HERR GREGORIUS MALÄR BURGERMEISTER DER LOBLICHEN STADT RUCH UND GEWESTER PODESTAT ZU TIRAN, nur damit er nun an diesen alten Namen und Sprüchen vorsichtigst herumkratzen dürfe, wie der Bühnenbildner einmal zu ihm gejammert hätte; aber natürlich gäbe es auch weit lustigere Aufgaben, inspirierender für einen Bühnenbildner, kürzlich erst hätte er dem Dichtergeneral, der Ruchernachtigall, den Taubenmist und den Ruß der Jahre vom bleichen Schädel striegeln dürfen; ein herrlicher Carraramarmor...

Das edle Haupt mit versteinert wallenden Locken hat von vorn betrachtet ein recht jugendliches Aussehen, mit dem sich insgeheim wohl manch einer gerne identifizieren möchte, im Profil dagegen die Züge eines alten Mannes. Empfindsamer Gram. DURCH AHNEN BERÜHMT DURCH TUGEND VORNEHM, am Fuß des Denkmals in den Marmor geschlagen. Auf den drei übrigen Seiten des Marmorkörpers, über dem sich die hohe weiße Säule mit der Büste des Dichtergenerals erhebt, Reliefbilder, ebenfalls in Stein; vornhin, in Brusthöhe etwa, die ERINNERUNG, rechts gegen Sonnenaufgang die POESIE, und auf der anderen Seite das

Bild der KRIEGSGÖTTIN, wenn man den Titeln glauben darf. TRAUTE HEIMAT. Tagtäglich der gleiche schöne Wettstreit: von der einen Seite des Parks blinkt die weiße hochragende Marmorsäule mit der Dichtergeneralbüste aus dem Laub, gegenüber reckt grimmig der Nationalheld seinen Degen, den Tauben als Sitzplatz, in die Luft. AVANT MEIS MATTS. Der eine wie der andere

... der eine, wie gesagt, haue Grabsteine, hatte der Beleuchter erzählt. Der andere spiele den Gekreuzigten, während der Dritte, der Bühnenmeister, der ehemalige Bühnenmeister, kein Hiesiger wär's gewesen, dessen Vater im Krieg verschüttgegangen, verflüchtigt worden gleich Millionen seinesgleichen, wie der Bühnenmeister einmal mit einem Lächeln auf dem Gesicht, aus dem Schmerz und Zorn und Trauer heraufschimmerten, gescherzt hätte, unten in der Werkstatt nächtelang am Motor, längst mehr Schrotthaufen als Motor, seiner vor Jahren erstandenen alten GHIA herumgebastelt und gepröbelt habe, am Motor seiner GHIA, mit der sich fortbewegen zu lassen, als sie sich überhaupt noch fortbewegen ließ, durch Anstoßen mühsam angeworfen, schon ein gewisses Risiko dargestellt habe; einmal, mitten im Winter, als Beifahrer auf dem Weg nach Zavro, zur Vorbereitung einer Gastspielvorstellung im dortigen Gemeindesaal hinten im Sternen, nachdem der Bühnenmeister, kaum außerhalb der Stadt, schon kurz nach der Kuppe bei der Einfahrt vom Kinderheim her, ein heikles Eck, eine Vollbremsung habe einleiten müssen, wenn man dies so sagen könne, weil ein Reh blöd mitten auf der Straße gestanden, im Scheinwerferkegel wie angewur-

zelt, und zitternd, wie man immer näher aufs Tier zuschlittend gesehen habe, sei er, sich mit beiden Händen gegen das Armaturenbrett sperrend, mit einem Fuß durchs verrostete Bodenblech eingebrochen und mit dem Schuh, bis die Lotterbüchse kurz vor dem Reh zum Stillstand gekommen, über den glücklicherweise glatten Straßenbelag geschlittert; man könnte sich etwa vorstellen, was mit dem Fuß passiert wäre, hätte sich der Schuh an einer Unebenheit, in einem Frostloch etwa, eingehakt; dieser eine Vorfall, dessen Schreck, wenn er sich wieder zurückerinnerte, obwohl er jetzt eigentlich darüber lächeln könnte, ihm heute noch in den Knochen hockte, möge als Illustration genügen;
der eine Grabsteinhauer – etwas Silikose müßte man eben schon in Kauf nehmen für den gewissen Luxus, zu wehleidig dürfte man nicht sein, wie jener sich mit überheblichem Understatement ihm gegenüber gerne auszudrücken pflegte: andere hätten sie und doch bliebe ihnen nichts zu festen, hätte er dem ein paar Mal schon gern zurückgegeben –, der andere Passionsspieler, während der Dritte, eben der ehemalige Bühnenmeister, Tag und Nacht, nachts sich jeweils vom täglichen Leerlauf in ständiger Bewegung erholend, wie er sagte, dauernd beschäftigt, obwohl vom Spielleiter, dem Passionsspieler, weil seine, des Arbeiters Bewegungen Mimik Gestik weniger zickig, dafür ausgeprägter als die seinigen gewesen wären, was der Spielleiter als Schauspieler nicht zu vertragen schien, mit delikatesten Ausdrücken wie fauler Schlamper Zeitlupe und, da sich der Bühnenmeister diese Beschimpfungen jeweilen noch ruhig anhörte, Arsch mit Ohren, oder was alles mehr einfällt, gescholten, über-

schüttet mit den Ingredienzen eines direktorialen Wortschatzes, den jener als Schauspieler in jahrelanger Übung sich aneignete, mit Hilfe auswendig zu lernender und brav auswendig gelernter Rollen und Passagen aus Stücken von der Klassik bis zum Anbruch der Moderne und etwas darüberhinaus, tagtäglich, um im Bild zu bleiben, mit BLICK und TAT à jour gehalten und für kulturelle Belange, weltgewandt wie der Spielleiter sich gern gäbe, WELT und ZEIT unter den Arm geklemmt, wenn er über die Bühne stolziere oder die Reichsgasse in Richtung Hotel Central hinauffedere, und zu Hause durch READERS DIGEST noch etwas aufpoliert, in recht vielfältigem Wortschatz also gescholten, wie man sehe, unten in der Werkstatt nächtelang an einem alten Motor herumgebastelt und gepröbelt habe, Kolben ein- und ausbauend, sich vom täglichen Leerlauf erholend, bis eines Nachts eins dieser öligen und rußigen Experimente, es hätte so kommen müssen, blutig geendet habe, hatte der Beleuchter erzählt. Von Glück könnte man reden, habe der Direktor gemeint, daß die Auswirkungen eingedämmt werden konnten, bevor sich die Funken ins Gerümpel einnisteten; das Brennstoffgemisch im Vergaser hätte sich eben unprogrammiert entzündet gehabt, der Fundusramsch wäre ein Fressen gewesen für die Flammen – heute noch gliche die Werkstatt mehr einer verrußten Schmiede, und allerhand Pläne wären dort unten ja gopfertamminochmal schon geschmiedet worden, der Direktor könnte davon sicher am besten ein Liedchen pfeifen, hatte der Beleuchter erzählt. Der Direktor oder dieser Spielleiter mit seinen Zwischensaisonpassionsspielen – er kenne keine Zwischensaison, er wüßte gar nicht, welche von beiden nun die Zwischensaison wäre, die Spielleitersaison hier oder die Passionssaison im Ammergau, hätte der ihm weiszumachen versucht, die Oberammergauerpassionszeit daure den ganzen Sommer über, solange das Wetter es erlaube und die Touristen kämen; auch letzten Sommer, leider ein wahrer Regensommer, auf den Oberammergauer Passionsspielen als Lückenbüßer wiederum den Heiland spielend – habe tief im Winter schon begonnen, sich hierfür einen Bart wachsen zu lassen, habe monatelang dann am sprießenden Gestrüpp herumgeschnipselt und geschnefelt, um bereits ins Programmheft ein bärtiges Bild, echt, nicht billig aufgeschminkt eben, plazieren zu können, hatte der Beleuchter erzählt. Die Aufnahmen seien gegen Ende der Spielzeit an einem probenfreien Vormittag auf der eigens dafür hergerichteten Bühne gemacht worden, nicht vom Hausfotografen, nein, von einem extra herbestellten Fotografen, von seinem Privatfotografen wohl, der den auf einem Barhocker mitten auf der Bühne raffiniert ausgeleuchtet in Denkerpose thronenden Spielleiter umtänzelnd unter allen möglichen Beleuchtungseinstellungen und Blickwinkeln abgenommen habe, in Profil Halbprofil und frontal als Brustbild Kopfbild und total, möchte man reimen; über eine Stunde hätte dieser Tanz gedauert, assistiert von seinen schmächtigen ihn eifrig umtänzelnden Wedeln, seinen Assistenten, wie er sich ausdrückte, Claudio Carlo Ranzo und wie die alle hießen, gute Hähne wären selten fett, heiße es ja, welche dem auf dem Stühlchen hockenden Leiter ein leidend ernsthaftes Lächeln abzuscharwenzeln vermocht hätten, in alberne Jacken gezwängt, vor kurzem noch hinterwäldlerisch geschnödet, Tweedkittel mit breit ausgestopften Schultern, der eine in Jeans gezwängt, der andere in Bundhosen schlotternd, bald halbhochhackig hart, bald auf Fioruccinaturgummi weich einherschwebend, mit Glasblicken voll Verlangen, vom Hauch holder Kunst kurzatmig und asthmatisch beseelt, getan wie geheißen, besessen, linkisch erfreut und überglücklich, auf den Brettern, welche für sie, dieses lauernde schwärmerisch geschwätzige Pack, anscheinend die Welt bedeuteten, mit dabeisein zu dürfen, die könnten einem schon auf den Wecker gehen, wenn man zu arbeiten gezwungen sei und die einem lauthals überall im Weg stünden, so lange zumindest, bis einem die Nerven durchgingen, wie einmal, mitten in der Generalprobe, der ALPENKÖNIG, oder wär's CANDIDE gewesen, sei grad geprobt worden, als einem Arbeiter, der es gar nicht leiden konnte, wenn ihm, während er hinter den Kulissen an einem Scheinwerfer döste, den Lichtstrahl seitlich hinter dem Portal in ein Wasserbecken gerichtet, in welchem ein schräg hineingestellt ab und zu leicht bewegtes Chromblech Wasserspiegelungen an die Kulissen warf, Venedig oder einen lieblichen Bergsee vortäuschend, dauernd diese kleinen Engel, jeder einzelne ein wachsam auf Erkundung gesandtes Auge des Spielleiters, hautnah um die Beine strichen, der Kragen platzte und der Arbeiter einen anbrüllte, mitten in den Text fahrend, wenn holder Engel nochmal vorbeizukommen gedenke, richte er bis dahin eine Schraubzwinge, die er dann präzise angepaßt zu spüren bekäme, oder er schmeiße ihn in den Orchestergraben, dort könnte er sich dann zusammensuchen gehen; hau ab Clavigo, so nannten sie jenen Claudio, hau ab und zieh Fäden, habe der Arbeiter mehrmals gebrüllt, so laut, daß man's durch die Scheibe hindurch bis hier herauf in die Beleuchterkanzel gehört habe; recht so, habe er hier oben im stillen gedacht; es brauchte ja einiges, bis man Lust zum Zuschlagen bekäme, bis man sich nicht mehr beherrschen könne, doch in Schmalz hineinhauen möge man dann auch wiederum nicht, drum unterließe man das Schlagen eben meist und brüllte statt dessen etwas durch die Gegend, bis alles wiedereinmal in bühnengerechte Hysterie verfiel und ein wilder Tanz blasiertes Gekeife über die Bühne fegte, vornan, flötend, wie dereinst der Rattenfänger zu Hameln, der Spielleiter, sie, die versteckter Werkelnden, hießen ihn längst nur mehr Mister Muff, der wär ja Kellerfeuchtigkeit Pulswärmer und Sauertopf in einem, hinten bunt durcheinander Regisseur Assistenten und Komödianten; der Erfolg solcher Kurzschlüsse wäre der, daß sich, wenn alle nach der ersten Erschöpfung erholt aus dem nächsten Theatercafé zurück wären und weitergearbeitet werden könnte, wenigstens für die nächsten paar Tage nach solchen Komödien – das wären die interessanten Theateranlässe, diese Aufführungen sollte man dem Publikum zeigen, damit dieses sähe, was Arbeit wäre, eine Turbulenz zum Totlachen wär das, reinste Commedia dell'arte – etwas weniger Gekrabbel, wenn er dies so nennen dürfe, zeigte; dies aber nur in Klammern, hatte der Beleuchter erzählt, sich erneut nachschenkend und das Glas, leicht beschwipst schon, in einem Zuge leertrinkend. Um aber auf jene andere Vorstellung zurückzukommen, diese technischen Defekte kenne man ja, doch, zufällig wäre damals wirklich einer eingetreten, sonst pflegten sie sich jeweilen vor Premieren gerne zu häufen, technische Defekte oder eine plötzliche Erkrankung im Personal, immer plötzliche Erkrankungen, im künstlerischen Personal, und dort wiederum vorwiegend des Hauptdarstellers, wären von der Direktion oft genug als Grund angegeben worden, um eine unfertige Inszenierung mitleidheischend vertuschen oder eine aus was für Gründen auch immer ausfallende Vorstellung rechtfertigen zu können; Mitleid erbrächten einzig plötzliche Erkrankungen, das Publikum fresse anscheinend alles, wenn es angemessen formuliert sei und ihm schmackhaft, mit Rührung flambiert präsentiert werde; erstens gut formulieren, zweitens schmackhaft präsentieren, zwei der Hauptspielregeln, davon hänge nun einmal wirklich sehr viel ab, eins allein genüge selten, aber es gebe Ausnahmen, da helfe auch beides zusammen nichts mehr; er erinnere sich gut an einen Abend, an jenen Operettenabend, der eben nicht habe stattfinden können, weil es, wie Regie und Direktion nachmittags an der Generalprobe hätten feststellen müssen, der Hauptdarstellerin einfach nicht gelingen wollte, mit ihrer Stimme über die Rampe zu kommen, gegen das Orchester anzukommen, hatte der Beleuchter erzählt. Plötzlich, nachdem man es wochenlang während intimer Proben mit dem Korrepetitor am Flügel überhört hätte, habe ihre Intonation eine irreparable Unsicherheit aufgewiesen, was sei da anderes übriggeblieben, als die Premiere, buchstäblich in letzter Minute, ins Wasser fallen zu lassen oder, falls man lieber wolle, mit der Hauptdarstellerin, er hätte sie so gut leiden mögen, die, wie ein Arzt in den frühen Abendstunden am Telefon solle mitgeteilt haben, diesem Druck, verständlicherweise übrigens, möchte er meinen, nicht mehr gewachsen gewesen wäre, ins

Krankenhaus fallen zu lassen, hatte der Beleuchter erzählt. Inzwischen wären sich nämlich plötzlich alle einig gewesen, daß es nicht genügte, diese Rolle mit einer zur Not singenden Schauspielerin zu besetzen, einer zierlichen, äußerst angenehmen Komödiantin mit ganz hübscher, für diese Aufgabe aber einfach zu kleiner Stimme; daß man doch besser getan hätte, wie vereinzelte Stimmen längst munkelten, nachträglich gäbe es immer welche, die alles im voraus gewußt haben wollten, eine zumindest leidlich schauspielernde Sängerin mit möglicherweise nicht ganz so ebenmäßigem, bestimmt etwas weniger zierlichem Körper zu verpflichten: man hätte halt doch Frau Kubus engagieren sollen, wie vorgeschlagen gehabt, habe der Spielleiter gemeint; dazu sei es zu dem Zeitpunkt allerdings endgültig zu spät gewesen, weder ein erbleichter Direktor im Kassenraum, noch, da der Premierendruck eben unversehens in Elend umgekippt war, ein heulendes Ensemble hinter dem diesen Abend unerbittlich unten bleibenden Vorhang, hätten daran etwas zu ändern vermocht; seinetwegen hätte man statt dessen den ganzen Abend lang DIE WUT ÜBER DEN VERLORENEN GROSCHEN spielen können, hatte der Beleuchter erzählt, der sich zuvor, schon während des Redens, auf seinem Stuhl oder eben, wie festgestellt wurde, lehnenlosen unbequemen Hocker, vom Stellwerk abgedreht und der Zählerwand hinter sich zugewandt gehabt hatte, um intensiv den Hauptzähler zu betrachten, den Hauptzähler mitten in der Zählerwand mit den dazugehörigen Sicherungsbatterien, wobei es sich bei den Sicherungen selbstverständlich um neuartige, bei Ausfall einfach durch Knopfdruck wieder in Funktion zu setzende und nicht mehr um die alten mit Schraubverschluß und bei jedem Durchbrennen ins runde Sichtfenster kullerndem Farbaug handelte. In der unteren Hälfte des Hauptzählers befindet sich, als elliptischer Schlitz horizontal im schwarzen Gehäuse, ein schmales Sichtfenster, das den Blick freigibt auf eine hinter dem Glas schwach indirekt beleuchtet, bei Stromverbrauch unentwegt ohne geringstes Stocken sich drehende Metallscheibe, deren kontinuierliche Drehbewegung indessen, obwohl der Scheibenrand, gewissen Geldstücken ähnlich, geriffelt ist, weniger an dieser Riffelung und den dadurch bedingten Lichtreflexen sichtbar wird, als an einer in bestimmten Abständen immer wiederkehrenden und also systematisch beobachtet einigen Aufschluß über das Wesen, den Ablauf der Zeit und damit der Geschichte gebenden roten Markierung auf dem Scheibenrand – entweder wäre alles durch Geschichte determiniert, schreibt Elfriede Jelinek in einem Aufsatz zum Werk von Thomas Pynchon, oder Geschichte wäre nichts als ein wahlloses Sammelsurium aneinandergereihter bedeutungsloser Einzelheiten –, wobei die Drehbewegung der Scheibe im Zählerkasten, wie man feststellte, beobachtete man sie nur lange genug, gewissen dynamischen Schwankungen unterworfen ist, diese Schwankungen wiederum wohl auf vermehrten Stromverbrauch, was sich am Wiederkehren der Markierung auf der Scheibe im Sichtfenster in kürzeren Abständen zeigt, oder geringeren Stromverbrauch, was sich an längeren Abständen zeigt, zurückzuführen sind. Zum Zeitvertreib kann man das Auftauchen, Vorbeiziehen und Verschwinden der Markierung im Fenster durch jedesmaligen Strich auf einem Blatt Papier festhalten und der Übersicht halber jeden fünften Strich schräg führen, so lange wie man will, bis bei ausgeschaltetem Strom die Markierung nicht mehr auftaucht oder, ist sie bei schon stark gedrosseltem Strom mühsam von links kommend wohl nochmals im Sichtfenster aufgetaucht und hat sich auf die Mitte zubewegt, bei einem Blackout dort stehen bleibt. Haut es oder haut man, was eher die Regel ist, zusätzlich auch noch die Hauptsicherung aus, verlöscht selbst das schwache Licht hinter dem Zählerkastenfenster. Nach einer gewissen Zeit hatte der Beleuchter, wie automatisch hinter sich langend, sein Glas aufgehoben, hatte es in einem Zuge leergetrunken und mit dem leeren Glas hierauf gespielt, es eine Zeitlang vors Gesicht haltend, an ihm drehend, durch es hindurch, wie durch ein umgekehrt vor die Augen gehaltenes Opernglas, in diesem Falle jedoch mit äußerst schlecht geschliffenen Linsen, das Bühnengeschehen betrachtend, dem er sich vom Zähler weg inzwischen wieder zugedreht hatte, bevor er es auf den Tisch zurückgestellt, besser, weil sie, der Beleuchter und er, sich ja in der Beleuchterkanzel oben befanden, wo außer dem Stellwerktisch kein Tisch vorhanden war: dieses leere Glas, nachzufüllen gab es nichts mehr, weil die Flasche ebenfalls leer war, unsanft aufs Stellwerk neben dem Hauptschieberegler aufgesetzt hatte, lieber wohl auf diesen Schalter draufgehauen hätte, in etwas größerer Besöffnis, angeödet vom Betrachten des lugubren Spiels. Dieses Spiel, die letzte Vorstellung übrigens, dem sie, der Beleuchter und er, bereits den ganzen Abend ausgesetzt waren, wollte und wollte nicht enden und gab nach wie vor nichts zu tun als präsent zu sein für ein paar Lichtwechsel; für allfällige Zwischenfälle gewappnet dazuhocken. Da gab es nicht einmal aus Langeweile etwas zu lachen oder zu lächeln, selbst in höchst angemessener, keinesfalls normsprengender Lautstärke nicht, in einer unteren Zimmerlautstärke, die auf Wunsch um einige Dezibel angehoben werden kann. Noch weniger gäbe es da zu lachen als bei jenem Operettenabend, wo er sich, kaum hätte er aus dem Kontrollautsprecher, für einmal nicht abgeschaltet, vom Inspizienten auf der anderen Seite der Gegensprechanlage vernommen gehabt, der Direktor lasse ausrichten, die Premiere könne leider nicht stattfinden, die Hauptdarstellerin sei plötzlich erkrankt, man könne abbauen und für den nächsten Tag herrichten, ein Lachen nicht mehr habe verkneifen können; natürlich erst nachdem er zuvor rasch das nach außen tragende Mikrofon abgestellt gehabt hätte; ja abgestellt, nicht zuletzt aus Respekt vor gewissen Mitarbeitern, welche sich, da doch schon alles bis zur letzten Strebstütze aufgestellt gewesen wäre, berechtigt auf den Abend gefreut hätten, hatte der Beleuchter erzählt. Ein ausgefallener Operettenabend. Die Tragödie der Komödie, verkündete anderntags eine Zeitung, welche sonst bei jeder sich bietenden Gelegenheit kaum darum herumkommt, das Theater zu loben, die, wie sie meint, unermeßlichen Verdienste des bald scheidenden Direktors – beim kommenden wird sie es, läßt er sich nicht gar Arges zuschulden kommen, gleich halten – hochzujubeln und mit weitaufgerissenem gefräßigem Rachen in jede Haushaltung hineinzubrüllen, penetrant huldreich geschwollen, daß es dem letzten schwant, und schwammig, wie es sich für ein Blatt gehört, das in der Werbung eine Monopolstellung einnimmt, diese Schlagzeile TRAGÖDIE DER KOMÖDIE, gestohlen selbstverständlich, hatte die Zeitung anderntags über einen etwas unschlüssig zwischen Trauer und Gehässigkeit schwankenden, im übrigen diesmal jedoch wohl nicht einfach aus irgendwelchen Pressemitteilungen übernommenen, sondern von einem eigenen Redaktor geschriebenen Artikel gesetzt: die Tragödie der Komödie war perfekt. Das Publikum, in voller Garderobe, in vollem Ornat durch Niesel und Schneematsch herbeigeströmt, ehrlicher: von Taxis und den hauseigenen Chauffeuren in gutgeheizten Wagen durch den Pflotsch herbeigeschleppt, hatte, ob mürrisch oder nicht, an der Garderobe von Garderobieren, an der Kasse von einem bleichen Direktor und seinen Kassiererinnen oder auf den letzten Metern vor dem Theater bereits von unterrichteten Premierengängern unterrichtet, unverrichteter Dinge umkehren und in die privaten Appartements zurück müssen oder hatte in anderen Etablissements Zuflucht und Trost suchen gehen können.

An jenem anderen Abend, um darauf zurückzukommen, dem Abend mit dem direktoralen Slapsticktanz an den Streben, wie er ihn nenne, wäre die jenen Tanz und die anschließende Unterbrechung bedingende Störung, eine kleine Störung im alten Stellwerk mit seinen Tücken, ihm hätte es trotz allem gefallen, ab und zu hätte es die rechten, eine der Maschinen moralischer Unterdrückung, wenn man so wolle, getroffen, bald behoben gewesen, und er habe vom Spielleiter, von diesem Herr Oberspielleiter, der es zum Direktor gebracht habe, die Anweisung erhalten, das Saallicht wieder weich abzuziehen, hatte der Beleuchter erzählt. Nachdem sich der Vorhang in der finsteren

Pause lautlos geöffnet hatte, konnte das Spiel bei instandgestellter Beleuchtung, die unterbrochene Szene wiederholend, als hätte man den Film zurückgespult, ein Stück weit schon einmal Gesagtes nochmals sagend, mit gleicher Wirkung, ohne daß sich also etwas änderte, weitergeführt werden; der jugendliche Held, sein blutiges Schwert in die Scheide stoßend, hätte dann doch noch seiner mühsam eroberten Geliebten, die zwar bloß mit erstaunter Miene oder aber, von Glück überwältigt, mit etwas verdrehten Augen dazustehen gehabt hätte und seiner Liebeserklärung, seinem Monolog, einer mühsam eingeübt heruntergehaspelten Tirade voller Wohlklang, kaum zu lauschen schien, da sie ohnehin genug damit beschäftigt gewesen wäre, ihrem Busen allen sichtbar das nötige Beben beizubringen, glücklich in die Arme fallen können; und der Zuschauer, von der Tragikomödie oder eben Tragödie ebenfalls zufriedengestellt, hatte wieder einmal den obligaten erschütternden Toten, der einen jeden gedankenlos mitleiden ließe, der die Komödie anscheinend erst zur Tragödie machte und als solche zum tiefgreifenden Ereignis überhöhte, möchte er sagen, und auf diese Weise sehenswerter, weil eben seriöser und unverbindlicher erscheinen ließe als eine Komödie, nur leicht verspätet höchst angemessen präsentiert bekommen; das Sterben noch durch ausgezeichnete Diktion ausgezeichnet; theatertot, beklatschbar, monumental lächerlich, wie er fände, wobei ihn diese Aufführung, gerade weil sie nicht so rund und glatt wie üblich abgeschnurrt wäre, die beste gedünkt hätte, ja eigentlich müßte man solche und ähnliche Widerstände vermehrt und bewußt in die Inszenierungen einbauen, ungeahnte Möglichkeiten stünden da offen, hatte der Beleuchter erzählt. Die Szene unverhofft mitten im angefangenen Satz, mitten in einer Bewegung unterbrechen, mitten im Wort stoppen, um den letzten Buchstaben im weitaufgerissenen Maul stehen, als Orgelpunkt weiterklingen, weitersummen zu lassen, wobei aus den Kulissen, völlig fremd sowas, völlig unbedeutende, allen im Saal sitzenden unbekannte Figuren träten, die sich mit ihren Stimmen, während dieser Orgelpunkte das Stimmganze trüge oder grundierte, darüber, unbekümmert um Konsonanz oder Dissonanz, bewegten und angeregt über die natürlichsten Belanglosigkeiten unterhielten, über Probleme beim Abstützen von Kulissen vielleicht, und wieder, unauffällig wie gekommen, verschwänden; oder, allen Opernfreunden zuliebe, das Recitativo des Dialogs oder Monologs in eine Arie umkippen lassen, den im Mund steckengebliebenen Buchstaben oder Laut als Koloratur terrassendynamisch oder, schmiegsamer, dem Ausdrucksbedürfnis einer empfindsamen Zeit entsprechender, fließend gleitend von Stärkegrad zu Stärkegrad, den Quartenzirkel und Quintenzirkel auf und nieder durch alle Tonarten und Tonlagen jagend, ob in Ganztönen oder in Halbtönen, und, warum eigentlich nicht, auf gängige Harmonie ausgerichtete konfektionierte Hörgewohnheiten mißachtend, in Dritteltonschritten, in irrwitzigen chromatischen Läufen, von sechzehn bis sechszehntausend Hertz, ein sirrender Faden vom fast Dunklen ins fast Dunkle, ritardando, accelerando, DAMIT MIT LOCKREM ANSATZ SINGEN KÖNNEN VON DEN WUNDERN DEINES TUNS DIE SCHÜLER LÖSE DER SÜNDHAFTEN LIPPEN FEHL HEILIGER JOHANNES, Guido d'Arezzos erste Solmisation, auf und nieder, Lateinisch, versteht sich, um dann das Spiel unvermittelt weiterlaufen zu lassen, den gewohnten Gang; oder den Text weiterlaufen lassen, über Lautsprecher in den Saal übertragen, während die Figuren, in ihren Bewegungen erstarrt, sich in fahl und fahlerem Lichte hochreckten, ihre Gliedmaßen maßlos in die Länge wüchsen, deren Fleisch wegfröre, das Fett der Leiber in Zeitraffer abmagerte und zu einem riesenhaften Fuß verschmölze, eine großartige Szene endlich, eine Giacomettiszene; oder man könnte die mitten im Satz, mitten im Wort unterbrochene Szene blitzschnell zurückspulen, ein Stück weiter vorn wieder einrasten lassen, diese zurückgespulte Strecke erneut abspielen und am gleichen Punkt wieder ausklinken, um das gleiche erneut zu wiederholen, gleich oder, da es sich ja um Theater handelte, sehr ähnlich, wie man vielleicht merkte, nochmals und noch einmal und wieder und immer und immer wieder, da capo ad libitum, achthundertvierzigmal beispielsweise wiederholen, wie es Erik Satie von einem Stück VEXATIONS, das er für Klavier geschrieben, verlangte, oder wie Roscoe Mitchell, der in seinem Saxofonsolo NONAAH beim Jazzfestival in Willisau mit großer Ruhe, unbeirrt vom Lärm der ihm entgegengeschlagen, die immer gleiche Phrase geblasen hatte, wie es zumindest all jenen geschienen, die, unfähig zuzuhören, bald einmal gepfiffen und Weiter weiter dreingeschrien hatten, ein Hick in seiner Platte habe der wohl, dieser schwarze Anfänger, die gepfiffen hatten, weil sie, sonst mit Hilfe schön einlullender Musikgschichterl gewohnt, über alles hinwegzuhören, für einmal gezwungen gewesen waren, etwas ganz Einfachem zuzuhören, nämlich daß Roscoe, an einem bestimmten

Punkt im Zirkel angekommen, nur ständig versuchte, die gleiche Periode wieder zu blasen, und diese dabei fast unmerklich dauernd moduliert variiert hatte, paraphrasiert periphrasiert, bis der Zuschauer Zuhörer nach und nach durch eine bemalte Glasscheibe hindurch eine andere bemalte Glasscheibe zu sehen geglaubt hatte. Wie in der Sahara, wo er sehen gelernt hätte, daß die nie gleichen gleichen Sanddünen nur für die gleich wären, welche blind, unempfindlich für Licht und Schatten, einfach möglichst rasch dazwischen hindurchfrästen, eine riesige Staubwolke hinter sich, stolz auf sich und den kräftigen Wagen unter dem Arsch und die danach, beim obligaten Diaabend bei sich zu Hause in den mit allerhand Trophäen und Fellen ausstaffierten vier Wänden, berichteten, nichts als Sanddüne an Sanddüne reihe sich dort, alle gleich, vielleicht das rechte für Sändeler; man atme echt auf, wenn man durch diese Einöde durch wäre, hätte auf dem Schiff zwischen Tunis und Palermo einer zu ihm gemeint, der, stolz auf diese Leistung, in vierzehn Tagen von Mali ans Mittelmeer geblocht wäre, hatte der Beleuchter erzählt. Die gleichen atmeten im Theater, dahin gingen sie ja, weil es sich gehörte, wohl auch auf, wenn man, nachdem ihnen lange genug die gleiche Stückpassage wiederholt worden wäre, das Stück unverhofft über den kritischen Punkt, der bald nicht mehr als solcher beachtet würde, hinausfahren ließe, erleichtert, vielleicht sogar etwas aufmerksamer fürs Folgende; in diese Erleichterung könnte sich jedoch Angst einschleichen, daß das Stück gleich wieder ausklinken und der Gemütlichkeit, ob einer lustigen oder traurigen, erneut ein jähes Ende bereiten könnte; ein frommer Wunsch zwar, fürchte er, denn ein Großteil dächte kaum so weit, wenn mal alles rund liefe, und solange es rund liefe, machten die sich nicht allzu große Sorgen, im Gegenteil: sie wären ja hergekommen, um sich unterhaltenzulassen, basta; aber trotz allem, Möglichkeiten, das Theater abwechslungsreicher zu gestalten, stünden eigentlich offen, außerhalb öffentlicher Bühnen, an einem unerreichbaren Ort unter der Schädeldecke im eignen Kopf zumindest, hatte der Beleuchter erzählt.

Ein Vorfall wenige Tage vor dieser Stellwerkpanne und dem direktoralen Tanz an den Streben, der Sturz des alten Fleiß – jahrelang in der Industrie tätig, als Treuhändler, nun für Gastspiele, für Operetten zuständig – über die Vorbühne in den Orchestergraben hinein, über die für den Faust ins Leere hinausverlängerte, als rustikales Podest wie ein Laufsteg oder ein Servierbrett ins Publikum hineinragende oder hineingereichte und dort beste Plätze fressende Vorbühne seitlich in den Orchestergraben hinein, hätte eine weit schlimmere Tragödie abgeben können, mit weit schlimmeren Folgen als denen des teuflischsten kunstvollsten Bühnengemetzels, als schöne Kunst präsentiert genossen, schlimmer als die folgenlose Unzahl all der lächerlichen Tragödien Gewalttaten Morde, mit stumpfer Klinge und viel Ketchup und mit mühsam eingeübt hervorgequetschten gleichfalls folgenlosen Tränen danach; ernster als jede theatralisch erhabene Lächerlichkeit, hatte der Beleuchter erzählt. Warum Fleiß aber gerade an jenem Morgen so zeitig vor Probenbeginn schon über die Bühne gelatscht sei, wo ihm ein für FAUST hergerichtetes Podest, das des schwierigen Aufbaus wegen tagsüber während der Proben des nächsten Stückes stehengelassen werden konnte, im Dunkeln zur Falle geworden war, jedem mit der Topografie der Bühne nicht Vertrauten zur Falle werden mußte, hätte man sich, wenn hinterher auch müßig und höchstens für die Versicherungsgesellschaft von Interesse, fragen können, hatte der Beleuchter erzählt. Vielleicht hatte Fleiß einfach das für die Proben, an jenem Tag für den letzten Akt, hergerichtete hochkomplizierte Bühnenarrangement gelockt, ein verdammt kompliziertes Bild, welches zumindest eben für die Endproben, zuvor wär's zum Glück gar nicht fertig gewesen, jeweilen als Ganzes, weil die klobige Faustschanze den Platz versperrte und in einer vernünftigen Zeit nicht abzubauen gewesen wäre, um einige Meter hinters Portal in den Bühnenraum zurückversetzt hätte aufgebaut und, da dort hinten jeder natürliche Halt fehlte, noch etwas aufwendiger als am ursprünglichen, vom Bühnenbildner konzipierten Ort, abgestützt und verstrebt werden müssen, hatte der Beleuchter erzählt. Plötzlich hätten Andeutungen nicht mehr genügt; ein elender Büez wär's gewesen, bis das ganze Bild jeweilen dort hinten gestanden hätte; ein Krampf, damit die Schauspieler, wie der Regisseur, dieser echte Panikspezialist, betonte, ihre äußerst vertrackten Auftritte und Abgänge, teils beinahe im Dunkeln, natürlich nicht während der Proben, dann trampten die Schauspieler, in hartem Arbeitslicht gezwungen, unsicheren Gang zu mimen, herum, als ob sie sich im Finstern vorantasteten, trotzdem reell proben könnten; was tue man nicht alles, damit diese Schauspieler, gstabet, ungelenk, wie viele von ihnen wären, über einfachste Zuführtreppen, schlichte Eisenkonstruktionen, mit dämpfenden Filzmatten belegt, hinter den Kulissen rasch und sicher an den rechten Ort gelangten und einigermaßen gefahrlos aus den Kulissen heraus ins eigentliche Spielfeld steigen könnten, von der Galerie her eine elegante Freitreppe herab, über die Terrasse herein durch die Schwingtüre mit Glasschliffimitationen, oder seitlich davon durch eine Glasschiebetüre, seitlich, direkt vom Garten her oder von der gegenüberliegenden Seite aus den zwei Séparées, abgesteppte Polstertüren sanft hinter sich ins Schloß drückend, indiskreten Blicken zuvorkommend, in den Augen des Publikums, in Wirklichkeit jedoch einfach nur so rasch, daß hinter den Kulissen auf den Auftritt Wartende ungesehen, bis die Reihe an ihnen war, weiter blödeln konnten, sich einfaxen, wie einer, einmal daraufhin angesprochen, ihm geantwortet hätte, hatte der Beleuchter erzählt. Die reinste Raffinesse, vorn, aber auch hinter den Kulissen, und der Riesenbüez, wie gesagt, einzig den paar Auftritten und Abgängen zuliebe, wirklich: zuliebe; soviel, nur grad das Nötigste, über den an diesem Hause gängigen Sprachgebrauch, daß er es dem Frieden zulieb verhüllend oder, auch das passende Fremdwort hätte er sich angeeignet: euphemistisch auszudrücken wüßte, habe er gelernt, lange schon, eigentlich erstaunlich rasch, wenn er dies jetzt bedenke, es lohnte sich, denn an diesem Hause hier hätten nicht nur die Eurhythmieübungen und die unterschiedslos ob Komödie oder Tragödie weder erschreckenden noch erschütternden, ihn einzig langweilenden komischen nicht endenwollenden Vorstellungen jener aus Dornach, die jährlich einmal ihren Anhängern in der Stadt zuliebe hier in Ruch aufträten, übrigens höchst anständige und dankbare Leute diese Dornacher, etwas Euphemistisches an sich, wie nach dem letzten Auftritt der Dornacher, einem fast vierstündigen AMPHITRYON, bei dem Kleists Sprache einiges erdulden mußte, der Kritiker des Tagblattes, einer der üblichen Möchtegerndichter Abschreiber Abkanzler, nicht allzu witzig gemeint hätte, einer jener harmlosen armen Kerle, die, wenn ihnen das Essen nach einer Premiere etwas schwer aufliege, dazu der Wein vielleicht etwas zu sauer gewesen sei, ganz tüchtig zuschlagen könnten, nur dort allerdings, wo sie es sich ohne negative Folgen für sich selber glaubten leisten zu können, im Namen irgendwelcher vorgeschobener Freunde: der Abend blieb verschenkt, das Stück hätte Besseres verdient, fiele ihnen dann ein; Luftblasen statt Spannung, Hirnakrobatik statt zügige Handlung, mokierten sich dann diese Zerreißbrüder, deren hergewischtes Geschreibsel für ein Theater böse Folgen haben könnte, vor leeren Reihen spielen wäre ja nicht gerade das Wahre, hatte der Beleuchter erzählt. Aber allein die Kulissen hatten Fleiß, um vom leidigen Gestänker auf den zurückzukommen, an jenem Morgen vom Gwunder gestochen wohl kaum angezogen haben können. Eher wäre es schon in den Kulissen das Arrangement am Boden zwischen den Tischen gewesen. Ja, zwischen zwei Tischen, einem großen vorn, ungefähr in der Mitte, und einem kleinen runden, etwas zurückversetzt in der linken Bühnenhälfte stehenden, hatte da nämlich zu Beginn des letzten Aktes verwurstelt und vernuschelt, etwas Vielsagendes gelegen, eigentlich einzig aus dem Vorausgegangenen heraus einigermaßen verständlich, für die Proben einfach gestellt, ein lilafarbenes Satinkleid, kaum Seide, achtlos hingeschmissen, welches die Hauptdarstellerin, um sie mal so zu nennen, der Name, den sie in jenem Stück damals getragen, tue nichts zur Sache, er habe ihn längst vergessen, Namen seien nun mal nicht seine Stärke, gegen Ende des vorigen Aktes samt dazugehöriger reicher Unterwäsche, für die Proben ebenfalls gleich ins Arrangement integriert, in einem rasanten, aber trotzdem nicht weniger raffinierten und für hiesige Verhältnisse etwas gewagten Strip, der sicher seine Wirkung getan, sich von ihrem schönen, wenn auch nicht mehr ganz jungen Körper gestreift gehabt hätte – für die Proben des letzten Aktes, wie gesagt, auch an jenem Tag, an dem Fleiß dann in den Orchestergraben gestürzt wäre, von der Garderobiere hübsch arrangiert nachgestellt, während des Stückes gegen Ende des vorletzten Aktes abgestreift, mit gespielter Natürlichkeit –, bevor sie, die Hauptdarstellerin, EIN WUNDER VON MÄDCHEN, wie sie im Stück einmal von einem General genannt worden wäre, abgetreten sei, zusammen mit diesem General übrigens, ihrem Geliebten oder Kunden oder Gatten, blasierten Lebemann und Schwerenöter, laut Regieanmerkung, der die längste Zeit über, auch während ihrer etwas überstürzten Entkleidung, mit einem Offiziershut in Händen, diesen am glänzenden schwarzen Schildchen haltend, wie bestellt und nicht abgeholt in halber Achtungstellung, irgendwie stramm und steif jedenfalls und, warum eigentlich nur, unverständlich bestürzt, barfuß dagestanden hatte – ja, barfuß, tatsächlich barfuß, und wie angewurzelt, man würde dies zuletzt erwarten; ganz richtig: ein barfüßiger Offizier; seine staubigen Stiefel, staubig, als käm er direkt aus Dünkirchen, die Stiefel, mitsamt den Socken übrigens, diese besonders tief in die Stiefelschäfte stopfend, hatte der Offizier zuvor schon, einzig aus Rücksicht auf den hochflorigen flauschigen Teppich wohl, ausgezogen, gleich nachdem er mit ihr zusammen aus dem Dämmer vom Garten her in enger Umarmung, bald einmal jedoch verlegen werdend, durch die Glasschiebetüre hinten rechts, das innige Spiel der beiden durchs geschliffene und mit Ätzimitationen zusätzlich verzierte Glas hindurch schon eine Zeitlang zu beobachten, den Raum betreten gehabt hätte; nein, genauer: ausgezogen erst nachdem sie beide, sie auf einer Chaiselongue ausgestreckt fürs Publikum posierend, er in einen Ohrsessel gelümmelt, zusammen noch rasch eine Flasche Champagner, gebracht von einer kaum aufgetreten sich mit einem Knicks wiederum verabschiedenden schwarzen Bediensteten, gehöhlt gehabt hätten; umständlich ausgezogen, um den Tisch herum wirbelnd oder torkelnd, wie man es wohl besser nennte, den Stuhl in den Raum tretend und in ungelenken Bewegungen den Sektkübel, in dem ein Strauß lachsroter Rosen stand, die leere Flasche und die so gut wie geleerten Kelche vom Tisch hauend, in eckigem ungeschlachtem Tanz – in der Schule, in der ersten Klasse, zu einer Zeit, als man bei ihm zu Hause auf dem Dorf noch mit Griffeln auf Schiefertafeln kratzte, hätte er, der Beleuchter, eine Griffelschachtel gehabt, auf deren Deckel ein Wichtel, ACH WIE GUT DASS NIEMAND WEISS DASS ICH RUMPELSTILZCHEN HEISS, ums Feuer tanzend abgebildet gewesen wäre, und an diese Abbildung habe ihn der Offizierstanz in jeder Vorstellung jeweilen erinnert –, der Offizier, von einem Bein aufs andere springend, skandiert durch ihr Gejohle, dem Duett zwischen einem warmen Mezzosopran und einem heiseren Baß, die Füße durch die Luft schmeißend und verzweifelt schüttelnd, von heftigem Stöhnen begleitet, ohne die Stiefel jedoch von den Füßen wegzukriegen, das Vorhaben glückte erst nach etlichen vergeblichen Versuchen mit Hilfe eines ihm von ihr gereichten Stiefelknechts, er schwankend draufstehend, sie am Boden kniend das Brett ums Leder herum haltend; nein, wiederum nicht so rasch, denn mitten in seinem Tanz um den leergefegten Tisch herum habe der Offizier plötzlich innegehalten, auf einem Bein schwankend, das andere hoch in die Luft geworfen, und habe ausgerufen WELCH EIN STAUB WELCH EIN STAUB WELCH EIN STAUB, immer leiser, bis er sich erschöpft habe in den Sessel fallen lassen und nach einer Weile, in sich versunken, mit einem weißen Nastuch, das er zuvor schon aus der Jacke gezogen und während des Tanzes wie ein Fähnchen über dem Kopf geschwenkt, seine staubigen Stiefel zu polieren begann, liebevoll, im Ohrsessel lehnend, erst den linken, das linke Bein übers rechte geschlagen, so gut dies seine Leibesfülle zuließ, dann umgekehrt den rechten, um erst danach zu versuchen, die polierten schwarzen Insignien, in gemeinsamer Anstrengung mit ihr und dem Stiefelknecht, von seinen Beinen und Füßen zu kriegen und hierauf mit der einen Hand seinen Hut am schwarzen Lackschildchen zu packen, vom Kopf zu nehmen und mit der Rechten, mit dem nun verstaubten und verdreckten Nastuch, sich den Schweiß von der Stirn zu wischen, in fahrigen Wischbewegungen, um danach schwer atmend und bleich, mit an den Schläfen klebend einst seine Glatze kaschierenden Haarsträhnen, die Arme schlaff über die Lehnen hängenlassend, das Nastuch wäre ihm aus der Hand auf den Teppich gefallen, den Blick stur gradaus gerichtet, bewegungslos im Ohrsessel sitzen zu bleiben; während sie, die ihm keine Beachtung mehr schenkte, längere Zeit damit beschäftigt gewesen wäre, einen gleich nach dem Eintreten vom Tisch aufgehobenen, in ihre Handtasche gesteckten und somit in Sicherheit gebrachten Brief zu lesen, schläfrig geworden, halb im Traum oder alkoholisiert, wie sie gewesen wäre, den Brief immer wieder zu lesen, erst mehr überfliegend, dann hätten sich dazu ihre Lippen bewegt, bis ihr, nun halblaut gesprochen, der so oft wiederholte Text fremd vorgekommen zu sein schien und sie WAS IST DARAN SCHON ausgerufen hätte, mehrmals; nein, halblaut und mehr zu sich anfangs und erst langsam lauter werdend, und sie hätte auch nicht den Text des Briefes gelesen, laut und ruhig mit einemmal, sondern einen im gleichen Umschlag steckenden, von der Lehrerin, wie es in einem Begleitbrief geheißen, der vielen, allzuvielen Fehler wegen an sie, die Mutter, zur Einsicht geschickten Aufsatz ihres in die Sonderschule versetzten Sohnes, einen Fantasieaufsatz, wie die Hauptdarstellerin sich auszudrücken gehabt hätte, den Wortlaut dieses Aufsatzes könne er, der Beleuchter, noch auswendig, so oft wie er sich ihn ja habe anhören dürfen, oder müssen – der Regisseur hätte diesen Text, einen wirklichen, eines Tages von ihm, dem Beleuchter, auf dem Weg zur Probe auf der Straße gefundenen, in etwas ungelenker Steinschrift geschriebenen Schüleraufsatz, einzelne Wortteile da und dort unter die Linien geraten, unbedingt haben wollen –; nichts Besonderes: DER VATER habe sein Titel gelautet, hätte auch der Titel des Stücks heißen können, in dem ein Vater zwar nie aufgetreten oder aber in vielen Verwandlungen aufgetreten wäre, DER VATER IST POLIZEI-

BEAMTER ER MUSS RAPPORT SCHREIBEN ER MUSS NACHTDIENST MACHEN ER FÄHRT MIT DEM STREIFENWAGEN ER MUSS DEN VERKEHR REGELN ER NIMMT UNFÄLLE AUF ER SUCHT NACH VERBRECHERN UND SUCHT VERMISSTE PERSONEN ER MUSS ALLEN LEUTEN HELFEN UND SORGT FÜR RUHE UND ORDNUNG; was sei daran schon, habe die Hauptdarstellerin, kurz nach der Lektüre erst mal in betretenes Schweigen verfallen, vom Regisseur so gewollt, danach, wie erwähnt, mehrmals gesagt, was sei daran denn schon, sowas liege wohl noch drin; nichts weiter; der Offizier wäre jedoch mitten in ihrer Lektüre plötzlich aufgestanden und dann während ihrer, um nur raffiniert zu sein, etwas zu überstürzten Entkleidung, bewegungslos, stumm und starr, mit seltsam bestürztem Gesichtsausdruck, dagestanden: ein Reiter in Reithosen, seiner Stiefel entledigt, barfuß; wie abgesägt schaue so einer dann aus, wie erst ohne Hosen; mache wirklich nicht sonderlich groß Staat; ja, beobachtete man Füße und Gesicht getrennt, könnte leicht der Eindruck aufkommen, man habe es mit zweien zu tun, einem in Natur, mit schwieligen Füßen wie jedermann, und einem aufgebauten, durch Uniform und Rangabzeichen aufgebauschten aufgeblasenen und mit letzter Anstrengung nun das bißchen Gesicht vor gänzlichem Verfall bewahrenden; dann, nach der Lektüre bald einmal bis auf ihre hochhackigen Sandaletten ausgezogen, hätte er sie den Offizier sanft an die Hand genommen, ohne ein Wort zu sagen, ihm nur noch den Hut aus der Hand und den Gürtel abnehmend und Hut und Gürtel vor der linken Bühnenwand zwischen zwei gepolsterten abgesteppten Türen an einen freistehenden Kleiderständer in Wienermanier hängend; der

Offizier, allmählich aus seiner Trägheit oder Geschlagenheit erwachend, sich ins Kommende schickend, unschlüssig und unbeholfen erst, dann bald tapferer, hätte begonnen, hastig seinen Uniformrock, ohnehin von keinem Gürtel mehr ordentlich über dem gewölbten Bauch zusammengehalten, aufzuknöpfen, mit einer Hand nur, mit der linken, um genau zu sein, und darum etwas linkisch; an der rechten ja von ihr gehalten, die ihn nun sanft aber bestimmt durch die vordere der beiden Türen, die Türe plötzlich fast verschämt und eine Spur zu hektisch hinter sich zuziehend, von der Szene abgezogen hätte, so daß nur der Gürtel, zusammen mit dem Offizierssäbel, beim durch die Türe Abtreten von ihr, verschmitzt zwinkernd, durch die flinke Handbewegung in Schwingung versetzt, am Ständer langsam ausbaumelte; so oder ähnlich hätte sich die Szene jedenfalls abgespielt, eine recht eigenartige Szene, wenn man wolle, recht unbedeutend im ganzen Spiel; genau, mit zweifelsfreier Sicherheit, könne er nachträglich, jetzt eben, nicht mehr sagen, wie es damals gewesen wäre, der Wein müsse ihm doch etwas zu Kopf gestiegen sein, die Gottesanbeterin hätte es also in sich gehabt; aber bei so vielen Szenen, im Lauf von Jahren gesehen und beleuchtet – immer nur den Zählerkasten anglotzen, das Drehen der sich drin drehenden Scheibe verfolgen und auf das Zeichen für den Blackout warten, ende überhaupt alles mit einem Blackout und nicht mit einem sehr weichen allmählichen Abziehen der Scheinwerfer, wäre nichts –, gerate einem auch in völlig nüchternem Zustande leicht mal etwas durcheinander; ein österreichischer Freund hätte einmal nicht ganz zu Unrecht gemeint, manch einer sähe selbst besoffen klarer als viele, die sich so viel auf ihre Nüchternheit einbildeten; ja, selbst wenn für einen der Vorsatz REKAPITULIEREN STATT ERFINDEN ANTWORTEN STATT DARSTELLEN gälte, wüßte man am Ende nicht mehr mit Sicherheit zu unterscheiden, ob man nun etwas zusammenfabulierend träume oder sich untrüglich erinnere oder beides in einem; vielleicht wäre dies ohnehin das gleiche, etwas betrachtend erinnere man sich an Vergangenes, weit Zurückliegendes, an die Kindheit, die einem dauernd in die Quere käme, wobei das Betrachtete unversehens das Erinnerte zu beeinflussen begänne, lenkte, färbte, wie umgekehrt: Erinnerungen wucherten, dehnten sich, zerfaserten, das Betrachtete verschwömme, bis man meinte, eben noch feststehende Dinge wären verrückt worden, bald dergestalt, daß, risse man sich nicht immer wieder zusammen, zwackte man sich nicht aus der zum vornherein falschen Wehleidigkeit, aus seinem ständig im Vergangenen herumsinnieren, achtete man nicht auf den momentanen Szenenablauf, auf das, was fortwährend gespielt werde rund um einen, man nur zu leicht ein Stichwort überhöre, einen entscheidenden Lichtwechsel verpasse und sich bald in ein auswegloses Verwirrspiel verstrickt sähe, wo hinter und neben der eigentlichen Geschichte eine oder mehrere weitere Geschichten, darunter in erster Linie die eigenen, parallel und mehr oder weniger synchron liefen; Schauspieler sprächen und spielten beispielsweise Abend für Abend in kleineren und kleinsten Variationen, mit kleineren Versprechern meist, den gleichen Text nach, der ihnen von der Souffleuse, welche den vom Regisseur zurechtgestutzten Text des Autors lese, aus dem Souffleurkasten herauf vorgesprochen, eingeflüstert würde; Abend für Abend das gleiche Spiel, zumindest ein ähnliches, da es sich doch um Theater handelte, gerade soviel an Lebendigkeit und improvisatorischer Freiheit hätte das Theater – selbst wenn es in sterilem Perfektionismus zu versacken drohte – dem Film noch voraus; dieses Aneinanderreihen und immer wieder neu Kombinieren des gleichen oder fast gleichen, dem ein Beleuchter sich Abend für Abend aussetzte, wäre Verfall; gut, könnte man sich sagen, so gut wie diese Wirklichkeit in Anführungszeichen ließe sich ja auch die Möglichkeit, ließen sich aus dem Gegebenen andere Möglichkeiten ergründen, vielleicht sogar begründen; schön, könnte man sich trösten, solange sei dann wenigstens die Utopie nicht gänzlich erstickt und im Eimer, denn erst wenn alle denkbaren Möglichkeiten sich erschöpft hätten, bedeutete das den sicheren Tod; solange habe man keine Ruhe; bis dahin, habe er sich gesagt, könnte man ja vorerst einmal versuchen, und wär's nur, um die einen plötzlich anfallende Freizeit zu bewältigen, das eben Geschehene, einfache Geschichtchen, ohne jeden Kunstanspruch inmitten von soviel Kunstfertigkeit, für sich aufzuschreiben, wobei er dann nach den Vorstellungen aber bald einmal halbe Nächte lang herumgehirnt hätte, ohne dieses, wie man meinen möchte, so einfache Vorhaben zustandezubringen, sich ihm das, was er glaubte im Griff zu haben nach so vielem Anschauen, unter der Hand, unter den Wörtern verflüchtigte, ohne Ähnlichkeit mit dem Gesehenen; bevor eine Sache zu Ende sei und die andere, die tagsüber schon geprobt würde, richtig anliefe, gäbe es dieses große Durcheinander in verstärktem Maße, ein Durcheinander, in dem sie übrigens gerade jetzt wiedereinmal drinsteckten; man wisse dann nicht mehr, was man wollte, nur daß man wollte oder sollte; gut, immerhin etwas; man sitze einfach herum und starre aus lauter Langeweile den Zählerkasten an; verfolge, langsam aber sicher stumpfsinnig werdend, das Auftauchen und Verschwinden der roten Markierung auf der sich drehenden Scheibe im Sichtfenster – bis er nach und nach gemerkt hätte, daß man nicht einzig auf Gleichheiten aus zu sein bräuchte, daß es vielmehr auf Unterschiede, auf das Registrieren von Veränderungen ankäme: daß man VOR ALLEM AUF DEN UNTERSCHIED ZWISCHEN DEN DINGEN ACHTEN müßte, wie er in einem Roman mit dem Titel VERZWEIFLUNG gelesen habe, nur Banausen, und wer wollte einer sein, achteten auf Ähnlichkeiten; dann sähe man, daß selbst auf Grund des Studiums von Tapeten und deren Unterschieden von Raum zu Raum einiges erfahren werden könnte, und hätte man dies eingesehen, könnte man mit dem Registrieren beginnen, mit eigenem Empfinden beim eigenen Empfinden; bei den eigenen Tapeten gewissermaßen; eine höchst spannende Angelegenheit, denn selbst die unbedeutendste Szene erlebte man, momentanen persönlichen Stimmungen unterworfen, Abend für Abend anders, und Theaterszenen, so bedeutungslos sie wären, bedeuteten nun einmal etwas, gäben, im Gegensatz zum Zirkus, vor, etwas zu bedeuten; ja, bei sich und mit sich müßte man beginnen, erst in einfachsten Sätzen, die, äußerte man sie andern gegenüber, bei sich und andern vielleicht etwas auslösten, möglicherweise ein Gespräch, oder, in einem größeren Versuch, in Eifer geraten, bald in ganzen Satzkaskaden, mündlich oder, wie er's gegen weit größeren Widerstand versucht hätte, schriftlich, und wenn letzteres, müßte aus der Lust am Text, ja LUST AM TEXT, um nicht am oberflächlich Anekdotischen, an der Oberfläche, am unverletzt Unverletzlichen haftenzubleiben, das Bedürfnis nach Erforschung von Strukturmerkmalen entstehen, falls die Ausdrucksabsicht, das Wühlen und Ordnen, die enorme Erinnerungsanstrengung, nicht, was leider, über kurz oder lang, fast unausweichlich wäre, in Erinnerungskrampf ausartete, zerflatterte und man sich in immer unentwirrbarere Knäuel durchlebter halbdurchschauter mehrfach gespiegelter Figuren verhaspelte, sich verzettelte, in zahllos nebeneinanderherlaufende Dinge, bis neben Naheliegendem und Nahegelegtem ohne Eindeutigkeit alles bald von allem handelte, Geschichte und Geschichtchen ohne Bedeutung, jedes Partikel gleich gültig, von jemandem erzählt, der nicht drauskommt, voller Lärm und Leidenschaft, voller Zorn auch, jedoch mit dem starren Blick des Kaninchens vor der Schlange, und machte all dies zusammen die ursprüngliche Absicht nicht aufs gfürchigste zunichte, müßte man versuchen, mit andern zusammen etwas in Bewegung zu versetzen, zu verändern, die trennende Glaswand zu durchschlagen, um in die Maschinerie des tödlichen Gleichlaufs eingreifen zu können – auch die Sprache, die Grammatik wäre eine solche Maschine, die, wie Gustafsson gesagt habe, UNTER UNZÄHLIGEN SEQUENZEN DAS GEBRABBEL DER KOMMUNIKATION auswerfe, DIE SCHREIE DAS ERSTICKTE GEFLÜSTER; um eingreifen zu können in die Wiederholungen der immer gleichen großen Worte, welche, lange genug wiederholt, nur mehr Geschmack wären, aller Widerborstigkeit verlustig gegangen, Kunst, vom und vor dem Spießer, wer unter dieser

ominösen Gattung nun auch katalogisiert sein möge, aufgebaute, zu Kunst verkommene Gegenwelt des Realen, unterschiedslos, Tag für Tag wie Nacht für Nacht wiederholbar, ob im Abonnement oder außerhalb, ein fantastischer Tanz lärmender sich ähnelnder Figuren, die man bald einmal alle zu kennen glaubte, ohne Verbindlichkeit, gopfertammi –
wobei natürlich auch er vor allem wiedereinmal tüchtig abgeschweift wäre, allein der Wein könne daran aber nicht schuld sein; abgeschweift mit jedem einzelnen Wort, das er da gerade gesagt habe, dumm und falsch wie alle Wörter; auf einem Holperpfad voller Widersprüche in halbausgegorene Weisheiten gestelzt, statt alles kurz und klein geschlagen zu haben, statt, bevor man gänzlich abgestumpft restlos schmerzunempfindlich, in sich zu wühlen, völlig unspektakulär, um endlich aus sich selbst herauszutreten; doch selbst wenn man auf Stelzen ginge, auf wie hohen auch immer, müßte man die eigenen Beine gebrauchen; dies wüßte er aus Erfahrung –
Barfuß; ja, auf alle Fälle barfuß, soviel stünde einmal sicher, barfuß in Reithosen wäre der Offizier auf dem Teppich gestanden, im damaligen Stück gegen Ende des vorletzten Aktes, das bestimmt, ohne mal näher auf den Teppich einzugehen, jetzt, während sie beide, weil die letzte Vorstellung dieses Stückes, der sie nun bereits den ganzen Abend ausgesetzt wären, weiter andaure, ohne enden zu wollen, immer noch hier oben hinter der getönten Glaswand säßen, schön brav und längst wiederum auf dem trockenen, die Zählerkästen und Sicherungsbatterien an der Wand hinter einem; vor einer Kastenwand also, auf eingefallenen Schultern, die Umrisse von Köpfen, man müsse annehmen

der eigenen, da die stur jedes Wackeln mitmachten, Köpfe, deren Gesicht nur vom diffusen Schein einiger Kontrolleuchten und vom Widerschein einer aufs Stellwerk gerichteten stabförmigen kleinen Leselampe spärlich aufgehellt, das zurückgeworfene Bühnenlicht hülfe auch noch etwas nach, spiegelten sich geduldig in dieser getönten Scheibe da vor einem; spiegelten sich, zusammen mit dem Stellwerktisch und der zwischen den Schiebereglern aufgestellten leeren Weinflasche und den zwei leider ebenfalls leeren Gläsern und den auf dem Stellwerktisch aufgestützten untätigen Händen, in dieser nach wie vor intakten Glaswand da vor einem, während unten das Spiel seinen Lauf nähme, wie wenn nichts wäre, und hätte man plötzlich Lust auf dem Tisch herumzufausten, spiegelte sich in der Scheibe selbst dieses Gefauste, von außen so gut wie ungehört, genauso wie das eigene Grinsen, das man etwas deutlicher gespiegelt sehe, wenn man sich zurücklehnte und in den sich in der Dunkelheit verlierenden Schnürboden hinaufstarrte; zum Verschwinden bringe man die Spiegelung nicht einmal, wenn man sich über den Tisch lehnte und das Geschehen unten auf der Bühne beobachtete, ja, dann könnte man sogar die ganze Szene unten, stellte man seinen Focus entsprechend ein, wie im eigenen in der Scheibe sich spiegelnden gelangweilten Grinsen sehen; doch dies alles nähme ein Ende, sicher, denn wie alle Abende werde der Applaus auch heute abend nicht ausbleiben, heute abend erst recht nicht, und auch nicht das bißchen Gips, der Staub, welcher, wie allabendlich, aus dem der Decke zukriechenden Riß im vergoldeten Portal riesle, rauschte der Beifall mal ordentlich auf; ja, und auch an eine Eintragung im Beleuchtungsplan erinnere er sich; genau, Abgang habe es dort geheißen, ABGANG: LICHT WEICH ABZIEHEN, was wiederum bedeutend leichter gesagt wäre als getan, sei jenes Ausblenden doch eine arge Heblerei gewesen, selbst auf dem neuen Stellwerk, denn er, der Beleuchter, habe damals nämlich nicht einfach ein Programm abziehen können, sondern, weil's der Regisseur nun mal so gewollt gehabt hätte, die verschiedenen Lichtquellen, kaum eine sei realistisch begründet gewesen, einzeln, eine nach der anderen, nach bestimmtem Plan eben; zuletzt wäre einzig auf den kaum schwankenden Säbel ein schwacher Lichtschimmer gefallen, leicht rötlich, gedämpft, den er auszulöschen gehabt hätte bei völligem Stillstand des Säbels, nachdem zuvor bereits das Licht vom eigentlichen Spielfeld abzuziehen gewesen wäre, Licht, welches vor dem Abziehen, als die Hauptdarstellerin, mit ihrem barfüßigen Offizier von der Szene abtretend, dessen am Kleiderständer aufgehängten Offizierssäbel mit flinker Handbewegung in Schwingung versetzte, noch einmal kurz etwas aufgeflammt oder eben anzuheben gewesen wäre; ja, und was er ihm, bevor er's vergäße, noch sagen wollte, der Anblick jenes barfüßig abtretenden Offiziers hätte ihn jeweilen unweigerlich ganz verdammt an Gruften großkotziger Rucherfamilien oder eben an jene großklotzigen an die Wand des Stadtparks gestellten und dort abbröckelnden Wappensteine verblichener Rucher Größen erinnert, in deren Wappen, jedem dritten fast, aus einem Geviert einem sogleich ein mageres Bündel aufschießender und an der Nabelstelle durch ein Band zusammengehaltener Pfeile ins Auge springe – DU KENNST DEN SCHÜTZEN, bis in die Heraldik hinein, DU KENNST DEN

SCHÜTZEN SUCHE KEINEN ANDEREN heiße es in einem Drama jenes Dichters, dessen stürmischer Erstling in Ruch einst leichtverletzliche Gemüter erhitzt und dem Autor selbst als Bescherung herzogliches Verbot, bei Strafe hierfort Komödien zu schreiben, eingebracht haben solle –; in einem anderen Geviert die aus engem Mieder gewölbten Brüste einer Buhlerin und im Herzschild gewöhnlich ein Weidenbaum oder andernfalls etwa eine abgehackte Bärenpranke, ein Lindwurmschwanz – ähnlich wie auf dem Pappmachérelief, das der Bühnenbildner in jenem Stück damals über den zwei Polstertüren an die linke Wand gehängt gehabt hätte; danach wären die Scheinwerfer abzuziehen gewesen, welche die Szene hinten rechts ausleuchteten; ja, jenes achteckige zierliche Tischchen, an welchem im vorletzten Akt dort hinten im Hintergrund eine Dame, auf einem Sofa mit roten Plüsch vortäuschendem Dralonbezug sitzend, gegen eine Ecke gerückt in die Polster geschmiegt, die Holzumrahmung der geschwungenen Lehne hätte die Polster und die drauf Sitzende wie ein schwerer geschnitzter Bilderrahmen umgeben, eine Dame in schwarzem tiefdekolletiertem Kleid, alt, mager, fast ausgezehrt wirkend, im Stück Adelheid Geißler geheißen, diesen Namen, selbst wenn Namen sonst nicht seine Stärke wären, habe er behalten, ihr Haar fahl, glatt zurückgekämmt, bis auf eine etwas wirr von der Schläfe abstehende Strähne, eine Boa um den sehnigen ausgetrockneten Hals geschlungen, die Haut welk, welk geschminkt, mit knochiger Hand, an der zuallererst die dunkel lackierten Nägel aufgefallen wären, ruhig ihre Patiencen gelegt hätte, im Scheine einer Kerze und im grünlichen Schimmer der Alabasterkugel einer ganz zum übrigen

Inventar des Raumes passend auf eine Konsole an der Wand über dem Sofa gestellten Lampe, welche, abgesehen natürlich von dem Publikum unsichtbaren Scheinwerfern, die Szene zudem aufgehellt hätte, die Karten ungewöhnlich langsam auf dem Tisch auslegend, wobei, hätte das Publikum nur aufmerksam genug zugehört, ein Geräusch zu vernehmen gewesen wäre, ähnlich einem Leckgeräusch, das bald nachdem die Hauptdarstellerin zusammen mit dem Offizier den Raum, vom Garten her, wie man annehmen durfte, betreten gehabt, verstummt wäre, da die Patiencelegerin, als die Karten gelegt gewesen, nur noch die Kerze auf dem Tischchen vor ihr ausgelöscht hätte – nicht ausgeblasen, wie man vermuten könnte, sondern die Flamme zwischen zuvor im Mund angefeuchtetem Daumen und Zeigefinger ihrer Rechten erstickt – und danach unbeweglich am Tischchen sitzen geblieben wäre, ohne die geringste Spur von Nachdenklichkeit auf ihren Zügen, dem Spiel der beiden, dem Tanz des Offiziers und anschließend der Entkleidung der Hauptdarstellerin, keine Beachtung schenkend, sich auch nicht rührend, als die beiden schon durch eine Seitentür ihr Gegenüber in einen Raum, dessen Ausstattung ganz der Vorstellung überlassen geblieben, abgetreten gewesen wären und er, der Beleuchter, wie gesagt begonnen hätte, langsam das Licht abzuziehen: das Licht von der Spielfläche; bald danach wäre die Alabasterkugel verlöscht; das starre blaßgeschminkte Gesicht der Patiencelegerin im schwächer werdenden Lichtschimmer der Scheinwerfer eine Zeitlang noch wie eine vom Abendrot angeleuchtete Wolke, bevor die Dunkelheit den Rest der Szene aufgelöst, einer Szene, eigentlich hätte man eher von einer Séance sprechen können, mit etwas Philosophischem an sich, da sich Philosophen und Stripperinnen bekanntlich glichen, wollte man jenem Ästheten glauben, nach welchem sich das VORFÜHREN EINER BRUST UND DAS VORFÜHREN EINES GEDANKENS GLICHEN ODER GLEICHEN SOLLTEN; als letztes, durch den Pulsschlag der älteren Darstellerin bedingt, einige Male, ebenfalls rasch schwächer, das Aufblitzen des schweren Rubins am Finger, an welchem wüßte er nicht mehr, ihrer rechten, auf dem Tischchen auf den Karten liegenden Hand; während der Proben wäre die eine alte Patiencespielerin darstellende Schauspielerin, aus anderen Stücken gewohnt, mehr zu reden, in jenem Stück einfach verpflichtet, den ganzen letzten Akt über unbeteiligt, nur ab und zu mal eine Karte vertauschend, stumm dazusitzen, jeweilen durch eine Schaufensterpuppe ausgetauscht worden; so auch an jenem Probenmorgen, als Fleiß, von dieser nackten Puppe angezogen, wie gleich hämisch gemunkelt wurde, auf der dunklen Bühne über die Faustschanze in den Orchestergraben gekippt wäre; doch aller Wahrscheinlichkeit nach hätten weder jener für die Probe auf dem Teppich arrangierte Wäscheknäuel noch die nackt auf die Polster gesetzte Puppe den alten Fleiß auf die ihm zur Falle werdende Bühne gelockt, sondern Fleiß, gehbehindert, wie er wäre, hätte an jenem Morgen, um auf dem Weg von seinem Büro in den Kassenraum im Foyer nicht durch den Niesel ums ganze Haus herumstapfen zu müsen, wie so oft als Abkürzung den Weg über die Bühne gewählt; und, obwohl sehschwach, mit keiner Taschenlampe ausgerüstet, zum einen, weil er ja in seinem Büro oben nicht hätte wissen können, daß die gesamte Technikermannschaft, kurz bevor die

Komödianten aufkreuzten, gerade beim Kaffee hockte, die Bühne also dunkel, zum andern, weil er meinte, sich im ganzen Hause, also auch auf der Bühne auszukennen, hätte Fleiß auf dieser ihm stockdunklen Bühne, welche zwar – was einem Sehschwachen anscheinend kaum was nützte – andeutungsweise, zugegebenermaßen höchst unzureichend, ausgeleuchtet gewesen wäre durch das bläuliche Licht einer Notleuchte an der Brücke und die bläulich leuchtenden Buchstaben des Wortes EXIT über die Türe zum Gang eben, von wo Fleiß eingetreten oder, wie man sagen könnte: aufgetreten gewesen wäre – sehschwach und ohne Taschenlampe hätte Fleiß auf der Bühne bald einmal die Orientierung verloren – da solle sich einer noch auskennen bei soviel Podesten und Kulissen und Ramsch –, und statt über den schmalen Steg dem Portal entlang die seitlich von diesem ins Parkett in Sicherheit führende Treppe zu erreichen, wäre er, sich zuversichtlich vorantastend, voranstöckelnd auf Abwege geraten und über die ins Leere hinausverlängerte Vorbühne in den Orchestergraben gekippt; ganz einfach; und selbst wenn der Zynismus von Sprichwörtern daran nichts zu ändern vermöchte, Glück im Unglück habe Fleiß gehabt, das dürfe man sagen, denn nur zu leicht hätte er sich bei seinem Sturz im Dunkeln ins Dunkle ja das Genick brechen können; wie in einer Mausefalle gefangen sei ihm der Operettenfleiß, ein wimmernd in sich gekrümmtes Häufchen Elend, im Orchestergraben unten vorgekommen – von einem Sturz in die Löwengrube möchte man bei der Beute und der Grube kaum sprechen –, als er, der Beleuchter, nach der Znünipause auf die Bühne zurückgekehrt, ihn nach Einfahren des Probenlichts dort unten entdeckt habe, ihm gleich zu Hilfe eilend; das Wimmern wäre ihm schon beim Eintreten verdächtig vorgekommen, erst habe er aber Licht machen müssen, und gemeinsam mit dem Bühnenmeister, der rasch eine Bahre hergerichtet, hätte er Fleiß, die freundlichste rührendste Figur im Hause, immer zu einem Gespräch bereit, zu einem Spaß aufgelegt und jedesmal, stünde abends mal alles, voller Lob für die Arbeit an den Kulissen seiner Operettengastspiele –, gemeinsam also mit dem Bühnenmeister hätte er den notdürftig auf eine Bahre gebetteten Fleiß, welcher die Tränen, Tränen der Scham in erster Linie, verkniffen hätte so gut es gegangen wäre, oder der seinen Schmerz überspielt hätte, indem er die ganze Zeit über beteuerte, wie gerührt er doch wäre über ihre Hilfe – eine eigentlich recht seltsame Szene, von einer selten natürlichen Komik; eine Szene von eigenartiger Schönheit, wären allfällige Zuschauer möglicherweise geneigt gewesen anzunehmen –: gemeinsam mit dem Bühnenmeister, wie gesagt, hätte er Fleiß wegschaffen können, bevor Zuschauer aufgetaucht wären, gerade noch rechtzeitig; oben hätten bereits die ersten Schauspieler die Bühne betreten, als sie beide mit dem havarierten Fleiß auf der Bahre unten durch den Fundus abgetreten wären, dem alten Mann so ordentlich viel gespielte Hysterie und geheuchelte Anteilnahme ersparend; bis die Komödianten vom Zwischenfall dann etwas erfahren gehabt hätten, immerhin Stoff genug, um, unter sich, in den nächsten Tagen in ihrer einfältigen Gestelztheit etwas zu witzeln zu haben, hätte Fleiß sich im Bühnenmeisterzimmer bei einem Zweierli bereits wieder etwas erholt, hätte ein vom Bühnenmeister herbeigerufener Arzt ihn auch schon untersucht gehabt – kaum der Rede wert kaum der Rede wert, hätte Fleiß mit zusammengekniffenen blutleeren Lippen während der Untersuchung bagatellisiert –, und als er den ärgsten Schrecken aus den Knochen gehabt, so ein Gläschen Veltliner stellte halt auf, hätte er schon wieder gespaßt; nur dem Zufall wäre es wohl zu verdanken, hätte er gezynt, daß er einzig, und dies wären Fleißens eigene Worte, diese paar Rippenbrüche und das ohnehin schon bald durchgenuggelte Bernsteinmundstück seiner silbernen Zigarettenspitze habe drangeben müssen; glimpflich glimpflich wäre das Ganze abgelaufen, die Brille ohne Schaden, nicht einmal aus der Jacke gehauen hätte es sie ihm beim Sturz; auf seinem nächsten Ausflug würde er sie aber trotzdem aufsetzen, eine Spur besser, wohin er falle, sähe er dann, und, was ihn ganz besonders freute: sein Stöckchen, im Sturz geistesgegenwärtig von sich geschmissen, hätte nicht das geringste abgekriegt; unversehrt in der fünften Parkettreihe auf einem Sessel neben dem Regiepult hätte der Bühnenmeister es ihm gefunden gehabt, dieses am Griff ganz abgewetzte Erbstück, mit dem in Händen er sich, wie Fleiß betonte, immer wieder an seinen Vater selig erinnert fühlte, an seinen Vater, den er leider allzufrüh, als Knabe noch, fünf Wochen nach seiner Konfirmation wär's gewesen, zur gleichen Jahreszeit wie jetzt ungefähr, fast auf den Tag genau vor fünfzig Jahren, verloren hätte; auf einem Sonntagsspaziergang, im Teuchelwald, auf einer glitschigen Schieferplatte zutodegestürzt, als er, der stramme Sproß einer Hotelierdynastie, der alte Steinbock unter anderem wäre ihr Familienbesitz gewesen, einer Gruppe von Engländern etwas waghalsig hätte Ruchs herrliche Umgebung zeigen wollen; ja, zutodegestürzt; leider bevor es dem umständlichen Engländer gelungen wäre, auf den Knopf seines überallhin mitgeschleppten schwarzen Kastens zu drücken, um, wenn doch schon alles vorbereitet gewesen wäre, statt dann einfach nur eine Landschaft, kein besonders guter Ausschnitt, nebelverhangen zu allem her, im Kasten zu haben, den eigens dazu auf den Felskopf Gekraxelten ein letztes Mal auf die Platte zu kriegen: like one of Caspar David Friedrich's paintings, mit windzerzausten Haaren und flatterndem Samtrock, die Rechte aufs Spazierstöckchen gestützt, wie die Engländer zu berichten gewußt hätten; schade, hätte Fleiß gemeint; item, dieser Bühnensturz sollte ihm jedenfalls eine Lehre sein, er gedenke zukünftig eine Taschenlampe, so eine handlich kleine, jederzeit griffbereit, mit sich zu führen; auf zukünftigen Spaziergängen im Finstern; – doch nicht genug, um wieder auf jenes Stück zurückzukommen, nach dem Ausblenden der Patienceszene wäre damals auch dem Alpenglühen oder, in den Augen der Zuschauer, vielleicht eher dem Mondschein auf dem Landschaftsprospekt weit hinter der Szene der Garaus zu machen gewesen, schön langsam, jedoch unerbittlich, denn während so gut wie der ganze Raum, mit Ausnahme eben des noch leicht baumelnden Degens, im Dunkel gelegen, hätte jener angeleuchtete Gebirgsprospekt immer noch schwachen Schein geworfen, durch drei spitzbogige Fenster am oberen Ende der Freitreppe, dort, wo die Treppe sich gegen die Galerien hin in zwei Arme teilte; durch jene drei großen Fenster, aus welchen sich gegen Ende des letzten Aktes drei Brüder, einer neben dem andern auf der Brüstung stehend und jeder in großer Traurigkeit mit sich selber beschäftigt sein Wasser lassend, in die Tiefe gestürzt hätten, in die eisigen Fluten, die aus der Schlucht heraus an der Residenz vorbeitobten und deren Getose, während der Schneeschmelze am Ausgang der Masoraschlucht hinten unter dem Kurhaus live aufgenommen, von Lautsprechern ins Parkett übertragen, allabendlich für einen Augenblick den ganzen Saal hätte erschauern lassen –; immer noch schwacher Schein, Mondschein, wie gesagt, auf einer Gebirgslandschaft von beinahe makelloser Schönheit: ausgehendes neunzehntes Jahrhundert, Tannenwald, tiefgrün über triefendem Gestein steil ansteigend, die obersten Gipfel ragten in viel zerklüftetes Eis, wenig Vordergrund, für Feineres wäre die Hand dann doch zu plump gewesen, Reichenbachtal mit Wetterhorn oder was Ähnliches, Schmadribachfall vielleicht, oder einfach eins der Jungfraubilder, Jungfrau mit Mönch und Eiger, irgendeine Scheidegg, von keinem Leitungsmasten durchkreuzt, von keinen Drähten durchschnitten – der Prospekt hätte ja keine direkten Natureindrücke wiedergegeben, laut Bühnenbildner, das Motiv spielte wohl eine Rolle, aber es stünde im Dienste eines übergeordneten Themas, der Majestät des Gebirges beispielsweise; wie bei seinen orientalischen Städtebildern, wo es ihm auch nicht um eine einzelne Stadt gegangen wäre, sondern um das Typische des Orients, darum dürfte man nicht in erster Linie topografische Genauigkeit suchen –: der Prospekt einer idealen Landschaft also, bestimmt in dem oder jenem Stück wieder einmal zu gebrauchen, mit den Alpen ohnehin ein recht großes, in vieler Hinsicht aktuelles Thema behandelnd; was dem einen pittoreskes Motiv, für den andern Entdeckungs- und Erholungsgebiet, ursprüngliche Natur, nun ohne größere Schwierigkeiten von jedermann zu erschließen, und wieder anderen als Verkörperung geistiger Begriffe wie Freiheit undsoweiter gälte, eigentlich, so gesehen, recht vernebelnder und vernebelter Begriffe, wären manch einem nichts als alles vernagelnde Bretter vor dem Kopf, die sich nicht so leicht einrollen ließen wie ein Bühnenprospekt, so oder so aber weiterhin zu besingen; die Bühnentechniker hätten einzig darauf achten müssen, den Prospekt am rechten Ort am richtigen Zug aufzuhängen, so daß die Akteure hinten herum beschwingten Schrittes leicht verspätet zum Auftritt hätten eilen können, ohne daß die Landschaft sich allzu arg gewellt hätte im Luftzug ihrer rauschenden Roben; die Techniker hätten den Prospekt jedoch nur so weit hinten aufhängen dürfen, daß auch vom äußersten Parketteckplatz aus der Eindruck eines geschlossenen Hintergrundes gewahrt geblieben wäre, majestätisch, ohne jede Einsicht auf Dahinterliegendes, Kulissengerümpel und rohe Bühnenrückwand, aber auch wiederum nicht zu nahe hinter den Fenstern, damit das Maßwerk der Spitzbogen, vor allem aber an den Fenstern Stehende nicht etwa Schatten aufs Gebirge würfen, und so, daß gegen Ende die drei Brüder sich in ihrer Verzweiflung aus den Fenstern auf die dicken Schaumgummimatten auf einem Podest knapp anderthalb Meter unter den Fenstern stürzen konnten, ohne am aus der Nähe betrachtet recht grobschlächtig hingepinselten Wald anzuschlagen; in der zweitletzten Vorstellung wäre dann passiert, was nicht hätte sein dürfen, die Techniker müßten sich beim Aufhängen des Prospektes um einen Zug getäuscht haben, und einer der drei Brüder, den Revolver an der Schläfe, sich mit einem Jackenärmel an den Kulissen verhängend, wäre an jenem Abend so unglücklich gestürzt, daß es ihn wie auf einem Trampolin vom Schaumgummi hoch und nach hinten gegen den Prospekt geworfen hätte und er mit ausgestrecktem Arm, in der Faust den mit Knallkapseln geladenen Revolver, welcher nach wie vor nicht abgegangen, durchs Gebirge gefahren wäre und die Alpenlandschaft vom Eis bis in den Wald verschränzte: ein sauberer Riß von oben bis unten; ein Skandälchen; für den ungeschickt den Selbstmörder Spielenden nach der Vorstellung ein direktoraler Rüffel – eine Schande fürs Haus wäre sowas; anderntags, in der Presse, in communique, in dem sich Bühnenbildner und Regisseur von der Aufführung distanzierten – weil die Ausführung des Bühnenbildes seit der Premiere nicht ihren Vorstellungen entspräche und es trotz ihren Bemühungen nicht möglich gewesen wäre, die notwendigen Änderungen vorzunehmen, die jenen bedauerlichen gestrigen Zwischenfall, für den sie sich beim werten Publikum in aller Form entschuldigen möchten, hätten vermeiden helfen, so oder ähnlich; für die Bühnentechnik bedeutete dieser Schranz Stunden Mehrarbeit, zu allem übrigen her, damit der Prospekt bis zur letzten Vorstellung geklebt und retouchiert wieder faltenlos gehangen wäre; am richtigen Zuge diesmal: Alpen ohne Falten, um den schönen Schein zu wahren, wie sie, um die Arbeit besser über die Runden zu kriegen, gewitzelt hätten; – ja, und bis von den schroffsten Silberzacken, vom letzten blendenden Spitzchen über dem Wald das letzte Restchen Firnlicht geblichen gewesen wäre, bis er in jenem Stück den letzten auf diesen teils mit leicht fluoreszierenden Konturen gemalten Prospekt gerichteten Scheinwerfer abgezogen gehabt hätte, wäre jeweilen, wie er im Spiegel hätte sehen können, der schräg gegenüber der Beleuchterkanzel über dem im Dunkeln liegenden Sofa mit der auf den Applaus wartenden Patiencespielerin leicht vorgeneigt so an die Wand gehängt gewesen wäre, daß sich die Türe, durch welche die Hauptdarstellerin mit dem Offizier abgetreten, vor allem aber der Säbel am Kleiderständer, dem Blick über die hohen Kulissen hinab verwehrt, drin gespiegelt gehabt hätte, auch dieser Säbel ausgebaumelt gewesen, endlich, endlich zum Stillstand oder annähernd zum Stillstand gekommen, so genau hätte er es bei dem schwachen Licht im abgeblindeten Spiegel gar nicht gesehen, so daß er dem schönen Schein, dem verfluchten Schwulst, dem er den ganzen Abend lang ausgesetzt gewesen, das längst verdiente Ende bereiten konnte; nachdem man an dieser Stelle in der Aufführung in die schon fast völlige Dunkelheit hinein – so hätte es ihm zumindest geschienen, vielleicht einzig, weil er bereits seit geraumer Zeit die Reproduktion jenes Magrittebildes, DIE KINDHEIT DES IKARUS, vor Augen gehabt, als dessen verfremdete Spiegelung ihm die Bühne oft vorgekommen wäre – das Geräusch eines davonsprengenden Pferdes gehört hätte, das jeweilen, wären die Kanäle richtig gesteckt gewesen, von links nach rechts verlaufend, mitten im Saal auf den Höhepunkt gelangt, plötzlich abgebrochen, so daß der Nachhall mit dem Nachbild der plötzlich finsteren Bühne zusammengefallen wäre; nachdem er dem Ganzen, wie gesagt, ein Ende bereitet, mit einem wohl lange genug hinausgezögerten Blackout, hatte der Beleuchter erzählt. Wenn er recht erinnert. Übel wäre ihm bis dahin jedesmal gewesen, kotzübel; während unten im Saal, in die Finsternis hinein, sogleich Beifall aufgebraust und durch den inzwischen geschlossenen Vorhang zu ihm hochgedrungen wäre, in die Beleuchterkanzel hereingescherbelt durch einen Kontrollautsprecher, den er, um die Anweisungen des Inspizienten befolgen zu können, hätte eingeschaltet lassen müssen, und er, wie so oft schon, obwohl noch der letzte Akt durchzustehen gewesen wäre, am liebsten gleich nichts als abhauen hätte mögen, aus der Haut fahren oder sich doch die Ohren verstopfen vor diesem Geprassel, dem Bravogejohle und frenetischen Gestampfe, das, als präziser Ausdruck der Ordnung, so oder so unerträglich, an dunkle Zeiten erinnernd, am Schluß nach dem letzten Akt dann noch unerträglicher werde. Statt dessen hätte er aber wie üblich das Applauslicht eingefahren, hatte der Beleuchter erzählt.

Beim Schlußapplaus volles Licht auf den sich hebenden und niederfallend wie gewohnt Staub aufwirbelnden roten Samt; Samt für die Seide; da Rucher Vorhänge nun mal gewohnt sind und Vorhänge zu schätzen wissen, bekommen sie eben ihre Vorhänge von der Direktion verordnet, Regisseure und Bühnenbildner haben sich damit zurechtzufinden; dies oder jenes darf wohl aus dem Rahmen herausragen, aber der Rahmen muß dabei gewahrt bleiben. Bei offenem Vorhang könnte man, wenn man sich tief genug über das Stellwerk vorbeugte, über die unten auf der Bühne auf ein Glied ausgerichteten, beim Öffnen des Vorhangs einen Schritt vortretenden und sich verbeugend die ihnen dargebrachten Ovationen huldreich empfangenden Komödianten hinaus in den Saal schauend, ganz außen in der vordersten Parkettreihe, auf den äußersten zwei Plätzen, vom Portal schon etwas angeschnitten, die Klatschenden studieren, die nach einigen Vorhängen aufstehend weiterklatschten, obwohl sie in Gedanken bereits ganz woanders, im Foyer oder noch weiter weg zu sein schienen; Abend für Abend der ähnliche Vorgang; an Premieren jedesmal die gleichen Abonnementsklatschenden, seit Jahren, die Gesichter etwas älter geworden, die Kleidung kaum geändert: ein Schulinspektor, Vorsteher der Expertenkommission und Vizepräsident des Heimatschutzes, im Verkehrsverein für Wanderwege engagiert, langjähriges Mitglied im Stiftungsrat einer Wohltätigkeitsinstitution, die sich der Söhne und Töchter minderbemittelter Bergbewohner annimmt, in der Armee den Rang eines Hauptmannes bekleidend; neben ihm seine um etliche Jahre jüngere Gattin, Sprachlehrerin für Englisch und Deutsch am Lehrerseminar, in der Fürsorge tätig, ihren Gatten, mag der seine Brust wölben wie er will und sich durch dezentrote Krawatte, über die er sich bei anderen wohl lustig machte, einen etwas angriffigeren Anstrich zu geben versuchen, mit hochaufgetürmter nachgeblondeter Frisur über kräftigen Schultern um Kopflänge oder mehr überragend; beide bald einmal von ihren Sitzen, ihren Randplätzen sich erhebend – Garagisten Bauherren Architekten Apotheker Weinhändler Tuchhändler Stahlimporteure sitzen zentraler – und stehend weiterklatschend, sie etwas diskreter, er, andauernd den Kopf wendend, bald verstohlen nach dem Saalausgang schielend, bald – vor allem, wenn die Hauptdarstellerin allein nach vorne tritt – voller Begeisterung auf die Bühne blickend, frenetischer klat-

schend, die immer wieder neu aufbrausenden Beifallswellen so tapfer er kann unterstützend, sich seine milchigen Flutschhändchen rot schlagend.
Schwielen hätten diese Hände höchstens vom dauernden Händereiben bekommen können; Patschhändchen, die sich wie in Milch eingelegte Leberplätzchen anfühlten, als er sie dem Inspektor, der ihn zur Vorbesprechung der Generalversammlung der Heimatschutzdelegierten aus allen Kantonen kurz auf die Bühne begrüßen gekommen wäre, einmal hätte drücken müssen, hatte der Beleuchter erzählt. Die Fahne fehlte, hätte der Inspektor zur Begrüßung zu ihm gesagt, mit hündischem Blick in die Soffitten schweifend – für den hündischen Blick könne er wenig, den habe er nun mal, eines Augenfehlers wegen, gefleckte Iris, glaube er –, die Fahne fehlte, welche, als ob der Offiziersverein tagte, von einem Arbeiter, der sich an Stelle des Inspektors, der nicht unnötig geblendet werden mochte, fürs Ausleuchten am Rednerpult zu schaffen machte, sogleich aus dem Estrich heruntergeholt werden mußte; die Fahne fehlte, hätte der Inspektor auch zum Abschied gesagt, bevor er sich wiederum, kaum auf der Bühne eigentlich, mir raschen kurzen Schritten aus dem Saal hinausbegeben hätte, der blankgewetzte Hosenboden seines dunkelgrauen Anzugs, fast in den Kniekehlen unten, bei jedem Schritt im schwachen Saallicht sich spiegelnd, die Hosenbeine an den Kniekehlen voller Falten, hatte der Beleuchter erzählt.
Ja, bei offenem Vorhang und eingeschaltetem Applauslicht könnte man, sich übers Stellwerk beugend, etwas vom klatschenden Publikum sehen, die Applaudierenden etwas deutlicher sehen als während der Vor-

stellung, wenn sie, bei völlig abgezogenem Saallicht, ganz versunken dem Geschehen folgend in die Polster gelehnt, im Widerschein des Bühnenlichtes, etwa wenn dieses Sonnenschein vortäuschte, mehr zu erahnen als zu sehen wären. Wenn es sich um den Schlußapplaus handelte, fuhr der Beleuchter bald nach dem Einfahren des Applauslichtes auch das Saallicht, beim Applauslicht nur dezent angezogen, voll ein; so rasch es ging, damit das Publikum abtreten konnte, um die Mäntel in Empfang zu nehmen und die Heimkehr zu arrangieren; so rasch als der Inspizient, welcher bestrebt zu sein hat, möglichst viele Vorhänge herauszuholen, selbst aus halbvollem Saal noch, wenn keine Ratsherren auf besten Plätzen sich breitmachten, es ihm erlaubte.

Richtig aufatmen hätte einen diese meisterliche Darbietung wiedereinmal lassen, eine Wohltat wär's gewesen, so entzückend, richtig befreiend, der und die, ja, selbstverständlich auch jene und der andere, hätten sich von der besten Seite gezeigt, ein Reichtum von Ausdrucksmöglichkeiten, und so natürlich wie die wären, heißt es dann:
quantifizierbare Qualität, Natürlichkeit als ausreichend großes Quantum von Effekten

Sie, die von der Technik, selbstverständlich erst, nachdem das Publikum, bis auf den letzten, in kleinsten Schrittchen an Krücken oder am Arm seiner sich aufopfernden Getreuen humpelnd oder im Rollstuhl aus dem Saal geschoben, den Saal geräumt hatte, die Türsteher die Saaltüren geschlossen und die Komödianten die Bühne freigegeben und sich zum Ab-

schminken und neu Schminken in ihre Garderoben verzogen hatten, konnten mußten durften abbauen. Einmal mehr hatte er den Schmerz verdrängt, gezwungenermaßen, wie er sich einzureden versucht; die Wut erstickt, zurückgedrängt, um ihr erst danach, am falschen Ort und abgeschwächt, beim Abbauen der Kulissen freien Lauf zu lassen; unkontrolliert; ohne zu tanzen. In schalem Zorn, aus dem Gleichgewicht geraten durchs lange Warten, aber auch wiederum voll Enthusiasmus, endlich was tun zu können, hatte er sich, ungestüm wie er dreingefahren war, dank ungeschickter Schwerpunktverteilung eine Bänderzerrung angerissen. Ja, die Wut an den Kulissen ausgelassen, sie zusammengeschlagen: man weiß, daß dahinter nichts zum Vorschein kommt als Strebstützen.
Kulissen schienen nun einmal dafür da zu sein, um eingerissen, abgebaut zu werden; nach der Vorstellung, und manche Vorstellungen dauerten lange; eingerissen in wie großer Wut auch immer: Kulissenwut; ja, es dürfe ruhig mal ein wenig unsanft mit ihnen umgegangen werden, nach der letzten Vorstellung eines Stückes inbesonders, wenn für Estrich und Fundus aussortiert werde, sonst lohne es sich, leider, nicht unbedingt; anderntags, spätestens in zwei Tagen würden oder müßten wieder andere, im Grunde ähnliche aufgebaut werden oder, würde die auslaufende Vorstellung auf vielseitigen Wunsch, wie es heiße – weil das neue Stück nicht termingerecht aufführungsreif wäre –, nochmals wiederholt, wiederum die gleichen; um nicht einfach untätig herumzusitzen; um etwas zwischen die Zähne zu kriegen; um nicht vorzeitig auf der Straße zu stehen. Kein großer Aufsteller. Alles was uns geschehe sei eine Wirkung, deren Ursache außer-

halb unseres Blickfeldes liege, habe Magritte gesagt, hatte der Beleuchter erzählt. Ein schöner Satz...

Diese Zartheit, mag es anderswo zur gleichen Zeit heißen, bei einem Gläschen APPELLATION CONTROLEE RESERVE DU PATRON, zu vorgerückter Stunde, wenn der schwere Wein, der in die Glieder fährt und die Zunge löst, seine Wirkung getan hat, in der vertrauten Umgebung einer Zunftstube mit abgedunkeltem Täfer, die restaurierten Flickstellen kunstvoll dem alten angeglichen, wo auf Schiefertischen Bienenwachskerzen duften und an den Wänden Kerzenleuchter mit tropfengegossenen tropfsicheren Glaskerzen, gleichgeschaltet auf antikisierende Länge oder Kürze zurechtgeschmolzen, windunempfindlich weiterbrennend ohne weiter niederzubrennen, Staub hat sich auf ihnen angesetzt, die Anschrift der Belastbarkeit der einzelnen Glaskerzen, zwanzig Watt maximal, diskret gegen die Wand gedreht, mit einer Lichtstärke, bei der Colliers und der übrige Schmuck besonders vorteilhaft aufblitzen, jedes Karat, ob echt oder falsch, vom geschulten Auge, und Banausen verirren sich keine hierher, auszumachen, die Szene, den Raum und die traulich in der Runde Versammelten angemessen ausleuchten. Diese lichtblaue Zartheit des Himmels, aber wer schaue heute überhaupt an einem Haus hinauf bis dort, wo es am Dach den Himmel berühre, diese Zartheit des Himmels über einer Landschaft, welche, wenn von oben, von den Bergen her, dieses unbenennbare Licht her und herab flute, mit solch entzückender Lieblichkeit durch die Fenster dufte, daß man – *an Kulissen hochschauend* – sich kaum dran sattsehen könnte; diese Zartheit ginge

Heutigen, denen insbesonders, die aus dem Mißtrauen allen gewachsenen Werten gegenüber eine Religion machten, ein Jammer wär's: vollkommen ab, mag ein stahlblau gekleideter Herr, zwischen seine einzelnen Sentenzen gewählt Pausen setzend, sich in der Runde bei allseitigem Einverständnis etwa noch ergänzend ausdrücken.

Doch bis in Zunftstuben bei Wein und Einverständnis zu vorgerückter Stunde solche und ähnlich schwärmerische Sprüche die Runde machen, ist der entsprechende Prospekt längst eingerollt und als recht handliche Rolle in den Schnürboden hochgezogen worden: Alpen ohne Falten, vorsichtigst eingerollt, damit die Kleisterfarbe nicht abbröckelt, und vor allem platzsparend eingerollt, denn der Bedarf an Prospekten ist groß, und länger bereits sind die Scheinwerfer, welche erst alles ins einnehmend rechte Licht tauchten, eingezogen; längst ausgekühlt, ohne das geringste Knacken mehr in den Blechgehäusen. Nacht, wie nachts nun einmal Nacht herrscht, herrscht vor, fahle Nacht, weder bleiern noch sterndurchfunkelt; schlicht Nacht, und selbst die schon eingerollt. Müde ist man, das ist alles was man weiß, wenn man, zu müde um einschlafen zu können, in seiner Kammer liegt und die eingetrockneten Feuchtigkeitsflecken an der Decke anstarrt. Schmutzschleier über der Stadt werfen das Licht aus den Gassen zurück auf die Dächer; der leere Bühnenboden strahlt den schwachen Schein der Notleuchten in die Soffitten. Kein lichtblaues Geflunker, verlogener als die verlogenste Heraldik. Das schändlich Schöne Wahre Gute, verschleierter Ausdruck für Vaterlandfortschrittpflicht, von feinen Händen mit zerbrechlichen Knöcheln arglos ausgeheckt und hurtig mundgerecht zurechtgelegt, etwas kurzsichtig, ist dorthin zurückgekehrt, von wo es herkam: in den Schnürboden hinauf, in den Fundus hinab, in die Schullesebücher hinein; staubige Trostspender, überholungsbedürftig veraltet. Die Unschuld einer Kindheit auf dem Lande, sei's in den Bergen oder zwischen Ackerfurchen auf flacherem Land: schön wär, hätte es sie gegeben, doch Arbeit klang recht früh schon bald einmal weniger poetisch. Die Magie im Mist; auf dem Misthaufen beim Mistverladen vom Schmatzen draufherumtrampender Gummistiefel übertönt und mit dem Mist auf abschüssigen Halden und nebligen Feldern verkarrt, vom Lärm der Mistzettmaschine zerfetzt. Der Großvater mit seinen Ofenbänkleingeschichten. Von Rheumatismus und Arthrose geplagt hinter den Ofen gezwungen, ist er zu einer Jahreszeit, in welcher der Kachelofen nichts als Kälte ausstrahlte, längst ohne viel Aufhebens, kaum hüstelnd, abgetreten; aus dem Haus getragen worden von seinen Nachbarn, nachdem er zuletzt, in der düsteren Stube alleingelassen, mastige Blumenstöcke vor den Fenstern filterten das Licht, allein, während die Angehörigen, die Sonne nutzend, von morgens bis abends bei der Feldarbeit waren, mit tonloser Stimme Choräle geschrien hatte, Strophe um Strophe, bis das klägliche Echo seines einstigen Basses verstummt war; in der Kirche einst in jungen Jahren, bevor es dort das Harmonium gegeben hätte, wäre er, wie er erzählte, Vorsänger gewesen.

...IST UNSER HAUS. Abgetragen, damit die Infrastruktur stimmt. An seiner Stelle gähnt ein Loch, in spätestens zwei Jahren ein gerasterter Block.

Wenn man an einer Fassade hochschaut, sieht man

darüber den Schnürboden gähnen, und hinter der Fassade findet man Strebstützen. Drinnen im Theater. Und draußen, in der Stadt, flanierte man durch Straßen Gassen Gäßchen, sähe man wiederum Fassaden, gleiche oder ähnliche, einzig in einem etwas anderen Maßstab, gespiegelt in den verspiegelten Fensterfronten von Banken und Warenhäusern; Fassaden, welche die Jahrhunderte überdauerten, dahinter neue Räume, Räume in selbsttragendem Spannbeton, lichtlos; vor Attrappenfenstern, vor den Fenstern gotischer Erker beispielsweise, jenen lichtblau aus der Mauer springenden Relikten, an denen sich der verschleierte Blick festhaken kann, für heimelige einschläfernde Diaabende, für Vergrößerungen, willkommener Schmuck für tote Wände –, vor diesen Attrappenfenstern Geranien und Hängenelken in passender Farbe, assortiert zum wasserfesten Fassadenanstrich

...ein schöner Satz, weiter nichts, hatte der Beleuchter erzählt. DAS IST DOCH ALLES POESIE WEG DAMIT IN DIESEN TAGEN, heißt es bei Lichtenberg; man kann es in dessen ausführlichen Erklärungen der Hogarthischen Kupferstiche nachlesen, in den Ausführungen zum zweiten Bild aus der Folge DER WEG DER BUHLERIN. Was soll's also. Keine poetischen Ausflüchte zur Erbauung. Nichts vorholen, auch nichts verbrämen. Noch ist es nicht soweit. Noch dauert das Spiel an

Was damals folgte, als sie, der Beleuchter und er, in der Beleuchterkanzel oben gelangweilt auf den Ausgang der Vorstellung warteten und mit allerhand Erzählungen die Zeit totzuschlagen suchten, ermüdet, beinahe unfähig, etwas aufnehmen zu können, und ernüchtert, weil ihr bißchen Wein, die geschenkt erhaltene und vom Beleuchter spendierte Flasche, leider seine Wirkung getan gehabt hatte –, was folgte, war die Erzählung des Beleuchters von einem Schauspieler, der sich eines Abends gegen Ende der Aufführung, wenn das Publikum von poetischen Monologen, die davon kündeten, wie frei man doch wäre und daß man, wenn man wollte, an den Himmel rühren könne, bereits ordentlich strapaziert zum Abschluß auf den bestätigenden Höhepunkt wartete, plötzlich geweigert gehabt hätte, auf dem Seil zu gehen, der statt dessen, laut fluchend, immer wieder OHNE TUSCH KEIN TANZ krähend, durch die Kulissen abgehauen wäre, weil er nämlich gesehen gehabt, daß derjenige, der für den Tusch verantwortlich gewesen wäre und der anschließend unten auf der Bühne unter dem Seil unauffällig, einem rettenden Schutzengel gleich, seinem Spaziergang durch die Lüfte hätte folgen sollen, um ihn bei auffälligen Ungeschicklichkeiten oben in luftiger Höhe unten auf dem Rasen weich auffangen zu können – die Szene hätte in einem Palastgarten gespielt – völlig unbekümmert um Tuscheinsätze und dergleichen mehr unbeweglich hinter dem Flügel sitzen geblieben wäre, besoffen, schlafend über das Tastenbrett des aufgeschlagenen Bösendorffers gebeugt, mit schlaffen Fingern in längst ausgeschlagenen Tönen verkrallt.

Als Kontrast hatte der Beleuchter vom Sturz eines Bühnenarbeiters aus dem Schnürboden auf die nackten Bühnenbretter erzählt. Der junge Arbeiter, der ehemalige Bühnenmeister, diesen vollklingenden Namen dürfe der betreffende Angestellte als Entgelt für die ihm anfallende Drecksarbeit tragen, wäre ohne einen Laut bewegungslos auf den Brettern liegengeblieben. Der zur Dekoration dazugehörige Teppich, der den Sturz etwas hätte dämpfen können, bliebe nämlich jeweilen, um ihn vor Verdreckung und Abnützung zu schützen, bis kurz vor der Vorstellung abends eingerollt. Und selbst der an jenem Vormittag während des Einleuchtens zufällig auf der Bühne anwesende und überall im Weg stehende Spielleiter, der Herr Oberspielleiter, der anfänglich, bevor er den Ernst erfaßt gehabt, noch gewitzelt hätte, da wär wohl das erste Mal ein Meister vom Himmel gefallen, selbst dieser Spielleiter wäre bald einmal verstummt. Nach und nach hätte man in die Stille hinein gesehen, wie ein feines Blutgerinnsel, das dem Arbeiter aus dem Ohr durchs blonde Haar sickerte, auf den mit einem grauen Schutzanstrich isolierten Brettern sich zu einer rasch nachdunkelnden Lache ausgebreitet hätte. Während sie über dem Zynismus der Sprichwörter eine Einsamkeit überfallen gehabt hätte, mit Ausnahme des Spielleiters, der, unfähig abzuhauen, plötzlich nur noch blöd und bleich in einer Ecke gestanden – für einmal kein Beifall aus dem Saal –, wäre nach einer ihnen schier endlos scheinenden Zeitspanne, in diese die Zeit gewissermaßen einfrierende Starre hinein und sie aufbrechend, endlich die Sirene des Krankenwagens durch die Mauern des Theaters zu hören gewesen. Abends dann, nach jenem kurzen vormittäglichen Sturz in die Wirklichkeit und gleichzeitig aus der Wirklichkeit ins Niemandsland des kurzen Gedenkens und langen Vergessens, nachdem der schwere Teppich über die Bretter ausgelegt worden wäre, wäre die angekündigte Vorstellung wie gewohnt gelaufen...

Da das Publikum aus den ersten Reihen des Parketts, unwillkürlich denkt man an den Satz SIE HABEN FEISTE GESICHTER UND SPRECHEN EINE EIGENE SPRACHE, nun mal hochflorige Teppiche schätzt, vielleicht, weil es sich nichts anderes vorzustellen vermag oder aber blind sein will, jene andere Möglichkeit ignoriert oder leugnet, wird eben auf dem hochflorigen Teppich und weder auf grauen Brettern noch einer Mattglasscheibe gespielt; Abend für Abend. Nachdem das Licht im Zuschauerraum auf die übliche Weise ausgelöscht worden ist und nach einem Augenblick absoluter Finsternis, selbst die Notlichter am Bühneneingang werden für die Dauer dieses Einschnittes abgeschaltet, und da das Rauchen im Saal nicht gestattet ist, wirft auch keine glimmende Zigarette Licht auf die Szene des sich öffnenden Vorhangs, beginnt mit dem Einschalten der Scheinwerfer ein Schauspiel, das über diesem Teppich seinen vorbestimmten Verlauf nimmt, wie gewöhnlich, und Abend für Abend, Tage Wochen Monate lang, jedesmal gleich schließt: WAS SIE HABEN DEN SÜDPOL ENTDECKT MAN GRATULIERT; mit dem gleichen oder einem doch sehr ähnlichen Satz. Ein Spiel auf hochflorigem Teppich, die Ornamente tun nichts zur Sache, der alle Ausbrüche, jede Bewegung, jedes Geräusch dämpft und verschluckt

...reibungslos sei alles gelaufen, wie am Schnürchen, bis zum letzten an jenem Abend nach besonders zahlreichen Vorhängen erst ausplätschernden Applaus, der Schauspieler in der Gartenszene wie es sich gehörte hoch oben übers Seil, unten vom aufmerksamen Auffänger begleitet, und auch die Züge wären alle völlig richtig gehängt gewesen; doch wenn er, der Beleuchter, sich wieder an jene Vorfälle erinnere, er hätte diese immer wieder vor Augen, käme ihm jedesmal unweigerlich, er wüßte eigentlich gar nicht genau warum, eine Stelle aus einem Brief Kleists an dessen Braut in den Sinn, in welchem Kleist auf das Wesen, die Tugend des Helden eingehe, wo es heiße, wer wisse OB CHRISTUS AM KREUZ GETAN HABEN WÜRDE WAS ER TAT WENN NICHT AUS DEM KREISE WÜTENDER VERFOLGER SEINE MUTTER UND SEINE JÜNGER FEUCHTE BLICKE DES ENTZÜCKENS AUF IHN GEWORFEN HÄTTEN

ICH HÄTTE GEWÜNSCHT DASS ES HINTER MIR EINE STIMME GÄBE DIE SCHON SEIT LANGEM DAS WORT ERGRIFFEN HÄTTE UND IM VORHINEIN ALLES WAS ICH SAGE VERDOPPELTE UND DASS DIESE STIMME SO SPRÄCHE MAN MUSS WEITERREDEN ICH KANN NICHT WEITERMACHEN MAN MUSS WEITERREDEN MAN MUSS WÖRTER SAGEN SOLANGE ES WELCHE GIBT MAN MUSS SIE SAGEN BIS SIE MICH FINDEN BIS SIE MICH SAGEN BEFREMDENDE MÜHE BEFREMDENDES VERSAGEN MAN MUSS WEITERREDEN VIELLEICHT IST ES SCHON GETAN VIELLEICHT HABEN SIE MICH SCHON GESAGT VIELLEICHT HABEN SIE MICH SCHON AN DIE SCHWELLE MEINER GESCHICHTE GETRAGEN AN DAS TOR WELCHES SICH SCHON AUF MEINE GESCHICHTE ÖFFNET SEINE ÖFFNUNG WÜRDE MICH ERSTAUNEN

MICHEL FOUCAULT

Literatur heute
Rotes Programm Suhrkamp

Reto Hänny. Ruch. *Ein Bericht*

Josef Winkler. Menschenkind. *Roman*

Ulla Berkéwicz. Josef stirbt. *Erzählung*

Rainald Goetz. Irre. *Roman*

Thomas Kling. verstärkung herzstärkender mittel / geschmacksverstärker / brennstabm / nacht.sicht.gerät. *Gedichte 1981-1993*

Werner Fritsch. Cherubim

Durs Grünbein. Von der üblen Seite. *Gedichte 1985-1992*

Norbert Gstrein. Einer. *Erzählung*

Andreas Neumeister. Äpfel vom Baum im Kies

Ralf Rothmann. Der Windfisch. *Erzählung*

Urs Faes. Sommerwende. *Roman*

Thomas Hettche. Ludwig muß sterben. *Roman*

Patrick Roth. Riverside. *Christusnovelle*

Marlene Streeruwitz. Ocean Drive. *Ein Stück*